DER GROSSE GU KOMPASS

Dr. med. Helmut Keudel

Kinder-krankheiten

- Häufige Beschwerden von A bis Z
- So helfen Sie selbst, so hilft der Arzt
- Impfplan und Vorsorgeuntersuchungen

Wichtiger Hinweis

Dieser große GU Kompass stellt die häufigsten Krankheiten im Kindesalter, ihre ärztliche Behandlung sowie Ratschläge für die Selbstbehandlung vor. Wenn Sie bei der Behandlung nicht sicher sind, wenn unvorhersehbare oder unklare Begleitumstände auftreten, wenn Krankheitssymptome von den im Buch beschriebenen abweichen, suchen Sie unbedingt ärztlichen Rat!

Über den Autor

Dr. med. Helmut Keudel (1940) wurde nach seinem Studium der Humanmedizin Facharzt für Kinder- und Jugendmedizin mit einer Zusatzausbildung für Homöopathie. Dr. Keudel ist seit 1976 in eigener Praxis tätig. Er betreut zwei städtische Kinderheime in München und engagiert sich für behinderte und entwicklungsgestörte Kinder. Für GU hat er bereits den großen GU Ratgeber Kinderkrankheiten geschrieben.

INHALT

Ein Wort zuvor

Liebe Leserin, lieber Leser,
wer einen Kompass zur Hand nimmt, sucht Orientierung. Der große Kompass Kinderkrankheiten soll Ihnen eine fachärztliche erste Orientierung geben, wenn Ihr Kind erkrankt ist. Damit Sie schnell nachschlagen können, sind die wichtigsten und häufigsten Kinderkrankheiten von A bis Z sortiert. Auch den Erste-Hilfe-Teil und die Hausmittel finden Sie übersichtlich in alphabetischer Reihenfolge. Durch das praktische Format eignet sich der Kompass ideal zum Mitnehmen, zum Beispiel auf Reisen.
Die beschriebenen Symptome und Behandlungsformen basieren auf dem heutigen Stand der Medizin und deren aktuellen Forschungsdaten. Für Ihre Behandlung zu Hause finden Sie, wann immer möglich, erprobte Hausmittel. Diese sind aber keine Allheilmittel und bedürfen immer der Absprache mit dem Arzt (damit ist im Buch selbstverständlich immer auch die Ärztin gemeint). Empfiehlt der Arzt eine andere Therapie, sollten Sie seinen Vorschlag befolgen, auch wenn er Medikamente verschreibt – er wird diese nur zum Nutzen Ihres Kindes einsetzen. Dabei ist der Arzt auf Ihre Mitarbeit, auf die Unterstützung durch die Eltern, angewiesen.
Sie haben die Möglichkeit, Ihr krankes Kind liebevoll gesund zu pflegen und ärztliche Hilfe in Anspruch zu nehmen, wann immer es notwendig ist. Bedenken Sie: Kein Buch kann auf die individuelle Situation Ihres Kindes eingehen, kein Buch kann so gut und umfassend informieren, dass Sie auf den ärztlichen Rat verzichten können. Im Zweifelsfall ist es immer besser, wenn Sie zum Arzt Ihres Vertrauens gehen, statt zu lange zu warten. Es gilt auch hier die Devise: »Lieber einmal zu viel, als einmal zu spät.«

Helmut Keudel

Dr. med. Helmut Keudel

Vorsorgeuntersuchungen

Jedes Kind in Deutschland hat Anspruch auf 9 kostenlose Vorsorgeuntersuchungen von der Geburt bis zum 5. Lebensjahr, außerdem hat es Anspruch auf eine Jugendgesundheitsberatung im 13. Lebensjahr. Alle Eltern bekommen nach der Geburt das gelbe Kinderuntersuchungsheft ausgehändigt, in das der entbindende Arzt, die Hebamme oder der Kinderarzt bereits die Ergebnisse der ersten Vorsorgeuntersuchung (U1) eingetragen hat.
Die Vorsorgeuntersuchungen sollen helfen, Krankheiten und Entwicklungsstörungen so früh wie möglich zu erkennen, damit sie rechtzeitig behandelt werden können und das Kind keine bleibenden Schäden davonträgt. Auch wenn Ihr Kind sich prächtig entwickelt und einen gesunden Eindruck macht, sollen Sie unbedingt die Vorsorgeuntersuchungen regelmäßig und vollständig wahrnehmen. Manche angeborenen oder erworbenen Krankheiten, die Ihrem Kind vielleicht erst in einigen oder vielen Jahren Probleme bereiten könnten, lassen sich im Frühstadium noch gut heilen, weil ein erfahrener Kinderarzt sie erkennt.

U1: Neugeborenen-Erstuntersuchung

Direkt nach der Geburt werden Atmung, Herzschlag, Muskelentspannung, Reflexe und Hautfarbe des Neugeborenen untersucht und nach einem Punktesystem bewertet (APGAR-Index). Außerdem wird das Baby gemessen und gewogen. Die Hebamme oder der Arzt kontrolliert durch Absaugen des verschluckten Fruchtwassers, ob die Speiseröhre durchgängig ist. Zudem wird durch Fiebermessen im Po (rektal) ein Verschluss des Afters oder des Enddarms ausgeschlossen.

U2: Neugeborenen-Basisuntersuchung

Zwischen dem 3. und 10. Lebenstag untersucht ein Kinderarzt Ihr Baby besonders gründlich – entweder noch in der Entbindungsklinik oder in einer Kinderarztpraxis, wenn Sie bereits aus der Klinik entlassen sind.

Er prüft,

- ob Ihr Baby sich bei der Geburt verletzt hat,
- ob die Neugeborenen-Gelbsucht (Seite 133) im Bereich des Normalen liegt,
- ob die Verdauung in Ordnung ist und
- ob die Reflexe, die über mögliche Störungen im Gehirn Auskunft geben, richtig funktionieren.

Der Arzt entnimmt Ihrem Baby aus der Ferse Blut, um es auf Stoffwechselstörungen (wie eine Schilddrüsenunterfunktion oder Eiweißunverträglichkeit) zu testen. Er untersucht den Zustand der Hüfte mit Ultraschall und die Beweglichkeit der Gelenke. Außerdem bespricht er mit Ihnen Fragen zur Rachitisprophylaxe, Kariesprophylaxe und die Ernährung Ihres Babys.

U3: Die 6-Wochen-Untersuchung

Die 3. Vorsorgeuntersuchung zwischen der 4. und 6. Lebenswoche findet in der Praxis Ihres Kinderarztes statt. Ihr Kind hat sich jetzt so weit entwickelt, dass es zu lächeln beginnt. Der Arzt wiegt Ihr Kind, misst seine Körperlänge und seinen Kopfumfang, prüft sein Gehör und seine Reflexe sowie per Ultraschall seine Hüfte. Er horcht und tastet es ab. Er befragt Sie über über die Verdauung Ihres Kindes, mögliche Blähungen, die Milchmenge, die Häufigkeit der (Brust-)Mahlzeiten und ob Ihr Kind nach dem Essen spuckt.

U4: Die 3-Monats-Untersuchung

Zwischen dem 3. und 4. Lebensmonat untersucht der Kinderarzt wieder gründlich die inneren Organe und die altersgemäßen Reflexe Ihres Babys. Es wird gewogen und gemessen. Ihr Kind kann inzwischen Personen fixieren und interessanten Gegenständen mit den Augen folgen. Ihr Kinderarzt zieht es an beiden Händen aus der Rückenlage hoch und prüft, ob es dabei seinen Kopf alleine gerade halten kann. In Bauchlage kann das Baby den Kopf anheben und nach vorn schauen, wenn es sich auf seine Unterarme aufstützt. Ihr Arzt wird mit Ihnen die Impfungen besprechen (Impfkalender, Seite 10) und Ihnen Ratschläge für die Ernährung Ihres Kindes geben.

U5: Vorsorge im 6. bis 7. Lebensmonat

Bei der Vorsorgeuntersuchung zwischen dem 6. und 7. Monat geht es vor allem um den Bewegungsdrang Ihres Babys. Kann es sich auf einen Arm abstützen und mit dem anderen nach Spielzeug greifen? Wenn ihm der Arzt 2 Finger hinhält, zieht es sich daran zum Sitzen hoch? Dreht es Spielzeug interessiert in den Händen, um es von allen Seiten anzusehen? Da viele Kinder in diesem Alter »fremdeln«, kann die Untersuchung manchmal etwas schwierig werden. Der Arzt ist dann vor allem auf genaue Beobachtungen der Eltern angewiesen.
Bei dieser Vorsorge untersucht der Arzt auch die Ohren und Augen Ihres Babys. Wenn es schielt, wird der Arzt eine entsprechende Behandlung vorschlagen (Seite 157). Er wird Ihr Kind wieder impfen, wenn es ganz gesund ist, und auf die Rachitisprophylaxe (Vitamin-D-Prophylaxe) achten, die im gesamten 1. Lebensjahr durchgeführt werden muss.

U6: Einjahresuntersuchung

Wie bei allen Untersuchungen wird Ihr Kind auch zwischen dem 10. und 12. Lebensmonat gründlich untersucht. Es wiegt nun etwa 3-mal so viel wie bei der Geburt und ist um die Hälfte seiner Geburtsgröße in die Länge gewachsen. Der Kinderarzt konnte die Entwicklung Ihres Kindes gut verfolgen: Sitzt es gerade, krabbelt es, fängt es an zu sprechen? Manche Kinder laufen in diesem Alter schon allein, andere entdecken gerade, dass sie sich an Möbeln hochziehen können. Die individuellen Unterschiede in der Entwicklung werden immer größer und sind völlig normal.

U7: Zweijahresuntersuchung

Für den Vorsorgetermin zwischen dem 21. und 24. Lebensmonat brauchen Mutter und Arzt viel Geduld, denn die meisten Kinder stecken mitten in ihrer ersten Trotzphase und wollen sich nicht untersuchen lassen. Neben der allgemeinen körperlichen Untersuchung steht die geistige Entwicklung Ihres Kindes im Mittelpunkt. Der Arzt wird Sie fragen, ob Ihr Kind Einwort- oder Zweiwortsätze bildet oder einige Alltagssituationen mit Wörtern beschreibt, etwa »Heia« für Bett.

Steigt es alleine Treppen, wenn es sich dabei am Geländer festhält? Benutzt es Gabel oder Löffel zum Essen? Schläft es schon durch? Ihr Arzt kontrolliert außerdem die Zähne Ihres Kindes und fragt, ob diese regelmäßig geputzt werden.

U8: Vierjahresuntersuchung

Zwischen dem 43. und 48. Lebensmonat wird Ihr Kind erneut von Kopf bis Fuß untersucht. Mit speziellen Tests prüft der Arzt, ob es richtig sieht, gut hört und ausreichend spricht. Durch eine Urinprobe, die im Labor untersucht wird, werden Harnwegsinfekte ausgeschlossen.
Der Arzt will wissen, ob das Verhalten Ihres Kindes seinem Alter entspricht: Kann es sich von seiner Mutter trennen, spielt es mit anderen Kindern, auch in einer Gruppe? Lässt es sich gerne Geschichten vorlesen? Kann es sich längere Zeit mit Spielzeug selbst beschäftigen? Braucht es tagsüber noch eine Windel oder nur nachts?

U9: Vorschuluntersuchung

Im Alter von 5 Jahren (60. bis 64. Lebensmonat) findet eine Generaluntersuchung statt, bei der gezielt nach möglichen Fehlentwicklungen gesucht wird, die noch vor dem Schuleintritt behoben oder gebessert werden könnten.
Im Vordergrund stehen die Sprachentwicklung, die Feinmotorik und die Koordinationsfähigkeit. Der Arzt lässt Ihr Kind laufen, springen und auf einem Bein hüpfen. Er testet die Muskelkraft, Körperhaltung und Fingerfertigkeit Ihres Kindes. Meist lässt er Ihr Kind ein Bild malen, um seinen Entwicklungsstand zu überprüfen.
Der Arzt wird wissen wollen, ob Ihr Kind Entfernungen grob einschätzen und bis 10 zählen kann und ob es ein ungefähres Zeitgefühl hat. Es sollte auch seine Adresse kennen und die Namen seiner Freunde.

J1: Jugendgesundheitsberatung

Neben der körperlichen Untersuchung stellt der Arzt Ihrem 13-jährigen Kind Fragen über psychosomatische Beschwerden wie Bauch- oder Kopfschmerzen. Er informiert sich über seine Ernährung, seine Kontakte zu Freunden, seinen Umgang mit Bewegung und Sport, seine Sexualität und körperliche Entwicklung sowie über den Konsum von Nikotin, Alkohol und anderen Drogen. Dazu gibt der Arzt Ihrem Kind entsprechende Ratschläge.

Körpergrösse und Gewicht (im Durchschnitt)

Alter	Mädchen	Jungen
6 Monate	66 cm/7,5 kg	68 cm/7,5 kg
1 Jahr	75 cm/10 kg	76 cm/10,5 kg
2 Jahre	86 cm/12 kg	88 cm/13 kg
4 Jahre	104 cm/16,5 kg	105 cm/17 kg
6 Jahre	118 cm/21 kg	124 cm/24 kg
8 Jahre	130 cm/26 kg	129 cm/26 kg
10 Jahre	140 cm/32,5 kg	140 cm/32,5 kg
12 Jahre	153 cm/41,5 kg	150 cm/40 kg

Impfungen

Achten Sie darauf, dass Ihr Kind und auch Sie selbst einen vollständigen Impfschutz besitzen. Impfungen sind die beste Krankheitsvorsorge, die wir haben. Die Behauptung, dass Kinderkrankheiten bei Kindern »ganz natürlich« und für eine gesunde Entwicklung wichtig seien, ist schlichtweg falsch. Die Gefährlichkeit mancher Kinderkrankheiten wird nur deshalb unterschätzt, da diese heute, dank der Impfungen, ihre Schrecken verloren haben.

Impfkalender

Vollendeter* Lebensmonat	Diphterie Wundstarrkrampf (Tetanus) Keuchhusten (Pertussis) Hepatitis B Kinderlähmung (Polio) Haemophilus influenzae Typ b (Hi
2	1. Kombi-Impfung
3	2. Kombi-Impfung
4	3. Kombi-Impfung
11 – 14	4. Kombi-Impfung
13 – 15	
15 – 23	
Vollendetes* Lebensjahr	**Tetanus Diphterie Keuchhusten (Pertussis) Kinderlähmung (Polio)**
5 – 6	1. Auffrischimpfung + Pertussis
9 – 17	2. Auffrischimpfung + Polio + Pertussis, danach alle 10 Jahre
12 – 15	

(nach den Impfempfehlungen der ständigen Impfkommission [STIKO], Stand: 2006)

Pneumokokken Meningokokken	Masern Mumps Röteln (MMR) Windpocken (Varizellen)
1. Pneumokokken-Impfung	
2. Pneumokokken-Impfung	
3. Pneumokokken-Impfung	
4. Pneumokokken-Impfung	1. Kombi-Impfung + Varizellen
Meningokokken-Impfung	2. Kombi-Impfung (MMR)
	Varizellen (einzeln)
Hepatitis B	
Grundimmunisierung ungeimpfter Jugendlicher	
	Grundimmunisierung ungeimpfter Jugendlicher ohne durchgemachte MMR- oder Windpockenerkrankung

* gleichbedeutend mit dem Beginn des folgenden Lebensmonats/Lebensjahres

Die häufigsten Symptome von A bis Z

Sie finden auf den folgenden Seiten die häufigsten Beschwerden mit den möglichen Ursachen, die dahinter stecken können. Leidet Ihr Kind an einem dieser Symptome, schlagen Sie auf der entsprechenden Seite die mögliche Krankheit nach. Dort erfahren Sie auch, welche weiteren Symptome die Krankheit begleiten, so dass Sie einen ersten Anhaltspunkt haben. Ziehen Sie aber bei allen Unklarheiten und schwereren Erkrankungen immer einen Arzt zurate!

Wann müssen Sie sofort zum Arzt?

Fieber

- Fieber über 39 °C, bei Säuglingen über 38,5 °C
- Fieber mit Krampfanfällen oder wenn schon früher Krampfanfälle aufgetreten sind
- Fieber mit Erbrechen und/oder Durchfall, Kopfschmerzen, Nackensteife und Benommenheit
- Fieber um 38,5 °C, ohne Besserung, länger als 3 Tage
- Fieber, das ständig wiederkehrt

Bauchweh, Erbrechen, Durchfall

- Baby: Erbrechen oder Durchfall seit über 6 Stunden
- Kleinkind: Erbrechen oder Durchfall seit über 12 Stunden
- Schulkind: Erbrechen oder Durchfall seit über 18 Stunden
- Erbrechen mit Kopfschmerzen und/oder Schwindel
- Erbrechen mit Bauchschmerzen, besonders im Unterleib
- Erbrechen nach einem Unfall, Bauch oder Kopf verletzt
- Durchfall mit Fieber und Unterleibsschmerzen

Husten

- Husten mit Fieber
- Husten, der auch nach 1 Woche nicht besser wird
- Plötzlicher Husten ohne Anzeichen einer Erkältung
- Husten mit Atemnot, vor allem, wenn das Kind nachts davon aufwacht.

WAS KANN DIE URSACHE VON FIEBER SEIN?

SYMPTOME	MÖGLICHE URSACHEN
Fieber mit Husten und Schnupfen	Erkältung (Seite 68) Beginnende Bronchitis (Seite 51) Beginnende Lungenentzündung (Seite 113) Beginnende Masern (Seite 122)
Fieber mit Hals- und/oder Ohrenschmerzen	Kehlkopfentzündung (Seite 105) Mandelentzündung (Seite 119) Mittelohrentzündung (Seite 139) Scharlach (Seite 154)
Fieber mit Erbrechen	Blinddarmentzündung (Seite 45) Magen-Darm-Katarrh (Seite 114) Hirnhautentzündung (Seite 97) Nierenentzündung (Seite 136) Grippe (Seite 81)
Fieber mit Bauchschmerzen	Blinddarmentzündung (Seite 45) Magen-Darm-Katarrh (Seite 114) Lungenentzündung (Seite 113) Scharlach (Seite 154)
Fieber mit rotem Ausschlag	Masern (Seite 122) Röteln (Seite 151) Scharlach (Seite 154) Arzneimittelallergie (Seite 27) Nahrungsmittelallergie (Seite 27) Nesselsucht (Seite 131) Sonnenbrand (Seite 164)
Fieber mit Hautbläschen	Windpocken (Seite 175)
Fieber mit gelber Hautfärbung	Gelbsucht (Hepatitis, Seite 75)
Fieber mit Kopfschmerzen	Grippe (Seite 81) Nasennebenhöhlen-Entzündung (Seite 130) Hirnhautentzündung (Seite 97)

Was kann die Ursache von Bauchschmerzen sein?

Symptome	Mögliche Ursachen
Plötzlich auftretende Bauchschmerzen	**Beim Baby:** Dreimonatskoliken (Seite 58) **In jedem Alter:** Magen-Darm-Katarrh (Seite 114) Darmverschluss, Darmlähmung (Seite 55) Blinddarmentzündung (Seite 45) Lungenentzündung (Seite 113) Harnwegsinfektion (Seite 86) Leistenbruch (Seite 40)
Chronische Bauchschmerzen	Psychisch bedingte Bauchschmerzen (Seite 42) Nahrungsmittelallergie (Seite 27) Nabelkoliken (Seite 125) Wurmerkrankung (Seite 177)
Chronische Bauchschmerzen mit Verstopfung	Chronische Verstopfung (Seite 168) Darmlähmung
Chronische Bauchschmerzen mit Erbrechen	Darmverschluss (Seite 55)
Chronische Bauchschmerzen im Oberbauch	Magendarmgeschwür (Seite 116) Nabelkoliken (Seite 125) Reflux (Seite 40) Magenpförtnerkrampf (Seite 66)

→ Seite 42

Was kann die Ursache von Durchfall sein?

Symptome	Mögliche Ursachen
Dünne, wässrige, hellgelbe bis grüne, stinkende Stühle	Magen-Darm-Katarrh (Seite 114)
Blutig-schleimige Beimengungen	Salmonelleninfektion (Seite 60)
Breiiger bis wässriger Durchfall	Allergien (Seite 27)
Breiige bis wässrige Stühle	Blinddarmentzündung (Seite 45) **Aber:** Statt Durchfall kann auch Verstopfung auftreten
Große Mengen ungeformter, fett glänzender, faulig riechender Stühle	Cystische Fibrose (Mukoviszidose): **Gehen Sie zum Arzt!**
Große Mengen ungeformter Stühle	Zöliakie (Seite 182) (Glutenunverträglichkeit): **Gehen Sie zum Arzt!**

→ Seite 60

Was kann die Ursache von Erbrechen sein?

Symptome	Mögliche Ursachen
Schleimig-schaumiges Erbrochenes, mit unverdauten Nahrungsbestandteilen, viel Magensaft	Ernährungsfehler Reflux (Seite 40) Magenpförtnerkrampf (Seite 66)
Erbrochenes mit Magensaft, unverdautem Mageninhalt, grüner oder gelber Galle	Magen-Darm-Katarrh (Seite 114) Blinddarmentzündung (Seite 45)
Erbrochenes mit Magen- und/oder Darminhalt, Blutbeimengungen	Darmverschluss (Seite 55)
Dem Erbrechen geht immer Fieber voraus	Hirnhautentzündung (Seite 97)
Erbrochenes mit oder ohne Nahrungsmittelbestandteilen, mit gelber oder grüner Galle	Migräne (Seite 110)
Erbrechen nach Essen bestimmter Nahrungsmittel	Nahrungsmittelallergie (Seite 27) Nahrungsmittelunverträglichkeit
Morgendliches Nüchternerbrechen	Hirntumor: **Gehen Sie zum Arzt!**

→ Seite 65

Was kann die Ursache von Hautausschlag sein?

Symptome	Mögliche Ursachen
Fleckiger Ausschlag, beginnt hinter den Ohren, fließt zu großen Flecken zusammen	Masern (Seite 122)
Masernähnlicher Ausschlag	Röteln (Seite 151)
Ausschlag beginnt im Achsel- und Leistenbereich, samtartiges Gefühl beim Darüberstreichen	Scharlach (Seite 154)
Masernähnlicher Ausschlag, meist im 6. bis 15. Lebensmonat	Dreitagefieber (Seite 59)
Girlandenförmiger roter Ausschlag	Ringelröteln (Seite 150)
Unregelmäßig verteilter roter Ausschlag	Allergie (Seite 27)
Ausschlag mit wassergefüllten Bläschen	Windpocken (Seite 175) Gürtelrose (Seite 175) Herpesinfektion (Seite 92)
Unregelmäßig geformte, begrenzte Hautveränderungen, trocken oder nässend, symmetrisch oder asymmetrisch auf dem Körper verteilt (Ekzem)	Neurodermitis (Seite 134) Säuglingsdermatitis (Milchschorf, Seite 153) Windeldermatitis (Seite 173) Allergie (Seite 27) Impetigo contagiosa (Eiterflechte)

→ Seite 88

Was kann die Ursache von Husten sein?

Symptome	Mögliche Ursachen
Trockener Reizhusten	Erkältung (Seite 68) Beginnende Bronchitis (Seite 51) Beginnender Keuchhusten (Seite 107) Beginnende Masern (Seite 122) Beginnende Lungenentzündung (Seite 113) Asthma bronchiale (Seite 31) Fremdkörper (Seite 199) Vergrößerte Mandeln (Seite 118)
Feuchter, rasselnder Husten	Bronchitis (Seite 51) Keuchhusten (Seite 107) Cystische Fibrose (Mukoviszidose): **Gehen Sie zum Arzt!** Lungenentzündung (Seite 113)
Trockener Reizhusten mit pfeifendem Geräusch bei der Atmung (Stridor)	Fremdkörper (Seite 199) Krupphusten (Seite 106) Bronchitis (Seite 51)
Blutiger Husten mit oder ohne Schleim	Nasenbluten (Seite 195) Schwere Grippe (Seite 81) Fremdkörper (Seite 199)

→ Seite 104

Was kann die Ursache von Kopfschmerzen sein?

Symptome	Mögliche Ursachen
Kopfschmerzen ohne weitere Krankheitszeichen	Sehfehler (Seite 162) Schielen (Seite 157) Migräne (Seite 110) Chronische Nasennebenhöhlen-Entzündung (Seite 130) Seelische Belastung
Kopfschmerzen besonders im Nackenbereich, die zum Hinterkopf ansteigen	Fehlhaltung der Wirbelsäule (Haltungsprobleme, Seite 84) Migräne (Seite 110)
Kopfschmerzen bei schnellen Kopfbewegungen	Schleudertrauma (nach Autounfall, Sturz usw.) Mittelohrentzündung (Seite 139)
Kopfschmerzen im Stirn-, Schläfen- und Augenhöhlenbereich, Schädel oder Hinterkopf, Scheitelbereich	Mittelohrentzündung (Seite 139) Masern (Seite 122) Mumps (Seite 124) Erkältung (Seite 68) Grippe (Seite 81) Magen-Darm-Katarrh (Seite 114) Hirnhautentzündung (Seite 97) Migräne (Seite 110)
Anfallartige Kopfschmerzen	Migräne (Seite 110)
Kopfschmerzen nüchtern: morgens oder nach langen Essenspausen	Zuckerkrankheit (Diabetes, Seite 183) Hirntumor: **Gehen Sie zum Arzt!**

→ Seite 110

Was kann die Ursache von Lymphknotenschwellungen sein?

Symptome	Mögliche Ursachen
Verdickte Lymphknoten im Halsbereich	Mandelentzündung (Seite 118) Mittelohrentzündung (Seite 139) Erkältung (Seite 68) Nasennebenhöhlen-Entzündung (Seite 130) Vergrößerte Mandeln (Seite 118) Röteln (Seite 151)
Verdickte Lymphknoten im Achsel- und Leistenbereich	Verletzung (Seite 193) Fußpilz (Seite 90) Ekzeme (Seite 88) Impfung (Seite 9)
Verdickte Lymphknoten am ganzen Körper	Pfeiffersches Drüsenfieber (Seite 147) Morbus Hodgkin (Tumorerkrankung der Lymphknoten) Leukämie (Blutkrebs)

Kinderkrankheiten von A bis Z

Abszess, Furunkel und Karbunkel

Abszesse der Haut entstehen durch Eindringen von Bakterien (meist Streptokokken und Staphylokokken) über minimale Hautverletzungen in den Körper oder entlang von Schweißdrüsenkanälchen oder Haarwurzeln.
Schweißdrüsen- oder Haarwurzelabszesse treten vorwiegend in den Gelenkbeugen und in Hautfalten auf. Abszesse können sich in jedem Lebensalter bilden.
Zuerst entstehen kleine rötliche Abszessknötchen, aus denen sich schnell Bläschen bilden, die eintrocknen und schuppenähnlich aussehen. Unbehandelt breiten sich diese Abszesse rasch aus und vereinigen sich zu Furunkeln. Mehrere solcher Furunkel werden Karbunkel genannt. Furunkel und Karbunkel sind schmerzhafte, tiefer liegende, blaurot verfärbte und heiße Hautschwellungen, die sich prall oder teigig anfühlen und so groß wie eine Kinderfaust werden können.

Hinweis

Bei Abszessen, Furunkeln und Karbunkeln besteht die Gefahr einer Blutvergiftung, wenn sie sich über die Blutbahnen in den ganzen Körper ausbreiten. Auch können sich Abszesse neu bilden, insbesondere in inneren Organen mit ganz kleinen Blutgefäßen, etwa in Gehirn, Nieren, Lunge und Knochen. Aus diesem Grund sollten Sie bei Abszessen mit Ihrem Kind kurzfristig einen Arzt aufsuchen.

Was können Sie selbst tun?

Damit sich die so genannte Abszessreifung beschleunigt, können Sie die betroffene Stelle mit Infrarotlicht (3-mal täglich für 10 Minuten) bestrahlen (Seite 242).

Was wird der Arzt tun?

Oberflächliche Abszesse können vom Arzt geöffnet, desinfiziert und mit lokalen Salben behandelt werden. Furunkel und Karbunkel behandelt der Arzt mit teerhaltigen Zugsalben, damit sich die Entzündung zusammenzieht und abkapselt. Oberflächliche Abszesse und Furunkel öffnen sich dann von selbst nach außen (Abszessreifung) und entleeren gelblich flüssigen oder festen Eiter. Größere Abszesse, Furunkel und Karbunkel werden zusätzlich mit Antibiotika zum Einnehmen behandelt. Häufig müssen sie operiert werden.

Akne

Bei der Akne vulgaris handelt es sich um eine typische, von der Pubertät (ab etwa 12 Jahre) bis zum 30. Lebensjahr auftretende Hauterkrankung. Sie tritt vor allem an Hautpartien auf, an denen es viele Talgdrüsen gibt: im Gesicht, an Brust, Rücken und Nacken. Durch hormonelle Veränderungen bei der Talgproduktion kommt es zu einer verstärkten Verhornung der Talgdrüsenausgänge, die dann durch die vermehrte Talgabsonderung verstopfen.

Für das Entstehen einer Akne vulgaris spielen Erbfaktoren eine wichtige Rolle. Die Akne wird direkt vererbt (von den Eltern auf die Kinder), jedoch ist die Ausbreitung und Stärke der Erkrankung sehr unterschiedlich. Außerdem wird sie von bakteriellen Entzündungen beeinflusst.

Bei der Akne handelt es sich um eine chronische Erkrankung, über deren Verlauf die Patienten gut aufgeklärt sein sollten. Mädchen und Jungen sind gleichermaßen betroffen. Da die Erkrankung mit der Pubertät zusammenfällt, ist immer eine gute psychologische Führung durch den Arzt wichtig, da viele Jugendliche unter der Erkrankung vor allem seelisch leiden.

Bei oberflächlichen Verstopfungen der Talgdrüsen bilden sich schwarze Punkte im Abflusskanal, so genannte Mitesser (Komedonen). Bei tiefer liegenden Verstopfungen entstehen erhabene weiße Knötchen in der Haut. Kommt es zusätzlich zu einer bakteriellen Entzündung der verstopften Talgdrüsen, bilden sich eitrige Pusteln, die Narben hinterlassen. Im Falle starker Entzündungen können sich Abszesse (Seite 24) bilden, die mit Antibiotika behandelt werden müssen, um kosmetisch unschöne Narben zu vermeiden.

Was können Sie selbst tun?

Die Haut der Akne-Patienten darf lediglich mit alkalifreien Seifen gereinigt und vorsichtig trocken getupft werden.

Um bakterielle Entzündungen zu vermeiden ist eine örtliche Desinfektion mit keimtötenden Mitteln oder mit einer Antibiotikasalbe wichtig, die der Arzt verschreibt.

Was wird der Arzt tun?

Eine Therapie muss die drei verschiedenen Auslöser der Erkrankung einschließen: die überschießende Verhornung der Talgdrüsenausgänge, die vermehrte Talgproduktion und die bakteriellen Entzündungen der Talgdrüsen.

- Die »Mitesser« werden mit Vitamin-H-Säure behandelt. Sie können zudem vorsichtig mit speziellen Lochlöffeln (Komedonenquetscher) entfernt werden. Dies geschieht am besten durch eine erfahrene Kosmetikerin.
- Die Einnahme von Antibiotika sowie UV-Bestrahlungen dürfen nur unter ärztlicher Kontrolle erfolgen, um Komplikationen wie Verbrennungen der Haut oder Magen-Darm-Störungen zu vermeiden.

HINWEIS

Eine Akne ist eine chronische Hauterkrankung, die unbehandelt häufig mit einer hässlichen Narbenbildung abheilt. Sie sollte nicht zu leicht genommen werden. Jeder Jugendliche mit Akne braucht ärztliche und psychologische Betreuung, kombiniert mit der Behandlung durch eine erfahrene Hautkosmetikerin.

»Mallorca-Akne« (Sonnenakne)

Bei der so genannten Mallorca-Akne handelt es sich um ein akneähnliches Erkrankungsbild, das durch starke Sonneneinstrahlung (UV-Licht) und fetthaltige Sonnenschutzmittel verursacht wird.

Auf den Hautbereichen, die dem Sonnenlicht intensiv ausgesetzt sind, wie Halsausschnitt, Schultern und Oberarme (weniger im Gesicht), bilden sich kleine rötliche, blasige Knötchen. Diese jucken stark und können durch Kratzen nässen und sich eitrig entzünden. Im Unterschied zur eigentlichen Akne gibt es bei der Sonnenakne keine »Mitesser« (Komedonen).

Was können Sie selbst tun?

Vorbeugen ist wie immer die beste Therapie! Gewöhnen Sie die Haut, vor allem die empfindliche Kinderhaut, nur langsam an die Sonneneinstrahlung. »Sonnenbäder« sind ungesund. Gerade in den Mittelmeerländern und an der See sollen Sie sich zwischen 11 und 15 Uhr am besten nur im Schatten aufhalten. Als Sonnenschutz helfen gelartige Sonnencremes, T-Shirt und Sonnenhut (Sonnenbrand, Seite 164). Ist die Sonnenakne ausgebrochen, muss Ihr Kind die Sonne strikt meiden, bis sie wieder vollständig abgeklungen ist.

Was wird der Arzt tun?

Gegen den Juckreiz wird der Arzt spezielle Gels (Antihistaminika) verschreiben. Handelt es sich um eine bakterielle Entzündung, wird der Arzt Ihrem Kind eine Antibiotikasalbe verordnen.

→ Säuglingsakne, Seite 152

ALLERGIEN

Praktisch jeder Mensch kann auf irgendeine Substanz oder einen Umwelteinfluss überempfindlich reagieren. Es muss dabei immer unterschieden werden zwischen einer Intoleranz-Reaktion (Pseudo-Allergie) und einer allergischen Reaktion im eigentlichen Sinn, die sich im Erscheinungsbild allerdings kaum unterscheiden.
Eine Intoleranz-Reaktion der Haut oder der Schleimhäute geht nicht vom Immunsystem aus, sondern hat eine unbekannte Ursache. Sie wird ausgelöst durch den Kontakt mit Infektionserregern, Impfstoffen, Medikamenten, Nahrungsmittelzusatzstoffen oder Fremdeiweißen. Es können aber auch mechanische Reize von Metallteilen oder Kälte, Wärme, Licht und Druck verantwortlich sein.
Eine allergische Reaktion dagegen ist eine angeborene oder erworbene überschießende Reaktion des Immunsystems auf Eiweiße eigentlich unschädlicher Substanzen, die dann Allergene oder Antigene genannt werden. Es kommt zu einer Überempfindlichkeitsreaktion in der Haut oder an den

Schleimhäuten der Atemwege und des Magen-Darm-Trakts mit Ruckreiz, Rötung, Ödemen und Schmerzen.
Auslöser sind zum einen Allergene, die eingeatmet werden (Inhalationsallergene), wie Blütenpollen, Pilzsporen, Tierhaare, Tierschuppen, Hausstaub, Ausscheidungsprodukte von Tieren und Insekten sowie Holz- und Mehlstaub. Bei chronischer Inhalation von Allergenen kann es zu Schnupfen (allergischer Schnupfen, Seite 29), Husten (Seite 104), Asthma bronchiale (Seite 31), Bindehautentzündung (Seite 35), und Hautausschlägen wie Nesselsucht (Seite 131) oder Neurodermitis (Seite 134) kommen.
Zum anderen können allergische Substanzen nach dem Essen oder Verschlucken auf der Schleimhaut des Magen-Darm-Trakts (Ingestionsallergene) allergische Reaktionen bewirken mit Ödemen, Schmerzen, Verstopfung, Durchfall und Erbrechen. Über die Blutbahn weitertransportiert rufen Ingestionsallergene auch Hautausschläge (Seite 88) und Atemprobleme hervor. Auslöser sind pflanzliche oder tierische Eiweiße in Nahrungsmitteln. Nach Weglassen des Allergens hören die Krankheitssymptome auf.
Eine dritte Art der Allergenübertragung ist die Injektionsallergie, die durch einen Stich in die Haut ausgelöst wird. Hierzu zählen insbesondere die Insektengift- und Medikamentenallergien.
Der Körper kann dabei sofort, also innerhalb von Minuten, allergisch reagieren. Die Krankheitssymptome können aber auch erst nach 48 oder sogar 72 Stunden auftreten.

Hinweis

Da bei jeder Allergie die Gefahr eines Schocks besteht, der tödlich ausgehen kann, sollten Sie schon bei Verdacht auf eine Allergie mit Ihrem Kind zum Arzt gehen und sich beraten lassen.

Allergischer Schnupfen

Eine Allergie (Seite 27) ist eine überschießende Reaktion des Körpers auf eine Einwirkung von außen. Beim allergischen Schnupfen (Rhinitis allergica) sind dies Inhalationsallergene. Die Hauptauslöser für einen allergischen Dauerschnupfen sind Hausstaub, Hausstaubmilben, Tabakrauch und Schimmelpilzsporen. Bei einem saisonabhängigen allergischen Schnupfen (»Heuschnupfen«) treten die Symptome nur während der Blüte bestimmter früh oder spät blühender Bäume, Gräser und Getreidearten auf. Auch bei Tierhaar-, Farben-, Lacke-, Kosmetika- und Nahrungsmittelallergien kann Schnupfen auftreten. Dieser Schnupfen wird als Expositionsallergie bezeichnet.

Der allergische Schnupfen ist ein wässrig fließender Schnupfen mit Juckreiz, Brennen und Niesattacken. Neben der Nasenschleimhaut sind die Schleimhäute von Rachen und Augen immer mehr oder weniger mitbetroffen, was sich als Kratzen im Hals oder als Jucken und Tränen der Augen bemerkbar macht.
Hält der Reizzustand länger an, wandern im Laufe der Jahre die Symptome immer tiefer in die Atemwege und können zu allergischem Asthma bronchiale (Seite 31) führen.
Bei den situationsabhängigen Allergien kommt zu den Schnupfensymptomen fast immer noch eine Hautreaktion, etwa rötlicher Ausschlag oder Quaddeln (Seite 88). Bei Nahrungsmittelallergien kommen häufig Durchfälle hinzu.

Was können Sie selbst tun?

- Bei der situationsabhängigen Allergie sollte Ihr Kind unbedingt den Kontakt mit den Auslösern vermeiden. Lassen Sie ein Kind mit Pollenallergien nur in frisch abgemähten Wiesen spielen. Der Rasen muss regelmäßig geschnitten sein, damit die Gräser nicht zum Blühen kommen. Da Blütenpollen vorzugsweise nachts fliegen, helfen feuchte Tücher als Vorhang am Fenster während der Nachtstunden gegen eindringende Pollen. Waschen Sie vor dem Schlafengehen zur Blütezeit immer die Haare Ihres Kindes.

- Wenn Sie noch keine schulpflichtigen Kinder haben, verbringen Sie den Familienurlaub während der Heuschnupfenzeit Ihres Kindes in blütenpollenarmen Regionen, etwa im Hochgebirge über 1500 Meter oder auf einer der Inseln in der Nordsee.
- Reagiert Ihr Kind allergisch auf Insektenstiche, lassen Sie es nie barfuß in blühenden Wiesen herumlaufen oder unbeaufsichtigt im Freien belegte Brote und Kuchen essen. Lassen Sie Ihr Kind Säfte oder süßen Tee draußen nur mit einem Strohhalm trinken, um Insektenstiche im Mund zu vermeiden.

HINWEIS

Gehen Sie mit Ihrem Kind bei allen Allergien und dem Verdacht darauf zum Arzt! Auch eine scheinbar harmlose Allergie kann Schocksymptome (Seite 214) auslösen und lebensbedrohlich werden.
Leidet Ihr Kind bekanntermaßen an einer Insektenstichallergie, sollten Sie immer das vom Arzt verordnete Notfallmedikament bei sich haben.

Was wird der Arzt tun?

Ein Heuschnupfen sollte immer unter ärztlicher Kontrolle frühzeitig mit Antihistaminika behandelt werden, damit es nicht zu allergischem Asthma kommt.
Bei allergischem Schnupfen und Bindehautreizung verschreibt der Arzt Ihrem Kind antiallergische Augen- und Nasentropfen. Auch antiallergische Tropfen zum Schlucken oder Säfte vermindern die Symptome.
In der pollenfreien Jahreszeit, im Herbst und Winter, können Sie unter Anleitung eines auf Allergiebehandlung spezialisierten Arztes (Allergologe) eine Desensibilisierung versuchen. Dazu wird vorher durch einen Suchtest im Blut oder durch einen Kontakttest auf der Haut die Allergie auslösende Substanz nachgewiesen. Dann wird der Körper mit Minimaldosen dieser Substanz in Kontakt gebracht, wodurch die Antikörperbildung des Organismus angeregt wird.

Nach einer erfolgreichen Behandlung kann sich der Körper durch seine Antikörper selbst gegen die Allergie auslösenden Faktoren wehren. Es treten dann keine oder nur noch geringe Krankheitssymptome auf.

Asthma bronchiale

Asthma ist die häufigste chronische Erkrankung im Kindesalter. Bis zu 5 Prozent der Zehnjährigen leiden an Asthma. Jungen sind häufiger betroffen als Mädchen. Die Schleimhaut der Atemwege reagiert bei Asthma überempfindlich auf äußere (exogene) und innere (endogene) Reize. Bei den endogenen Reizen ist eine allergische Ursache nicht nachweisbar. Im Kindesalter sind die Reizauslöser nicht voneinander zu trennen. Die häufigsten Asthmaauslöser bei Kindern sind Infekte (ausgelöst durch Bakterien und Viren), körperliche Belastung (Anstrengungsasthma beim Sport und Laufen), Reize durch Zigaretten- und Zigarrenrauch (passives Mitrauchen), Kälte, trockene Wärme (überheizte Räume) und Staub (Hausstaub). Manchmal führen auch Medikamente oder seelische Belastungen zu Asthma. Oft lassen sich die allergischen Ursachen nachweisen und entsprechend behandeln. Ansonsten können bei Asthma nur die Symptome behandelt werden.

Bei asthmakranken Kindern reagieren die Schleimhaut der Atemwege und die Atemwegsmuskulatur überempfindlich auf die auslösenden Reize. Die Schleimhaut schwillt an und produziert vermehrt zähen Schleim. Außerdem verkrampft sich die Muskulatur der Bronchien, und die Atemwege verengen sich, wodurch ein krankhaftes Atmungsgeräusch beim Ausatmen (Giemen und Brummen) über der Lunge hörbar wird. Die Atemluft gelangt zwar in die Lunge, aber kann nur schwer, oft mit Husten, wieder ausgeatmet werden. Durch den dadurch entstehenden Sauerstoffmangel hat das Kind Atemnot.

Die Lippen und seine Haut verfärben sich blau. Das Kind hat Angst zu ersticken und gerät in Panik.

Die Anfälle treten unterschiedlich häufig auf, die Spanne reicht von einmal im Monat bis zu mehrmals täglich.

Sie bedürfen in jedem Fall einer sofortigen Akuttherapie oder einer Dauertherapie. Achten Sie unbedingt darauf, die auslösenden Faktoren zu meiden.
Allergisches Asthma tritt sofort oder verzögert auf die auslösenden Substanzen auf. Anstrengungsasthma tritt immer kurze Zeit (10 bis 15 Minuten) nach der Belastung auf. Psychisch begründete Asthmaanfälle haben kein zeitliches Schema, sind aber häufig situationsabhängig.

Was können Sie selbst tun?

Zeigen Sie Ihrem Kind, wie es sich hinsetzen muss, um das Atmen zu erleichtern: aufrecht, mit seitlich abgestützten Armen. Dadurch weitet sich der Brustkorb, und das Ausatmen fällt leichter.

INFO

Ein Kind mit Asthma bronchiale muss unter ständiger ärztlicher Betreuung sein. Hierfür werden regelmäßig Asthmaschulungen angeboten, die unter ärztlicher Leitung am Wohnort oder in Kinder(kur)kliniken abgehalten werden. Alle Kinder und ihre Eltern müssen lernen, mit der Krankheit umzugehen und auslösende Faktoren zu vermeiden.
Bei situationsabhängigem, allergischem Asthma soll Ihr Kind die auslösenden, allergisch wirkenden Substanzen möglichst vermeiden (wie Tierhaare, Tabakrauch, Medikamente und Nahrungsmittel).
Bei Hausstaub kommt es auf eine regelmäßige spezielle Hygiene in der Wohnung an.
Bei Anstrengungsasthma sollte vor der körperlichen Belastung ein kurzzeitig wirkendes Inhalationsmittel (Beta-2-Sympathomimetika) verabreicht werden. Die Belastung, zum Beispiel durch Sport, soll Ihr Kind aber nicht einschränken.

Was wird der Arzt tun?

Die Behandlung des Asthma bronchiale richtet sich nach dem Schema der Atemwegsliga (Adresse im Anhang, Seite 247). Danach wird bei leichtem Asthma, das weniger als einmal

monatlich auftritt und weder den Schlaf noch die Lebensqualität einschränkt, nur bei Bedarf ein Mittel zum Inhalieren gegeben (Beta-2-Sympathomimetika). Bei mäßigem Asthma, also Beschwerden, die seltener als einmal wöchentlich auftreten, wird bei Bedarf ebenfalls ein Beta-2-Sympathomimetika verabreicht und gleichzeitig regelmäßig mit anti-entzündlichen Medikamenten inhaliert. Durch mäßiges Asthma sind bereits der Schlaf und die Lebensqualität beeinträchtigt.
Bei schwerem Asthma kommt es zu andauernden Asthmabeschwerden, die den Schlaf und den Alltag sehr eingeschränken. Es müssen regelmäßig anti-entzündliche Medikamente (Kortikoide) und eventuell regelmäßige Inhalationen (mit Beta-2-Sympathomimetika) durchgeführt werden.

Aufmerksamkeitsdefizit-Hyperaktivitäts-Syndrom (ADHS)

Kinder mit ADHS haben eine Störung im Sozialverhalten. Diese Krankheit ist die häufigste psychische Störung im Kindes- und Jugendalter. Sie beeinträchtigt die sozialen Beziehungen in der Familie, im Kindergarten, in der Schule, im Freundeskreis, in der Ausbildung und im Berufsleben. Kinder mit ADHS können soziale Regeln, Normen und Gesetze nur schwer befolgen. Sie sind besonders unaufmerksam, überaktiv und impulsiv. Die Störung beginnt vor dem 6. Lebensjahr und tritt in allen Lebenssituationen gleichermaßen auf, in der Familie, der Schule und beim Spielen. Das »Aufmerksamkeitsdefizit« und die »Überaktivität« können dabei unterschiedlich stark ausgeprägt sein. 4 bis 8 Prozent der Schulkinder zwischen 6 und 14 Jahren haben Symptome für ein ADHS, wobei 30 bis 50 Prozent nur dem Unaufmerksamkeitstypus (ADS), nicht der Hyperaktivität zuzuordnen sind.
Als Ursache werden in bis zu 95 Prozent der Fälle erbliche (genetische) Faktoren angesehen, die zu einer Störung von Transportstoffen (Dopamin) im Gehirn führen.
Dopamin regelt die Aufmerksamkeit und Aktivität eines Menschen. Als Risikofaktoren für ADHS gelten zusätzlich

eine zu frühe Geburt, ein regelmäßiger Kontakt der Mutter mit Alkohol und Nikotin in der Schwangerschaft sowie psychische und soziale Probleme in der Familie.

Was wird der Arzt tun?

Vor jeder ADHS-Therapie muss eine gründliche körperliche und psychiatrische Untersuchung einschließlich eines Intelligenztests erfolgen, um organische Störungen, wie eine Schilddrüsenüberfunktion (Seite 160), oder psychiatrische Probleme, wie eine Depression oder Intelligenzminderung, auszuschließen.
An erster Stelle der Therapie steht aufgrund der vermuteten genetischen Transmitterstörung eine Behandlung mit stimulierenden Medikamenten. Eine Psychotherapie des Kindes, bei der gleichzeitig die Eltern und weitere Bezugspersonen (etwa Lehrer und Sporttrainer) beraten werden, ändert zwar nichts an der Grunderkrankung. Sie erleichtert aber den Umgang mit dem Kind und hilft ihm selbst, sein Verhalten besser zu kontrollieren.

INFO

Jungen sind 3- bis 4-mal häufiger von ADHS betroffen als Mädchen. Bei einem Drittel der Kinder und Jugendlichen mit ADHS leidet ein Elternteil an denselben Symptomen. Etwa 40 Prozent der Kinder mit ADHS haben die Symptome auch im Erwachsenenalter mit Problemen in der Familie, im Beruf und in der Freizeit. Eine möglichst frühe, gute medikamentöse Therapie, eine Beratung des Umfeldes und eine psychotherapeutische Betreuung des Kindes verbessern die Situation für alle Betroffenen.

AUGENENTZÜNDUNGEN

BINDEHAUTENTZÜNDUNG

Bei einer Bindehautentzündung (Konjunktivitis) erkranken die Schleimhäute, die die Innenseite der Ober- und Unterlider auskleiden. Die Ursachen sind vielfältig: Rauch, Staub, Fremdkörper, Viren, Bakterien und grelles Sonnenlicht, aber auch Allergien rufen die typischen Symptome hervor. Eine Bindehautentzündung kann auch als Symptom bei einer anderen Erkrankung, wie etwa Masern (Seite 122), auftreten. Bei jeder Bindehautentzündung kommt es zu einer akuten Rötung und Schwellung der Schleimhäute. Der Tränenfluss ist vermehrt. Die Augen sind deutlich lichtempfindlicher und werden deshalb möglichst oft geschlossen gehalten. Jede Bewegung der Lider ist sehr schmerzhaft.

Sind Bakterien die Ursache der Bindehautentzündung, kommt es zu einer Absonderung von gelblichem bis grünem Eiter. Durch den intensiveren Tränenfluss und den Eiter verkleben die Wimpern, und die Augenlider lassen sich kaum öffnen. Bei schweren Entzündungen und Allergien kann die weiße Hornhaut der Augäpfel mit betroffen sein, welche dann ödemartig aufschwellen und sich rötlich verfärben.

Was können Sie selbst tun?

- Versuchen Sie zunächst, den Auslöser der Bindehautentzündung auszuschalten, indem Sie zum Beispiel Rauch, Staub oder grelles Sonnenlicht vermeiden.
- Fremdkörper wie Sandkörner können Sie an den Unterlidern meist selbst entfernen (Erste Hilfe, Seite 199). Fremdkörper unter dem Oberlid sollte besser der Arzt entfernen.
- Verklebte Sekrete können Sie durch feuchte Umschläge lösen und mit lauwarmem Wasser auswaschen. Watte ist in diesem Fall nicht geeignet, denn sie fusselt. Benutzen Sie für jedes Auge ein frisches Baumwolltuch oder eine sterile Kompresse, die Sie in abgekochtes und abgekühltes Wasser tauchen. Am besten bleibt Ihr Kind mit einer Bindehautentzündung im schattigen Zimmer und setzt eine Sonnebrille auf. Eventuell hilft ihm auch ein Ruhigstellen des entzündeten Auges mit einem Klappenverband.

Was wird der Arzt tun?

Bei einer allergischen Bindehautentzündung kann der Arzt den Auslöser meist durch einen Allergietest (Seite 27) ermitteln. Vorsorglich kann der Arzt die entzündeten Augen mit antiallergischen Augentropfen behandeln.
Jede Bindehautentzündung, die sich innerhalb von 48 Stunden nicht bessert, muss vom Arzt behandelt werden.
Bei einer bakteriellen Entzündung sollen antibiotische Augentropfen gegeben werden.

INFO

Eine Sonderstellung unter den Bindehautentzündungen nimmt die so genannte Schwimmbad-Konjunktivitis ein. Sie wird durch Bakterien hervorgerufen, die durch feuchte Wäsche und Badewasser übertragen werden – jedoch in den seltensten Fällen in Schwimmbädern. Bei der »Schwimmbad-Konjunktivitis« erkrankt immer die Hornhaut der Augäpfel mit. Um Schäden zu vermeiden, wird der Arzt Ihrem Kind Antibiotika geben.

BINDEHAUTENTZÜNDUNG BEIM SÄUGLING

Häufig werden schon bei der Geburt eines Kindes die Tränensäcke mit Bakterien besiedelt. Durch die Bakterien verkleben die Tränenabflusskanäle zur Nase. Es bildet sich eine gelbe oder grünlichgelbe Eiteransammlung auf der Bindehaut, die sich rot entzündet (Schmierauge). Die Augenlider verkleben und können nicht mehr von allein geöffnet werden.

Was können Sie selbst tun?

Waschen Sie die Eiteransammlungen mit lauwarmem, abgekochtem Wasser ab. Verwenden Sie dafür nur frische feuchte Tücher oder sterile Kompressen. Für jedes Auge eine Kompresse extra! Verwenden Sie keine Wattetupfer oder Kamillentee: Von der Watte könnten Fussel zurückbleiben, die die Bindehaut erneut reizen, und der Teeextrakt kann selbst reizen. Bei einer eitrigen Augenentzündung müssen Sie immer einen Arzt zurate ziehen.

Was wird der Arzt tun?

Der Arzt wird zur Erregerbestimmung eventuell einen Abstrich vom Eiter machen, damit er gezielt antibakterielle Augentropfen verschreiben kann. Ihr Arzt wird Ihnen zeigen, wie man die Tränensäcke und Tränenkanälchen des Babys massiert, um ein erneutes Verkleben zu verhindern. Kommt es immer wieder zu Augenentzündungen, kann es notwendig werden, dass die Tränenkanälchen bei einem dafür spezialisierten Augenarzt durchgespült werden.

LIDRANDENTZÜNDUNG

Eine Lidrandentzündung (Blepharitis) tritt infolge von Reizen durch Staub, Rauch und Fremdkörper auf. Bei einer Neurodermitis (Seite 134) finden sich durch die trockene, schuppende und juckende Haut ebenfalls Entzündungen an den Lidrändern. Auch bei einer Erkältung (Seite 68) mit vermehrtem Sekretfluss und einer Reizung der Bindehäute können die Lidränder entzündlich mitreagieren.
Entzündete Augenlidränder sind hochrot, schmerzen und bilden Schuppen und Krusten, die so stark verkleben, dass die Augenlider nicht mehr geöffnet werden können. Dieser Zustand zeigt sich insbesondere nach dem Schlafen. Bei jeder Lidrandentzündung besteht die Gefahr, dass sich auch die Drüsen der Wimpernwurzeln entzünden und sich dadurch ein Gerstenkorn (Seite 38) entwickelt.
Eine chronische Entzündung der Lidränder kann über Wochen oder gar Monate anhalten. Manchmal ist sie ein Anzeichen für eine bis dahin nicht bemerkte Fehlsichtigkeit, die durch eine Brille behoben werden kann.

Was können Sie selbst tun?

Bei einer Lidrandentzündung sind die Augen mehrmals täglich mit lauwarmem, abgekochtem Wasser auszuwaschen. Dazu benutzen Sie für jedes Auge und bei jeder Behandlung ein frisches Baumwolltuch, besser noch sterile Kompressen. Achten Sie beim Auswaschen darauf, dass Sie immer in Richtung Nasenwurzel wischen.

Verklebte Krusten an den Lidrändern sollten Sie vor dem Abwischen mit den feuchten, lauwarmen Kompressen aufweichen. Achten Sie darauf, dass die entzündeten Augenlider nicht weiterhin durch Staub und Rauch gereizt werden. Manchmal hilft eine Sonnenbrille.

Was wird der Arzt tun?

Kommt es innerhalb von 2 bis 3 Tagen zu keiner Besserung der Lidrandentzündung, muss der Arzt feststellen, ob es sich um eine bakterielle Infektion handelt. In diesem Fall wird er antibakterielle Augentropfen geben.
Bei einer Lidrandentzündung durch eine Erkältung (Seite 68) oder Neurodermitis (Seite 134) müssen diese Grunderkrankungen mitbehandelt werden.

GERSTENKORN

Das Gerstenkorn (Hordeulum) ist eine akute, bakterielle und eitrige Entzündung der Drüsen an den Wimperwurzeln am Ober- oder Unterlid des Auges. Die Erkrankung ist ansteckend und wird durch die Tränenflüssigkeit als Schmierinfektion übertragen. Sie tritt häufig in Kombination mit Erkältungen (Seite 68) auf.
Beim Gerstenkorn beginnt die Entzündung mit einer juckenden, schmerzhaften Rötung im Bereich des Ober- oder Unterlidrandes. Dieser schwillt stark an und produziert vermehrt Tränenflüssigkeit. Innerhalb weniger Tage bildet sich ein kleiner Lidrandabszess aus, der gelblichen Eiter nach innen zur Augenbindehaut oder nach außen entleert. Durch den Eiter können Folgeerkrankungen wie etwa ein Tränendrüsenabszess am Auge entstehen.

Was können Sie selbst tun?

- Durch eine Bestrahlung mit Infrarotlicht (Seite 242) können Sie die Reifung des Gerstenkorns, also die Abszessbildung, beschleunigen.
- Zur Behandlung der Schmerzen können Sie kühle, feuchte Augenkompressen auflegen. Nehmen Sie keine Watte, da diese fusselt. Gut eignen sich Baumwoll- oder Leinentücher.

Hinweis

Drücken Sie nie ein Gerstenkorn selbst auf! Es besteht die Gefahr einer Blutvergiftung. Nehmen Sie immer ärztliche Hilfe in Anspruch, um der Gefahr einer zusätzlichen Entzündung der Tränendrüsen vorzubeugen.

Was wird der Arzt tun?

Ein Gerstenkorn sollte immer vom Arzt behandelt werden, da die Gefahr einer Infektionsausbreitung über die Blutbahn besteht. Das reife Gerstenkorn wird der Arzt öffnen. Bei stark entzündeten Abszessen wird eine antibiotische Augensalbe notwendig, die für mindestens 5 Tage auf die betroffene Stelle aufgetragen werden muss.

Bauchdeckenbruch, Zwerchfellbruch, Leistenbruch

Die Bauchdecke mit ihren Muskeln und dem Bindegewebe schützt und stützt die inneren Organe vom Brustkorb abwärts bis zum Beckengürtel und Oberschenkel. Die Muskeln bestehen aus drei Schichten, die von Bindegewebe umgeben sind. Von der Wirbelsäule laufen sie in 2 Schichten über den Rücken und die Flanken zur Bauchmitte. Vom Brustbein bis zum Schambein verlaufen sie in Längsrichtung, rechts und links von der Bauchmitte.

Die Bauchdecke hat einige schwache Stellen, so genannte Lücken, durch die Gefäße, Nerven und Bänder laufen. Die bekannteste Lücke im Oberbauchbereich ist die Nabellücke für den Durchtritt der Nabelgefäße vor der Geburt. Im Normalfall schließt sie sich nach der Geburt von alleine. Ist dies nicht der Fall, entsteht ein Nabelbruch (Seite 128).

Eine weitere angeborene Lücke im Oberbauchbereich liegt im Zwerchfell. Sie ist die Durchtrittsstelle der Speiseröhre in den Magen. An der rechten und linken Leiste sind ebenfalls Lücken in der Bauchdecke. Sie sind notwendig für den Durchtritt der Gefäße und Nerven zu den Beinen, für die Samenstränge und Blutgefäße zum Hoden bzw. für die Blutgefäße zu den großen Schamlippen.

Wenn bewegliche Gewebeteile, wie Darmschlingen oder Teile des Bauchfells, durch die Lücken austreten, liegt ein »Bruch« (Hernie) vor.

Zwerchfellbruch

Der Zwerchfellmuskel trennt die Organe des Brustkorbs von den Organen im Bauchraum. Im Zwerchfell besteht eine Lücke für den Durchtritt der Speiseröhre in den Magen. Die Bauchdecke ist in diesem Oberbauchbereich sehr dünn. So können Sie einen Zwerchfellbruch als deutliche Vorwölbung in der Bauchdecke unterhalb des Brustbeins erkennen. Diese Vorwölbung ist das äußere Anzeichen dafür, dass Teile des Magens durch die Lücke des Zwerchfells in den Brustraum gepresst wurden. Dies entsteht durch einen Überdruck im Bauchraum beim Schreien, schweren Heben oder auch starken Pressen bei Verstopfung. Bei einer Zwerchfellhernie kommt es außerdem zu Sodbrennen, saurem Aufstoßen von Magensaft (Reflux), Oberbauchschmerzen und Erbrechen.

Leistenbruch

Ein Leistenbruch (Leistenhernie) kann durch vergrößerte oder zu schwache Leistenlücken oder durch den Druck der Bauchmuskulatur und der inneren Organe (»Bauchpresse«) entstehen. Ein solcher Druck wird vor allem durch Heben, beim Stuhlgang oder beim Baby durch Schreien erzeugt. Ist der Druck größer als es das Gewebe im Bereich der Leistenlücke und des Leistenkanals halten kann, bricht dieses Bindegewebe auf und Organe des Bauchraumes wie Teile des Darms oder des Bauchfells dringen in den Leistenkanal oder direkt unter die Haut. Ein Leistenbruch ist als Vorwölbung im Bereich der Leiste, der großen Schamlippen oder im Hodensack zu sehen und zu tasten. Durch große Bruchpforten lässt sich der Inhalt des Leistenbruchs in den Bauchraum zurückschieben. Bei kleinen Bruchpforten besteht die Gefahr, dass die Organe im Bruchsack einklemmen und absterben. Das bedeutet akute Lebensgefahr und muss sofort operiert werden.

Leistenbruch beim Säugling

1 Prozent der Säuglinge erleiden einen Leistenbruch, Frühgeburten noch häufiger. Damit stehen Leistenbrüche an erster Stelle der Bruchàrten im Säuglingsalter. Jungen sind 9-mal häufiger betroffen als Mädchen. Leistenbrüche werden in zwei Drittel der Fälle in den ersten 3 Monaten als Schwellung im Leistenbereich erkennbar und vergrößern sich beim Schreien, Niesen, Husten und Pressen der Bauchmuskulatur beim Stuhlgang. Leistenbrüche im Säuglingsalter sind normalerweise nicht schmerzhaft und bereiten auch kein Unwohlsein. Eine notwendig werdende Operation kann in Ruhe geplant werden. Anders ist es bei eingeklemmten Leistenbrüchen: Sie müssen sofort operiert werden! Ein eingeklemmter Leistenbruch macht sich durch starke Schmerzen, Erbrechen, Zurückhalten des Stuhlgangs (Stuhlverhalten) und Kreislaufprobleme bemerkbar.

B

Was wird der Arzt tun?

Ein Leistenbruch muss in jedem Fall operiert werden, denn er bildet sich nicht von alleine zurück. Druckverbände und Bruchbänder helfen nicht. Solange keine Darmschlingen oder Bauchfellanteile im Bruchsack eingeklemmt sind, kann die Operation ohne Überstürzung geplant und ambulant durchgeführt werden. Ein eingeklemmter Leistenbruch hingegen muss sofort operiert werden und sollte im Krankenhaus stationär behandelt werden.

Hinweis

!

Nicht jede Schwellung im Leistenbereich ist ein Leistenbruch. Es kann sich auch um vergrößerte Lymphknoten, eine Hodenentzündung oder Hodendrehung, einen Wasserbruch oder Leistenhoden handeln. Aus diesem Grund sollten Sie jede Schwellung in der Leistengegend dem Arzt zeigen, damit er die richtige Diagnose stellen kann.
Bei Verdacht auf einen eingeklemmten Leistenbruch oder eine Hodendrehung müssen Sie mit Ihrem Kind sofort zum Arzt, besser noch in die Klinik, denn in diesem Fall muss innerhalb von 6 Stunden nach der Entstehung operiert werden.

Bauchschmerzen

Bauchschmerzen zählen zu den häufigsten Krankheitssymptomen im Säuglings- und Kindesalter. Diese Schmerzen sind besonders vieldeutig: Sie können völlig harmlos sein, aber auch ein Zeichen für eine lebensbedrohliche Erkrankung. Bauchschmerzen können plötzlich (akut) auftreten oder sich ständig wiederholen (chronisch). Sie können Zeichen eines akuten Durchfalls sein, treten aber ebenso parallel bei Ohrenschmerzen oder einer Lungenentzündung auf. Manchmal sind Bauchschmerzen auch ein Ausdruck von seelischen Störungen oder chronischen Entzündungen.
Jeder Bauchschmerz im Säuglings- und Kindesalter muss so lange genau untersucht und abgeklärt werden, bis die Ursache gefunden worden ist. Bei unklaren, insbesondere akuten Bauchschmerzen muss als Erstes eine Blinddarmentzündung (Seite 45) ausgeschlossen werden. Akute Bauchschmerzen bei Kindern sind immer ein Grund, sobald wie möglich den Arzt aufzusuchen. Die richtige Diagnose bei Bauchschmerzen im Kindesalter zu stellen, zählt auch heute noch zu den schwierigsten Aufgaben des Arztes. Dabei spielen das Lebensalter des Patienten und die Lokalisation des Bauchschmerzes eine wesentliche Rolle.
Neben den Dreimonatskoliken (Seite 58) gehört im Säuglings- und im Kleinkindalter der akute Magen-Darm-Infekt mit Durchfall (Seite 60) und Erbrechen (Seite 65) zu den wiederholt auftretenden Erkrankungen. Der Arzt wird in jedem Lebensalter aber immer auch eine Darmverschlingung (Seite 55) oder einen Leistenbruch (Seite 40) ausschließen.
Im Kindergartenalter klagen Kinder häufig über akutes Bauchweh, wenn die oberen Atemwege erkrankt sind, etwa bei Ohrenschmerzen (Seite 138), Scharlach (Seite 154) oder bei einer Lungenentzündung (Seite 113). Chronische, also ständig wiederkehrende Bauchschmerzen im Kindergartenalter und frühen Schulalter heißen Nabelkoliken (Seite 125).
Bei Schulkindern kommen bei akuten Bauchschmerzen neben der Blinddarmentzündung auch Harnwegsentzündungen (Seite 86) sowie Nieren- und Gallensteine in Betracht. Ebenso können Magengeschwüre (Seite 116) und chronische Darm-

erkrankungen dauernde oder akute Bauchschmerzattacken hervorrufen. Bei Jungen muss immer eine Hodendrehung (Seite 41) ausgeschlossen werden. Auch ein eingeklemmter Leistenbruch (Seite 40) verursacht starke akute Bauchschmerzen. Chronische Bauchschmerzen können in jedem Alter das organische Zeichen für seelische Probleme sein. Oft verbergen sich dahinter Schulängste, Geschwisterrivalitäten, Miterleben von Problemen der Eltern und vieles mehr. Manchmal dauert es lange, bis die Ursache gefunden ist. In diesen Fällen kann eine Psychodiagnostik und -therapie hilfreich sein.
Immer wiederkehrende Bauchschmerzen sind in seltenen Fällen Ausdruck von chronischen Magen-Darm-Entzündungen wie Zöliakie (Seite 182) oder Morbus Crohn.

Hinweis

Nehmen Sie akute Bauchschmerzen Ihres Kindes grundsätzlich ernst und gehen Sie zum Arzt wenn innerhalb von 6 Stunden keine Besserung eintritt.

→ Tabelle Seite 14

Bein- und Fussfehlstellungen

X- und O-Beine, Knicksenkfüsse

Jeder Säugling kommt mit O-Beinen und Knickplattfüßen zur Welt. Ab dem 2. Lebensjahr, wenn das Kind laufen lernt, bekommt es X-Beine und hat noch eine Knickfußstellung. Viel Bewegung stärkt die Muskelkraft, wodurch die Beine immer gerader werden und sich ein gesundes Fußgewölbe ausbildet. Diese Entwicklung ist normalerweise bis zur Pubertät abgeschlossen.
Bewegt sich ein Kind zu wenig und leidet es an Übergewicht, sind die Muskeln zu schwach – es kommt zu einer Fehlstellung und Fehlbelastung der Beine, was zu X- oder O-Beinen führt. Da heute viele Kinder (und Erwachsene) an Bewegungsmangel leiden, gibt es immer mehr Jugendliche und Erwachsene mit Fehlstellungen und schmerzhaften Verschleißerscheinungen an Knien, Knöcheln und Fußknochen.

Was können Sie selbst tun?

Die wichtigste Maßnahme ist viel körperliche Bewegung im Alltag, bei Spiel, Sport und Gymnastik. Durch eine solche Kräftigung der Muskulatur kommt es auch zu einer gesunden Skelettentwicklung.

Was wird der Arzt tun?

Jede Fehlstellung der Beine und Füße muss ärztlich kontrolliert und überwacht werden. Säuglinge und Kinder mit Lähmungen, Muskelschwäche oder Muskelverspannungen, die auf Störungen im Gehirn (zentrale Bewegungsstörungen) zurückgehen, brauchen eine regelmäßige Krankengymnastik (Physiotherapie). Außerdem können bei ihnen Stützprothesen oder Schuheinlagen notwendig werden, eventuell sogar eine Operation zur Verbesserung der Bewegungsabläufe.

INFO

Kinder mit nächtlichen Schmerzen im Schienbein und Wadenbereich leiden oftmals an so genannten Wachstumsschmerzen. Sie können nicht einschlafen oder wachen wegen der Schmerzen auf. Die Ursachen sind nicht vollständig geklärt. Es ist möglich, dass die Wachstumsschmerzen durch Herumtoben bei sonst untrainierten Kindern entstehen.
Durch kalte Umschläge und eine leichte Bewegungsmassage mit Franzbranntwein lassen sich die Schmerzen lindern. Hilft das nicht und dauern die Schmerzen an, lassen Sie einen Arzt feststellen, ob Bänderzerrungen, Gelenkergüsse oder eine rheumatische Erkrankung vorliegt.

KLUMPFÜSSE

Bei Kindern ist ein Klumpfuß fast immer vererbt. Er ist sofort nach der Geburt erkennbar und muss umgehend behandelt werden. Vererbte Klumpfüße treten bei Jungen doppelt so häufig auf wie bei Mädchen. Ein Klumpfuß kann aber auch aus Mangel an Fruchtwasser oder durch räumliche Enge in der Gebärmutter entstehen.

Was wird der Arzt tun?

Der Klumpfuß muss sofort nach der Geburt orthopädisch eingerichtet und eingegipst werden. In den folgenden Tagen und Wochen sind häufige Gipswechsel notwendig, ebenso langfristige ärztliche Kontrollen und regelmäßige Krankengymnasik (Physiotherapie). Eventuell ist eine Operation sinnvoll, um die Achillessehne zu verlängern. Dadurch wird der Fuß beweglicher, was für die Entwicklung des Laufens notwendig sein wird.

BLINDDARMENTZÜNDUNG

Die Blinddarmentzündung (Appendicitis) ist eine Erkrankung im Darmbereich, die am häufigsten (70 Prozent) zwischen dem 5. und 15. Lebensjahr auftritt. Jungen sind stärker davon betroffen als Mädchen. Die Ursache ist eine bakterielle Entzündung am Wurmfortsatz (Appendix) des Blinddarms im Bereich des rechten Dickdarmanteils.
Eine Blinddarmentzündung beginnt in den meisten Fällen mit plötzlich auftretenden, unklaren Bauchschmerzen im Oberbauch und Nabelbereich, die von Übelkeit und Erbrechen begleitet sind. Die ersten »Signale« einer Blinddarmentzündung können aber auch unregelmäßig auftretende, wechselnde Schmerzattacken im gesamten Bauchraum sein.
Erst mit der Zeit konzentriert sich der Schmerz im rechten Unterbauch und bleibt hier bestehen. Typischerweise verstärkt sich nach dem Eindrücken der Bauchdecke auf der linken Bauchseite der Schmerz auf der rechten (so genannter Loslassschmerz). Hüpfen auf dem rechten Bein erhöht ebenfalls den lokalen Schmerz rechts. Begleiterscheinungen einer Blinddarmentzündung können Durchfall oder Verstopfung sein. Dadurch kann ein Magen-Darm-Katarrh (Seite 114) oder ein Darmverschluss (Seite 55) vorgetäuscht werden. Die Körpertemperatur ist mäßig bis stark erhöht, wobei ein deutlicher Unterschied zwischen der unter der Achsel und der rektal (im Po) gemessenen Temperatur besteht.

Was wird der Arzt tun?

Die eindeutige Diagnose einer Blinddarmentzündung ist trotz ihres häufigen Auftretens für den Arzt immer schwierig. Um sicher zu gehen, muss der Arzt den gesamten Bauchraum abtasten und abhören, die Körpertemperatur messen und das Blut untersuchen (die Anzahl der weißen Blutkörperchen ist im Falle einer Blinddarmentzündung erhöht).
Auch eine Ultraschalluntersuchung des Bauches hilft beim Diagnostizieren. Spricht alles für eine Blinddarmentzündung, dann muss sofort operiert werden. Auch bei nicht ganz klarem Befund sollte operiert werden, denn bei dieser Entzündung des Wurmfortsatzes besteht die Gefahr, dass er platzt und es dadurch zu einer lebensgefährlichen Bauchfellentzündung kommt.

Hinweis

Jede Blinddarmentzündung muss operiert werden. Verschwindet bei einer akuten Blinddarmentzündung der akute und lokale Schmerz plötzlich, dann ist der Wurmfortsatz aufgebrochen und die Entzündung breitet sich im Bauchraum aus. In diesem Fall muss Ihr Kind sofort operiert werden, um eine Bauchfellentzündung zu verhindern.
Nach der Blinddarmoperation muss der Patient noch einige Tage im Krankenhaus und danach für eine Woche zu Hause bleiben. 4 Wochen lang darf er nichts Schweres heben oder anstrengenden Sport treiben.

Blutarmut

Unter Blutarmut (Anämie) versteht man einen Mangel an roten Blutkörperchen (Erythrocyten) oder einen Mangel an Blutfarbstoff (Hämoglobin) in den roten Blutkörperchen.
Die Erythrocyten sind für den lebensnotwendigen Sauerstofftransport von der Lunge bis zu den Gewebszellen verantwortlich. Ohne Sauerstoff ist kein Leben möglich. Für den Transport lagert sich der Sauerstoff an den Blutfarbstoff in den roten Blutkörperchen an.

Eine Blutarmut kann akut durch einen starken Blutverlust bei inneren oder äußeren Verletzungen entstehen oder sie ist die Folge einer vererbten Störung der Blutgerinnung (Hämophilie), der so genannten Bluterkrankheit. In anderen Fällen ist eine nicht ausreichende Bildung von roten Blutkörperchen oder ein Eisenmangel die Ursache für Blutarmut.
Ebenso entsteht eine Blutarmut, wenn die roten Blutkörperchen zwar ausreichend produziert werden, aber durch eine krankhafte Auflösung (Hämolyse) eine verkürzte Lebenszeit haben. Oder die weißen Blutkörperchen vermehren sich unkontrolliert und verdrängen so die roten Blutkörperchen, was bei Leukämie (Blutkrebs) der Fall ist. Diese Störungen sind im Kindesalter jedoch selten. Die häufigste Ursache für eine Blutarmut bei Kindern ist ein Eisenmangel. Das Eisen kommt aus der Nahrung und ist für den Aufbau des Blutfarbstoffs (Hämoglobin) notwendig, an den der Sauerstoff zum Transport gebunden wird.
Kinder mit Blutarmut sind immer blass. Diese Blässe lässt sich am besten an den Bindehäuten der Augen, an den Lippen und an der Haut unter den Fingernägeln feststellen. Diese Hautstellen und Schleimhäute sind normalerweise stärker gerötet als die Farbe der Gesichtshaut. Drückt man bei einer Blutarmut zum Beispiel auf den Fingernagel, wird die Haut darunter blass und verändert sich über längere Zeit nicht. Auch das Lippenrot ist blass, manchmal sogar noch blasser als die Gesichtshaut. Farbige Kinder mit dunkler Haut haben ebenfalls sichtbar blasse Schleimhäute an den Augenlidern. Ihre gesunde braune Hautfarbe wird graubraun und feinschuppig. Kinder mit Blutarmut sind chronisch müde und schlapp. Bei körperlicher Anstrengung kommen sie außerdem schnell in Atemnot.

B

Was können Sie selbst tun?

Nachdem Sie beim Arzt waren und die Ursache der Blutarmut geklärt ist, muss Ihr Kind bei einem Eisenmangel zur weiteren Stabilisierung genügend Eisen über die Nahrung aufnehmen. Sehr eisenhaltig sind rotes Fleisch (Rind, Schaf, Lamm, Schwein) und Innereien.

Eigelb, Nüsse, Hirse und dunkelgrüne Blattgemüse (wie Grünkohl) liefern auch Eisen. Ihr Kind sollte außerdem genügend Vitamin C zu sich nehmen, indem es frisches Obst isst und frisch gepresste Obstsäfte trinkt. Vitamin C erhöht die Eisenaufnahme aus der Nahrung. Bei allen anderen Ursachen für die Blutarmut brauchen Sie spezielle ärztliche Hilfen.

Was wird der Arzt tun?

Jede Blutarmut oder jeder Verdacht muss ärztlich abgeklärt werden. Dazu erstellt der Arzt ein Blutbild. Bei der häufigsten Form einer Blutarmut durch Eisenmangel genügt im Kindesalter eine vermehrte Eisenzufuhr in Form von verordneten Eisensäften und -tropfen. In den übrigen Fällen wird der Arzt eine geeignete Therapie anwenden oder Ihr Kind an einen Spezialisten überweisen.

INFO

Neben der Blutarmut durch Eisenmangel aus der Nahrung gibt es bei Kindern noch eine Eisenmangel-Anämie, die durch häufige Infekte hervorgerufen wird. In diesen Fällen wird das Eisen im Gewebe gehortet und nicht an den Blutfarbstoff gebunden. Eine Eisentherapie ist deshalb bei Infekten nicht ratsam.

SONDERFORMEN DER BLUTARMUT

In den letzten Jahren ist die erbliche »Mittelmeer-Anämie« (Thalassamie) auch in den mitteleuropäischen Ländern immer häufiger aufgetreten, da eine Durchmischung der Bevölkerung mit Menschen aus den Mittelmeerländern zugenommen hat. Die Thalassamie ist eine angeborene Störung bei der Bildung von Blutfarbstoff. Sie muss ein Leben lang ärztlich betreut werden.

Ebenfalls lebenslange Betreuung brauchen Kinder mit einer ererbten Blutgerinnungsstörung (Hämophilie). Durch diese Krankheit kann es schon bei kleinen Verletzungen zu unstillbaren Blutungen und damit zu hohem Blutverlust kommen, der zur Blutarmut führt. Hiervon sind nur Jungen betroffen.

Die Krankheit wird meist erst nach der Säuglingszeit festgestellt, wenn sich die Jungen ihre ersten blutenden Verletzungen zuziehen.
Die Leukämie ist eine Blutkrebserkrankung, bei der sich die weißen Blutkörperchen krankhaft vermehren und dabei die anderen Blutkörperchen verdrängen, mit der Folge einer Blutarmut und Blutgerinnungsstörung. Die Kinder sind blass, müde und haben zahlreiche Blutergüsse. Ohne ärztliche Behandlung führt eine Leukämie zum Tod. Bei einer raschen Therapie durch einen Spezialisten für kindliche Leukämie sind die Überlebenschancen sehr hoch.

Borreliose

Die Borreliose ist eine Infektionskrankheit, die durch einen Insektenbiss übertragen wird. Die Erreger der Erkrankung sind Bakterien. Die bekannteste Borrelioseerkrankung (Lyme) wird durch einen Zeckenbiss ausgelöst. Das von Zecken übertragene Borrelia Bakterium (Borrelia burgdorferi) kommt normalerweise bei Säuge- und Nagetieren in Wald und Flur vor. Bei einem Blut saugenden Zeckenbiss an diesen Tieren werden die Bakterien von den Zecken aufgenommen und gelangen in deren Magen-Darm-Trakt. Bei einem erneuten Zeckenbiss auf andere Säugetiere oder den Menschen werden die Borrelien aus dem Magen der Zecke auf diese übertragen. Zecken mit Borrelien kommen weltweit in waldreichen Regionen vor. Die Borrelien werden beim Zeckenbiss vorzugsweise in den Sommermonaten übertragen. Sie gelangen nach dem Biss über den Speichel der Zecke in die menschliche Blutbahn.
Die Borrelioseerkrankung läuft unbehandelt in 3 Phasen ab.

- In der 1. Phase entwickelt sich am Ort des Zeckenbisses ein derbes rotes Knötchen, von dem sich innerhalb von 7 Tagen bis 6 Wochen eine ringförmige Rötung ausbreitet, die in der Mitte wieder blass wird. Diese Hautrötung wandert girlandenförmig weiter. Gleichzeitig können grippeähnliche Symptome wie Fieber, Glieder- und Muskelschmerzen auftreten. Bei Kindern schwellen die Lymphknoten in der Umgebung des Zeckenbisses an.

Unbehandelt verschwinden diese Krankheitssymptome nach 2 bis 3 Wochen, sie können aber auch über Monate hinweg bestehen bleiben.

- In der 2. Phase treten mehrere Wochen bis Monate nach der 1. Phase in 10 bis 20 Prozent der Fälle Entzündungen im Gehirn, Gelenken und an den Nerven auf. In der Folge kommt es zu Hirnhautreizungen, Nervenlähmungen (vorzugsweise des Gesichtsnervs mit Augenlid- und Mundwinkellähmung) und Herzgewebeentzündung mit Herzrhythmusstörungen.
- Die 3. Phase einer bis dahin unbehandelten Borreliose führt nach Jahren zu chronischen Gelenkschmerzen und chronischen, schmerzhaften Durchblutungsstörungen in den Fingern und Zehen, die absterben können.

INFO

Zum Schutz vor einem Zeckenbiss sollten Kinder und Erwachsene in Zeckengebieten (waldreiche und feuchte Gebiete) helle, langärmelige Kleidung tragen, damit ein Zeckenbefall besser zu erkennen ist. Am besten tragen Sie lange Hosen und stecken die Hosenbeine in die Strümpfe. Außerdem ist eine Mütze oder ein Hut mit rund umgehender Krempe ein guter Schutz vor Zecken. Meiden Sie dichtes Unterholz und Gebüsch und suchen Sie nach der Heimkehr aus einem Zeckengebiet den Körper sorgsam nach Zecken ab.

Was können Sie selbst tun?

Beobachten Sie jeden Zeckenbiss (oder besser die Bissstelle) auch nach der Zeckenentfernung (Seite 143) sorgsam. Bildet sich ein roter Entzündungsherd oder Ring (1. Phase), müssen Sie sofort einen Arzt aufsuchen.

Was wird der Arzt tun?

Der Arzt wird durch eine Untersuchung des Blutes die Krankheit nachweisen und sie mit Antibiotika behandeln. Diese Therapie ist bei Kindern meist erfolgreich. In der 2. Phase der Borreliose müssen die Antibiotika über längere Zeit regelmäßig gespritzt werden. Die 3. Phase einer Borreliose tritt erst im Erwachsenenalter auf und muss ebenfalls mit Antibiotika behandelt werden.

BRONCHITIS

AKUTE BRONCHITIS

Die Bronchitis ist im Kindesalter normalerweise eine unkomplizierte Erkrankung der Schleimhäute aller Atemwege vom Rachen bis in die Luftröhren (Bronchien) der Lunge. Die Bronchitis wird zu 90 Prozent durch Viren verursacht. Diese werden als Tröpfcheninfektion beim Niesen und Husten von Mensch zu Mensch übertragen.
Die virusbedingte Bronchitis beginnt 5 bis 6 Tage nach der Ansteckung mit einem trockenen Husten ohne Schleim, häufig mit Schmerzen hinter dem Brustbein. Gleichzeitig können leichtes Fieber und Zeichen einer Erkältung mit Schnupfen und Halskratzen auftreten.
Einige Tage später bildet sich weißlicher bis gelblicher zäher Schleim. Dadurch kann es beim Husten zum Würgen und Erbrechen kommen. Nach 2 Wochen sollte die Erkrankung vorbei sein.

Was können Sie selbst tun?

Das Wichtigste bei einer virusbedingten Bronchitis ist viel frische Luft. Gegen den zähen Schleim helfen Hustensäfte mit pflanzlichen Schleimlösern (wie Efeu oder Thymian). Als Hausmittel eignen sich Bestrahlungen mit Infrarotlicht (bis zu 3-mal täglich, Seite 242).
Außerdem kann Ihr Kind 10 Minuten lang Kopfdampfbäder mit Salzwasser (Seite 239) machen. Brustwickel mit Schweineschmalz (Seite 233) fördern die Durchblutung und lösen durch die Wärme und Feuchtigkeit den Schleim in den Bronchien.

Was wird der Arzt tun?

Eine antibiotische Behandlung ist nur notwendig, wenn Bakterien bei der Bronchitis mitmischen. Hält das anfängliche Fieber länger als 3 Tage an, wird der Arzt dies abklären. Manchmal sind chemische Schleimlöser notwendig, damit das Kind abhusten kann. Hustendämpfende Medikamente dürfen nur zu Beginn der Erkrankung verabreicht werden, solange noch kein Schleim gebildet wird.

Obstruktive Bronchitis

Die obstruktive Bronchitis kommt als Sonderform der akuten Bronchitis bei Säuglingen und Kleinkindern vor. Die Schleimhäute der in diesem Alter ohnehin engen Luftröhren (Bronchien) der Lungen schwellen bei einer Virusentzündung stark an. Dadurch kann die eingeatmete Luft nur schwer ausgeatmet werden. Es kommt zu einem pfeifenden Geräusch beim Ausatmen (exspiratorischer Stridor). Der zähe Schleim verstopft die Luftröhren zusätzlich und macht sich durch Rasselgeräusche, Giemen und Brummen bemerkbar. Beides kann der Arzt mit dem Stethoskop beim Abhören der Lunge feststellen. Ein Kind mit obstruktiver Bronchitis leidet an Atemnot und wird unruhig. Die Haut kann durch den Sauerstoffmangel bläulich verfärbt sein.

Was wird der Arzt tun?

Auch bei einer obstruktiven Bronchitis können nur die Krankheitszeichen (Symptome) behandelt werden, da die Krankheitserreger überwiegend Viren sind, gegen die Antibiotika nicht wirken. Meist werden bronchienerweiternde Medikamente (Bronchodilatoren) oder 1-prozentige Kochsalzlösung zum Inhalieren verordnet. Kortisonpräparate zum Inhalieren sind in manchen Fällen zur Entzündungshemmung ratsam.

Kinder mit einem überempfindlichen (hyperreagiblen) Bronchialsystem husten nach einer obstruktiven Bronchitis wegen der überschießenden Reizung der Bronchialschleimhäute trotz Therapie 4 bis 6 Wochen lang.

Chronische Bronchitis

Die chronische Bronchitis ist eine Sonderform der Bronchitis, wenn diese mehr als 3 Monate ohne Pause anhält oder sich häufig wiederholt. In der Regel liegt der chronischen Bronchitis eine andere Erkrankung als Ursache zugrunde. Die häufigsten Auslöser sind eitrige Entzündungen der Nasennebenhöhlen (Seite 130), Allergien (Seite 27), Fremdkörper in den Luftröhren sowie passives Rauchen (wenn zum Beispiel die Eltern, Großeltern oder ältere Geschwister in der Wohnung oder im Auto rauchen). Bei der angeborenen cystitischen Fibrose (Mukoviszidose) und bei einer angeborenen oder erworbenen Lungenfehlbildung (Bronchiektasien) kommt es ebenfalls zu einer chronischen Bronchitis.

Was wird der Arzt tun?

Eine chronische Bronchitis wird wie eine akute Bronchitis behandelt. Es muss aber immer nach den auslösenden Faktoren für die Erkrankung geforscht werden, um diese nach Möglichkeit zu vermeiden oder mitzubehandeln.

Bronchiolitis

Die Bronchiolitis ist eine lebensbedrohende, hochgradige Anschwellung und Einengung der kleinsten Luftröhrchen (Bronchiolen) in der Lunge. Die Bronchiolitis tritt nur bei Kindern in den ersten 2 Lebensjahren auf. Sie beginnt wie eine unkomplizierte Erkältung der oberen Luftwege. Es kommt aber sehr schnell zur Atemnot mit Schwierigkeiten beim Ein- und Ausatmen. Die Atemfrequenz (Anzahl der Atemzüge pro Minute) ist erhöht. Die Nasenflügel erweitern sich beim Einatmen. Beim Atmen wird die Atemmuskulatur zwischen den Rippen und an den Schlüsselbeingruben eingezogen. Die Haut des Kindes, insbesondere die Lippen und Fingerspitzen, werden blau. Die Erreger sind meist Viren. Kinder mit einer Bronchiolitis oder Verdacht darauf müssen sofort im Krankenhaus behandelt werden.

Darmeinstülpung

Ist die Darmeinstülpung (Invagination) auf eine angeborene, krankhafte Beweglichkeit des Darms zurückzuführen, kommt sie akut und unerwartet im Säuglingsalter und bei Kleinkindern bis zum 3. Lebensjahr vor. Bei älteren Kindern und Jugendlichen sind in der Regel Darmwandausstülpungen (Divertikel) oder Wucherungen in der Darmschleimhaut (Polypen) die Ursache für eine Invagination.
Bei der Darmeinstülpung schiebt sich ein Darmanteil in den nachfolgenden Darmabschnitt hinein, was zu starken Schmerzen und zur Behinderung der Darmtätigkeit bis hin zum Darmverschluss führen kann.
Ein Kind mit einer Darmeinstülpung schreit wegen der akuten und heftigen Schmerzattacken laut auf und nimmt eine verkrampfte Haltung ein. Es erbricht Schleim, der blutig sein kann. Wegen der Stärke der Schmerzen treten Schocksymptome (Seite 214) auf. Diese Phasen von Schmerzattacken werden von kurzen Pausen völliger Schmerzlosigkeit unterbrochen. Das Kind wird von mal zu mal teilnahmsloser.

Was wird der Arzt tun?

Eine Darmeinstülpung erkennt der Arzt beim Abtasten des Bauches an einer Verhärtung des erkrankten Darmabschnittes. Bei Säuglingen und Kleinkindern ist diese »Darmwalze« deutlich zu ertasten und liegt oft im rechten Unterbauch am Übergang vom Dünndarm in den Dickdarm.
Jeder Verdacht auf eine Darmeinstülpung sollte im Krankenhaus behandelt werden. Zunächst wird eine Ultraschalluntersuchung durchgeführt. Bestätigt sich der Verdacht, wird der Arzt versuchen, die Einstülpung mit einem Kontrastbrei-Einlauf zu lösen. Dieses Vorgehen hat gerade bei Säuglingen und Kleinkindern Aussicht auf Erfolg, wenn es innerhalb der ersten 12 Stunden nach dem Einsetzen der Schmerzen durchgeführt wird. Bleibt der erhoffte Erfolg aus, muss operiert werden, da sonst das eingestülpte Darmteil abstirbt, was lebensgefährlich ist.

Hinweis

Eine Darmeinstülpung ist immer ein Notfall. Bringen Sie Ihr Kind schon beim ersten Verdacht sofort zum Arzt oder ins Krankenhaus. Bei auftretenden Schocksymptomen (Seite 214) oder Bewusstseinstrübungen rufen Sie den Notarzt. Ohne Behandlung stirbt das geschädigte Darmteil schnell ab und führt innerhalb weniger Tage zum Tode.

Darmverschluss

Bei einem Darmverschluss (Ileus) ist die normale Darmpassage durch eine Lähmung oder ein Hindernis eingeschränkt oder blockiert. Dadurch wird der Stuhl nicht weiter transportiert und staut sich oberhalb des »Verschlusses«. Der Enddarm ist kotfrei; es werden weder Kot noch Winde abgesetzt. Durch den Darmverschluss kommt es zu einem geblähten Bauch, zu Aufstoßen, Bauchschmerzen. Manchmal wird auch Kot erbrochen. Die Zeichen für einen Darmverschluss können sich langsam entwickeln oder akut auftreten.
Bei einem Darmverschluss durch verschluckte Fremdkörper (etwa unzerkaute, getrocknete Pflaumen und Feigen, die im Darm aufquellen) treten verstärkte, durch die Bauchdecke sichtbare Darmbewegungen und anfallsartige Bauchschmerzen (Koliken) auf. Bei einem Darmverschluss durch eine Lähmung der normalen Darmbewegungen sind Entzündungen im Bauchraum, wie eine Blinddarmentzündung (Seite 45) oder Bauchfellentzündung, die Ursache. Ein Darmverschluss kann auch durch einen eingeklemmten Leistenbruch (Seite 40) oder durch Darmverschlingungen entstehen.
Zu Beginn eines Darmverschlusses treten akute oder langsam einsetzende und immer stärker werdende Bauchschmerzen mit Blähungen, Übelkeit und Erbrechen auf. Hinzu kommen ständiges Aufstoßen von Luft und manchmal erbrechen von Kot. Bei einem Darmverschluss durch verschluckte Fremdkörper entstehen sichtbare Wellenbewegungen unter der Bauchdecke, begleitet von hörbaren Darmgeräuschen. Bei einem Darmverschluss durch Darmlähmung ist der Bauch dagegen bewegungsarm und man hört keine Darmgeräusche.

Beim Darmverschluss durch einen eingeklemmten Leistenbruch ist ein schmerzhafter, sichtbarer Knoten in der Leiste zu tasten. Zur Sicherung der Diagnose macht der Arzt eine Röntgenübersichtsaufnahme oder Ultraschall-Untersuchung des Bauchraumes, um die Luft und den Flüssigkeitsspiegel im Darm oberhalb der Verschlussstelle zu sehen.

Was wird der Arzt tun?

Ein Darmverschluss durch Darmverschlingung, Leistenbruch und verschluckte Fremdkörper muss sofort, nach Möglichkeit innerhalb von 6 Stunden nach Auftreten operiert werden. Ist eine Lähmung die Ursache für den Darmverschluss, kann es notwendig werden, für eine bestimmte Zeit einen künstlichen Darmausgang anzulegen. Manchmal gelingt es auch, mit Abführmitteln oder durch Darmspülungen vom Enddarm aus den Verschluss zu lösen. In diesen Fällen darf nichts gegessen und getrunken werden. Der Flüssigkeitsbedarf und der Kreislauf müssen in diesen Fällen mit Infusionen auf rechterhalten werden.

Darmverschluss beim Neugeborenen

Eine Sonderform des Darmverschlusses ist der Neugeborenen-Ileus, der durch eine fehlerhafte angeborene Anlage der Darmschlingen oder durch einen mechanischen Verschluss bei eingedicktem oder eingetrockneten Neugeborenenstuhl (Kindspech oder Mekonium) entsteht. In seltenen Fällen ist beim Neugeborenen die Haut oder Muskulatur des Afters verwachsen. Um einen Darmverschluss auszuschließen, wird bei jedem Neugeborenen durch den Entbindungsarzt oder die Hebamme die Durchgängigkeit des Afters überprüft und der Enddarm auf Kindspech untersucht.

Hinweis

Hat Ihr Kind schwere, akute oder anhaltende Bauchschmerzen, können Sie einen Darmverschluss nicht ausschließen. Bringen Sie Ihr Kind deshalb sofort zum Arzt oder in die nächstgelegene Klinik.

Diphterie

Diphterie ist eine höchst ansteckende, durch Tröpfcheninfektion übertragene, lebensbedrohende Krankheit, die alle nicht ausreichend geimpften Personen (Kinder und Erwachsene) befällt. Der Erreger ist ein Coryne-Bakterium.
Nach einer Ansteckung vergehen 2 bis 6 Tage (Inkubationszeit), bis die Krankheit ausbricht. Zu Beginn kommt es bei leicht erhöhten Temperaturen (über 38 °C) zu einem fauligen Mundgeruch, der durch dicke grau-eitrige Beläge auf den Mandeln und im Kehlkopfbereich hervorgerufen ist. Durch die Beläge im Kehlkopf kommt es zu Atemnot und einem bellenden Husten. Die Diphterie-Bakterien bilden Gifte (Toxine), die zu einer Herzmuskelentzündung mit Herzschwäche und Hirnnervenlähmungen führen können. Noch immer führt Diphterie bei 20 Prozent der Erkrankungen zum Tod.

D

Hinweis

!

Schon bei den kleinsten Anzeichen und dem geringsten Verdacht auf Diphterie müssen Sie mit Ihrem Kind zum Arzt. Auch im Verdachtsfall muss Ihr Kind in die Klinik und isoliert werden. Die Diagnose wird durch einen Rachenabstrich gesichert. Eine überstandene Erkrankung hinterlässt keinen langen Schutz vor einer neuerlichen Ansteckung. Der einzige Schutz sind regelmäßige Impfungen (Seite 9).

Was wird der Arzt tun?

Diphterie ist eine meldepflichtige Krankheit. Schon der Verdacht muss dem zuständigen Gesundheitsamt gemeldet werden. Ein Diphtherie-Kranker muss auf einer Infektionsstation im Krankenhaus isoliert werden. Er wird mit Antibiotika und Immunglobulin (Antikörper zur körpereigenen Abwehr) behandelt.

Dreimonatskoliken

Die Ursache dieser Blähungen bei Säuglingen ist nicht eindeutig geklärt. Eine Theorie geht davon aus, dass die Darmschleimhaut noch nicht ausgereift und dadurch nicht voll funktionsfähig ist. Eine andere nimmt an, dass durch die notwendige Besiedlung des Darms mit Bakterien anfangs noch ein Ungleichgewicht bestehen kann, das diese Blähungen hervorruft.

- Die Dreimonatskoliken beginnen normalerweise in der 2. Lebenswoche und verschwinden mit und ohne Therapie ab dem 3. bis 4. Monat. Jungen und Frühgeborene leiden häufiger an diesen Blähattacken. Oftmals trinken die Säuglinge hastig und schlucken dabei Luft. Oder die stillende Mutter hat blähende, koffeinhaltige oder röststoffhaltige Nahrung zu sich genommen.
- Durch die Blähungen kommt es zu krampfartigen Verspannungen und einer Dehnung der Darmwand. Dies führt zu den anfallsartigen Schmerzen. Sie treten vor allem am späten Nachmittag und frühen Abend auf. Das Baby schreit mit schmerzverzerrtem Gesicht und beugt und streckt die Beine rhythmisch, wodurch die Darmbewegungen angeregt werden. Dabei können Blähungen abgehen. So plötzlich wie sie gekommen sind, hören die Schreiattacken wieder auf. Sie können sich aber mit kurzen Pausen über Stunden hinziehen.

Was können Sie selbst tun?

- Verzichten Sie während der Stillmonate möglichst auf blähende Nahrungsmittel wie Koffein und Zwiebeln.
- Achten Sie darauf, dass Ihr Baby nicht zu hastig trinkt. Füttern Sie eventuell etwas früher als im 4-Stunden-Rhythmus. Lassen Sie Ihren Säugling beim Trinken häufig pausieren und aufstoßen.
- Massieren Sie den Bauch Ihres Kindes im Uhrzeigersinn. Geben Sie feucht-warme Kompressen auf den blähenden Bauch (Seite 238). Legen Sie Ihr Baby mit dem Bauch auf Ihren Unterarm, den Kopf in Richtung Ihres Ellenbogens (»Fliegerstellung«).
- Sorgen Sie abends für eine ruhige häusliche Atmosphäre.

Was wird der Arzt tun?

Wenn die Bauchschmerzen erstmals auftreten, gehen Sie zum Kinderarzt, um organische Störungen wie einen Darmverschluss (Seite 55) oder eine Verstopfung (Seite 168) auszuschließen. Der Arzt wird Ihr Kind eingehend untersuchen und eventuell den Bauchraum mit Ultraschall abtasten. Hat er eine organische Störung ausgeschlossen, kann er bei Bedarf Tropfen oder Säfte gegen die Blähungen verordnen. Verschwinden werden die Dreimonatskoliken dadurch zwar nicht vollständig, aber durch die Tropfen werden die Schmerzen Ihres Babys gelindert.

DREITAGEFIEBER

Das Dreitagefieber (Exanthema subitum) ist eine höchst ansteckende Virusinfektion, die durch Tröpfcheninfektion übertragen wird. Die Erreger sind Viren aus der Gruppe der Herpesviren. Die Erkrankung ist so verbreitet und ansteckend, dass sie vor allem im Alter von 6 bis 24 Monaten auftritt. Vom Tag der Ansteckung bis zum Ausbruch der Erkrankung dauert es 7 bis 17 Tage.

Die Krankheit beginnt mit plötzlichem und schnell hoch ansteigendem Fieber bis 39° oder 40 °C. Das Fieber bleibt etwa 3 bis 4 Tage und verschwindet genau so abrupt, wie es gekommen ist. Das Kind ist dabei in seinem Allgemeinbefinden wenig beeinträchtigt. Während oder nach dem Fieber tritt ein flüchtiger, feinfleckiger roter Ausschlag vorzugsweise an Bauch und Rücken auf. Der Ausschlag ähnelt Masern (Seite 122) oder Röteln (Seite 151).

HINWEIS

Da das Dreitagefieber unklar mit hohem Fieber anfängt und der Ausschlag beginnenden Masern oder Röteln ähnelt, sollte die Diagnose vom Arzt abgeklärt werden. Auch eine Hirnhautentzündung (Seite 97) oder ein Harnwegsinfekt (Seite 86) kann anfangs einem Dreitagefieber ähneln. Durch den schnellen Fieberanstieg kann es zu Fieberkrämpfen (Seite 197) kommen.

Was können Sie selbst tun?

Das Dreitagefieber wird nur symptomatisch behandelt, das heißt Sie müssen das Fieber wegen der Gefahr eines Fieberkrampfes (Seite 197) mit Fieberzäpfchen und Wadenwickeln (Seite 245) senken. Geben Sie Ihrem Kind viel zu trinken. Essen muss es nicht, wenn es nicht möchte. Es muss auch nicht im Bett liegen, sollte aber während des Fiebers zu Hause bleiben. Nach dem Auftreten des roten Ausschlags ist Ihr Kind nicht mehr ansteckend.

DURCHFALL

Bei Durchfall werden große und kleine, häufig dünnflüssige bis wässrige Stuhlmengen ausgeschieden, denen Blut und Schleim beigemengt sein kann. Häufig sind akut entzündliche Erkrankungen des Dünndarms die Ursache für den Durchfall, der auch mit Erbrechen verbunden sein kann.
In 90 Prozent der Erkrankungen wird die Entzündung der Darmschleimhaut durch Viren hervorgerufen, wobei die Rotaviren die problematischsten Erreger sind, da sie sich schnell verbreiten und zu extremem Wasserverlust bis hin zur Austrocknung (Exsikkose) führen können.
Der Schweregrad des Durchfalls kann am Gewichtsverlust gegenüber dem Gewicht vor der Erkrankung abgeschätzt werden. Bei einem Gewichtsverlust bis zu 5 Prozent spricht man von einer leichten Form des Durchfalls. Mittelschwerer Durchfall liegt vor, wenn das gewohnte Körpergewicht zwischen 5 und 10 Prozent verringert ist. Bei einem Gewichtsverlust von mehr als 10 Prozent handelt es sich um eine schwere Form des Durchfalls, die grundsätzlich mit Infusionen, am besten in einer Kinderklinik, behandelt werden muss, um die schwerste Form des Durchfalls mit Bewusstseinstrübung zu verhindern.
Säuglinge unter 3 Monaten mit Durchfall sollten immer stationär behandelt werden. Gestillte Kinder mit Durchfall werden weiterhin gestillt.

Was können Sie selbst tun?

- Durchfallerreger werden vor allem durch den Durchfall selbst ausgeschieden, deshalb sollten Sie keine Durchfall hemmenden Medikamente geben.
- Sorgen Sie unbedingt für eine ausreichende Flüssigkeitszufuhr. Bei leichten und mittelschweren Durchfällen muss der Flüssigkeitsverlust durch Tee mit einer Elektrolytlösung aus der Apotheke oder durch selbst gemachten Elektrolyttee (Seite 240) ausgeglichen werden. Die Teemenge muss mindestens 200 ml pro Kilogramm Körpergewicht in jeweils 24 Stunden erreichen.
  Gelingt dies nicht, braucht Ihr Kind eine Infusionstherapie.
- Häufige und kleine Trinkportionen, insbesondere in Form von salzhaltigen Getränken wie Elektrolyttee, Heilnahrung, salzhaltige Mineralwasser, fettfreie Gemüsebrühe, werden im Körper besser behalten und geben ihm die notwendige Flüssigkeit zurück.
- Hat ein Baby länger als 6 Stunden Durchfall, ein Kleinkind länger als 12 Stunden und ein Schulkind länger als 18 Stunden, müssen Sie einen Arzt zurate ziehen.

→ Tabelle Seite 15

Durchfall bei Babys

Im Säuglingsalter sind zu über 60 Prozent Rotaviren die Ursache für Durchfall. Diese Viren werden von Mensch zu Mensch übertragen. Erwachsene und Neugeborene können ohne Krankheitszeichen durch Rotaviren angesteckt sein; sie sind dann Überträger. 1 bis 3 Tage nach der Ansteckung wird das Baby krank und scheidet ansteckungsfähige Viren für 1 bis 2 Wochen aus. In 20 Prozent der Fälle kommen bei Durchfall Bakterien als Erreger in Betracht, etwa Salmonellen oder Coli-Bakterien. In den restlichen 20 Prozent sind Mikro-Organismen (Amöben) oder Hefepilze (Soor) die Ursache. Die Übertragung erfolgt in diesen Fällen von Mensch zu Mensch oder über unsaubere Nahrungsmittel.
Schon vor dem Durchfallbeginn ist das Baby oft quengelig und trinkfaul. Eventuell hat es erhöhte Temperatur oder Fieber.

Das Baby erbricht sich, bevor plötzlich, bei geblähtem Bauch, stinkender, wässeriger und/oder schleimiger Durchfall in die Windeln geht. Nach kurzer Zeit (1 Stunde) fällt die Bauchdecke in sich zusammen (Kahnbauch) und es hat schwarz umränderte, hohl liegende Augen. Durch den Verlust von Wasser über den Darm ist das Baby lebensgefährlich erkrankt.

Was können Sie selbst tun?

- Ihr Baby muss viel trinken, am besten Elektrolyttee aus der Apotheke oder selbst gemachten Elektrolyttee (Seite 240). Lassen Sie Ihr Kind nicht hungern.
- Wenn Sie stillen, dürfen Sie unbesorgt weiterstillen.
- Bei Flaschenkindern sollten Sie für kurze Zeit auf Heilnahrung (aus der Apotheke oder Drogerie) übergehen.
- Ist Ihr Kind älter als 6 Monate, geben Sie ihm auch geriebene Äpfel, Bananen und fettfreie Gemüsebrühe mit Reis. Zusätzlich können Sie ihm ein salzhaltiges Mineralwasser und trockene Laugenbrezen anbieten.
- Werden der Durchfall und gegebenenfalls auch das Erbrechen innerhalb von 6 Stunden nicht besser oder tritt Fieber auf, müssen Sie sofort zum Arzt oder in die Klinik. Eventuell braucht Ihr Baby eine Infusion, bei der ihm Flüssigkeit über die Venen zugeführt wird.

Was wird der Arzt tun?

Der Arzt wird Ihr Baby genau untersuchen, wiegen und wenn nötig Tropfen oder Zäpfchen gegen den Brechreiz verordnen. Der Zustand Ihres Kindes muss abgeklärt werden. Ob eine Einweisung in eine Klinik notwendig ist, hängt vom Gewichtsverlust ab. Bei immer wieder auftretendem Durchfall wird ein Erregernachweis im Labor gemacht und festgestellt, ob eine Allergie oder Unverträglichkeit von Nahrungsmitteln (zum Beispiel eine Glutenunverträglichkeit/Zöliakie, Seite 182) hinter dem dauernden Durchfall steckt.

Einkoten

Die Entwicklung der Sauberkeit verläuft bei Kindern unterschiedlich schnell. Manche können bereits im 3. Lebensjahr das Wasserlassen und den Stuhlgang kontrollieren. Bei anderen kann es auch wesentlich länger dauern.
Unkontrollierten Stuhlabgang nach dem 4. Lebensjahr, gleichgültig ob tagsüber oder nachts, nennt man Einkoten (Enkopresis) und Kotschmieren. Konnte ein Kind seinen Stuhlgang bereits mehrere Monate gut kontrollieren und kotet es erneut ein, müssen zunächst organische Ursachen wie Verstopfung (Seite 168) oder Schleimhautverletzungen ausgeschlossen werden, bevor seelische Gründe vermutet werden.
Häufig ist Einkoten darauf zurückzuführen, dass das Sauberkeitstraining zu früh oder unter Zwang stattfand. Ein Kind kann erst im Laufe des 3. Lebensjahres eine mehr oder weniger regelmäßige Willenskontrolle über seine Blasen- und Darmschließmuskeln entwickeln. Alle früheren »Trainingsversuche« bleiben Trainingsphasen, in denen hin und wieder Erfolgserlebnisse vorkommen können.
Das Einkoten entsteht meist durch die zwanghafte Verweigerung, Stuhl zu machen oder abgeben zu wollen. Durch das Zurückhalten des Stuhls verhärtet er sich und es bilden sich große Kotballen. Der im Dünndarm gebildete flüssige Stuhl fließt dann zwischen Darmwand und Kotballen vorbei und wird ständig unkontrolliert abgesetzt (Kotschmieren).

Info

Üben Sie bei der Sauberkeitserziehung keinen Zwang aus. Beachten Sie jeden kleinen Erfolg und vergessen Sie nicht, dass Ihr Kind beim Stuhlgang etwas »abgibt«, das von ihm, aus seinem Körper stammt, also ihm gehört. Diese »Abgabe« sollte immer freiwillig und nicht unter Zwang oder einer Androhung von Strafe erfolgen.

Was können Sie selbst tun?

Sind organische Grunderkrankungen ausgeschlossen und besteht der Verdacht auf seelische Ursachen, kann eine Verhaltenstherapie helfen, den Grund für die seelischen Probleme herauszufinden, die zum Einkoten führten. Oftmals sind tief greifende Lebensveränderungen wie ein Umzug, die Geburt eines Geschwisterchens, der Tod der Großeltern, Streit und Trennung der Eltern oder Ähnliches die Ursache für das Einkoten. Verstehen Sie das erneute Einkoten als Hilferuf Ihres Kindes. Eine konsequente, langfristige Psychotherapie, in die das Kind und seine Familie einbezogen sind, führt fast immer zum Erfolg.

EINNÄSSEN

Einnässen (Enuresis) kommt bei Kindern häufig vor. Es belastet Kinder und Eltern sehr und stellt den Arzt nicht selten vor schwierige Probleme. Von Einnässen spricht man erst dann, wenn ein Kind, das älter als 4 Jahre ist, keine oder nur eine mangelhafte Kontrolle über sein Wasserlassen hat, egal ob tagsüber oder nachts. Noch etwa 30 Prozent der Kinder über 4 Jahre nässen nachts ein, ohne deshalb krank zu sein – Jungen häufiger als Mädchen.

- Gelegentliches Einnässen in der Nacht kommt auch ohne eine organische Ursache oder einen seelischen Grund noch im 5. und 6. Lebensjahr vor. Nach neuesten Untersuchungen haben noch 10 Prozent der Jungen im Alter von 10 Jahren gelegentlich oder häufig Probleme mit nächtlichem Einnässen. Ursache dafür ist meist eine allgemeine Reifeverzögerung. In diesen Fällen spricht man vom *»primären« Einnässen*: Das Kind war noch nie trocken. Wichtig ist, dass das Kind zuerst lernt, sein Wasserlassen tagsüber zu kontrollieren, und erst anschließend nachts.
- Beim *»sekundären« Einnässen* nässt ein Kind erneut ein, nachdem es bereits mindestens 6 Monate lang absolut trocken war. Es deutet alles darauf hin, dass ein solcher »Rückfall« eine psychische Reaktion auf belastende Veränderungen in der Umgebung des Kindes ist, wie zum Beispiel die Geburt eines Geschwisterchens, Probleme im Kinder-

garten oder Schwierigkeiten beim Schuleintritt. Sekundäres Einnässen scheint oft auch eine psychosomatische Reaktion auf Probleme der Eltern untereinander (»Scheidungskind«) oder auf eine psychosoziale Konfliktsituation wie die Arbeitslosigkeit eines oder beider Elternteile zu sein.

Eine organische Ursache für das Einnässen findet sich nur bei 10 Prozent der Betroffenen. Trotzdem muss diese Möglichkeit bedacht werden. So kann Diabetes (Zuckerkrankheit, Seite 183) die Ursache für das Einnässen sein, was durch eine Urinuntersuchung auf Zucker geklärt werden kann. Eine Überprüfung des Urins auf rote und weiße Blutkörperchen sowie auf Bakterien gibt Aufschluss, ob ein Harnwegsinfekt (Seite 86) besteht. Außerdem müssen die ableitenden Harnwege (Nieren, Harnleiter, Harnblase mit Schließmuskel und Harnröhre) nach Fehlbildungen oder Harntransportstörungen untersucht werden. Dazu wird der Arzt Ultraschalluntersuchungen und Röntgenaufnahmen machen. Erst wenn nach diesen Untersuchungen kein organischer Anhaltspunkt für das Einnässen vorliegt, sollte das Kind eine psychotherapeutische Behandlung und ein Blasentraining beginnen. Eine Psychotherapie dauert zwar längere Zeit, hat dafür aber gute Aussichten auf Erfolg, wenn sie konsequent und mit den Eltern gemeinsam durchgeführt wird.

Erbrechen

Erbrechen kommt im Kindesalter sehr häufig vor. Es kann Ausdruck eines harmlosen Unwohlseins, aber auch ein Anzeichen einer lebensbedrohlichen Erkrankung sein. So kann akutes Erbrechen bei einer Blinddarmentzündung (Seite 45) oder einem plötzlichen Darmverschluss (Seite 55) auftreten. Schon ein Verdacht darauf muss vom Arzt überwacht werden. Hinter ständigem Erbrechen im Kindesalter kann auch eine Fehlbildung des Magen-Darm-Trakts stecken.

Aber nicht jedes Ausspucken von Mageninhalt gilt als krankhaftes Erbrechen. Je jünger ein Kind ist, desto häufiger spuckt es, weil zu viel Nahrung in seinem Magen ist. Kleine Mengen Nahrung werden dann nach der Nahrungsaufnahme wieder ausgespuckt.

Dieses Spucken hat nichts zu tun mit dem schwallartigen Erbrechen beim Magenpförtnerkrampf (Seite 67).
Die häufigste Ursache für Erbrechen im Kindesalter ist ein Magen-Darm-Infekt (Seite 114). Diesen müssen Sie mit und ohne Erbrechen durch Zufüttern von gekauften oder selbst gemachten Elektrolyttees (Seite 240) behandeln. Ihr Kind muss mindestens 200 ml Tee pro Kilogramm Körpergewicht in 24 Stunden trinken. Durch das viele Erbrechen kommt es sonst zu einer Störung des Mineralhaushaltes im Körper und zu einem typischen Mundgeruch nach Aceton (Ketonkörper). Dieser Ketonkörperanstieg im Blut reizt das Brechzentrum im Hirn und führt zu einem unstillbaren Erbrechen. Deshalb sollten Sie mit Ihrem Kind auch sobald wie möglich zu einem Arzt gehen, wenn es sich rasch und wiederholt erbricht.

HINWEIS

Hinter jedem Erbrechen mit Bauchschmerzen kann sich eine Blinddarmentzündung oder ein Darmverschluss verbergen. Bei morgendlichem Erbrechen auf nüchternen Magen – mit oder ohne Kopfschmerzen – kann in seltenen Fällen ein Hirntumor die Ursache sein. Lassen Sie dies immer sofort von einem Arzt abklären.

→ Tabelle Seite 16

Erbrechen bei Babys

Säugling erbrechen sich sehr leicht. Dahinter kann eine ganz harmlose Störung stecken, aber auch eine lebensgefährliche Erkrankung.

- Erbricht ein Säugling bei jeder Flüssigkeitsaufnahme direkt nach der Geburt, kann eine Fehlbildung (Verengung) in der Speiseröhre dafür verantwortlich sein. Auch eine Zwerchfelllücke im Bereich des Mageneingangs, die den Mageninhalt in die Speiseröhre (Reflux) zurücklaufen lässt, kommt in Betracht (Seite 40).
- Tritt das Erbrechen wenige Wochen nach der Geburt immer beim Trinken oder kurz danach schwallartig auf, ist das ein

Anzeichen für eine Verkrampfung oder Verengung des Magenschließmuskels (Pylorus).

- Manche Säuglinge beginnen ab dem 3. bis 4. Monat nach der Geburt ohne Zusammenhang mit der Nahrungsaufnahme kleinere oder größere Mengen zu erbrechen. Dabei stecken sie sich häufig noch die Hand in den Mund. Dieses lustbringende Erbrechen wird »ruminieren« (wiederkäuen) genannt. Es hört auf, wenn das Baby abgelenkt wird.
- Akutes galliges und blutiges Erbrechen ohne eine Vorerkrankung kann auf eine Darmverschlingung oder einen Darmverschluss (Seite 55) hindeuten, was sofort vom Arzt abgeklärt werden muss.
- Das harmlose Erbrechen (habituelles Erbrechen) wird fast immer durch zu vieles, zu hastiges und zu häufiges Trinken hervorgerufen. Es zeigt sich durch ein ständiges, mundvolles Erbrechen direkt nach dem Essen oder noch 2 bis 3 Stunden hinterher. Gedeiht Ihr Kind dabei gut, müssen Sie sich keine Sorgen machen.

Was können Sie selbst tun?

- Babys mit habituellem Erbrechen brauchen eine ruhige Trink- und Stillumgebung. Sie sollen nicht zu hastig trinken und häufig Trinkpausen zum Aufstoßen einlegen. Dies gilt auch bei Verdacht auf eine Refluxerkrankung.
- Bei schwallartigem Erbrechen und Verdacht auf Magenausgangsverengung (Pylorusstenose) braucht das Baby häufige und kleine Mahlzeiten. Diese Kinder haben Heißhunger, trinken hastig und nehmen an Gewicht ab. In vielen Fällen muss eine Pylorusstenose operiert werden.
- Erbricht Ihr Baby, indem es »ruminiert«, wenden Sie sich ihm intensiv zu und dicken Sie seine Nahrung an. Hilft das nicht, fragen Sie Ihren Arzt um Rat.

Was wird der Arzt tun?

- Das Neugeborenen-Erbrechen mit Verdacht auf Fehlbildungen im Bereich der Speiseröhre kann nur in einer Klinik geklärt werden. Das Gleiche gilt bei Verdacht auf Darmverschlingung oder Darmverschluss.

- Bei Verdacht auf eine Reflux- oder Magenpförtner-Erkrankung muss das Baby zum Kinderarzt oder in die Klinik. Beim Reflux und bei der Magenausgangsverengung kann eine Operation notwendig werden.
- Babys mit akutem, unklarem oder auch blutigem Erbrechen, hartem Bauch und offensichtlich starken Schmerzen müssen sofort zum Kinderarzt oder in die Klinik. Es kann sich hierbei um eine Darmverschlingung oder einen Darmverschluss handeln.
- Bei jedem anhaltenden oder unklaren Erbrechen wird Ihr Kinderarzt eine Ultraschall-Untersuchung des Bauchraumes veranlassen, um die Ursache zu erforschen, die Diagnose abzuklären und die notwendigen Schritte zur Behandlung einzuleiten.
- Beim habituellen (harmlosen) Erbrechen wird der Arzt Ihnen Ratschläge geben, wie Sie Ihr Baby besser füttern und hinlegen können.

Erkältung

Ist ein Kind appetitlos, quengelig, lustlos und müde, können das erste Anzeichen für eine kommende Erkältung mit Husten, Schnupfen, Schluckbeschwerden und Bindehautentzündung sein.
Die Erkältungserreger sind zu über 90 Prozent Viren, von denen es 200 verschiedene Arten gibt. Meist sind es Rhinoviren, die durch Tröpfcheninfektion, also beim Husten, Niesen und Sprechen von einem Menschen auf den anderen übertragen werden. Von der Ansteckung bis zur Erkältung dauert es 2 bis 5 Tage. Gegen die Erkältungsviren gibt es keine spezifischen Medikamente (wie Antibiotika bei Bakterien). Die Erkältungsviren sind häufig saisonabhängig und befallen einzelne Abschnitte der Atemwege, zum Beispiel nur die Nasenschleimhaut, nur die Rachenhinterwand oder auch nur den Kehlkopfbereich. Die Therapie richtet sich danach, welcher Bereich betroffen ist.
Eine Erkältung dauert etwa 5 bis 7 Tage und hinterlässt für den speziellen Erregerstamm, der diese Erkältung ausgelöst hat, eine Immunität, die einige Monate anhält. Es ist bei der

Vielzahl der Rhinovirenstämme normal, dass sich ein Kleinkind bis zu 9-mal, ein Kindergartenkind bis zu 12-mal und ein Schulkind bis zu 6-mal im Jahr erkältet. Selbst Erwachsene erkranken durchschnittlich noch 3- bis 4-mal im Jahr an einer Erkältung.

Was können Sie selbst tun?

- Bei jeder Erkältung mit Husten und Schnupfen sollten Sie mit Ihrem (fieberfreien) Kind so viel wie möglich an die frische Luft, und es sollte viel trinken. Am besten eignen sich Tee und Säfte. Verzichten Sie aber auf Milch, da diese schleimt. Wenn das nicht möglich ist, dann verdünnen Sie die Milch zur Hälfte mit Wasser. Achten Sie darauf, dass Ihr Kind insgesamt auch genügend Kalorien bekommt. Die Schleimhäute der Nase können Sie mit einer 1-prozentigen Kochsalzlösung anfeuchten. Diese gibt es als Tropfen oder Spray fertig zu kaufen. Die Zimmertemperatur sollte beim Schlafen etwa 15 °C betragen. Stellen Sie einen Wäscheständer mit feuchten Tüchern auf und lassen Sie nachts das Fenster wenigstens gekippt geöffnet. So erleichtern Sie Ihrem Kind das Atmen im Schlaf.
- In den ersten Tagen der Erkältung kann es notwendig sein, 2- bis 3-mal pro Tag abschwellende Nasentropfen zu geben, damit Ihr Kind besser durch die Nase atmen kann. Insbesondere bei einem Säugling muss beim Trinken an der Brust oder aus der Flasche die Nase frei zum Atmen sein. Außerdem werden durch Nasentropfen die Belüftungskanälchen zum Mittelohr offen gehalten, wodurch eine Mittelohrentzündung sowie Mittelohrergüsse (Seite 139) vermieden werden können.
- Gegen Schluckbeschwerden hilft einem Säugling lauwarmer Kamillentee. Beim Kleinkind wirken auch Zitronen- oder Orangentee sowie fettarme Hühnerbrühe, die das Immunsystem stärkt. Ab dem dritten Lebensjahr können Sie gemeinsam mit Ihrem Kind ein Kopfdampfbad (Seite 239) machen.
- Je jünger das erkältete Kind ist, desto gefährlicher sind Komplikationen. Erkältete Babys haben oft Fieber.

E

Das ist besonders bei den ersten Erkältungen der Fall. Häufig kommt es außerdem zu einer Trinkschwäche. Bei Säuglingen können Bronchitis (Seite 51) oder Lungenprobleme nachfolgen. Erste Anzeichen dafür sind Husten und eine unregelmäßige Atmung. Außerdem erweitern sich beim Einatmen die Nasengänge (Nasenflügel). Sie sollten dann sofort einen Kinderarzt aufsuchen.

- Bei Kleinkindern sind die häufigsten Komplikationen Mittelohrentzündungen (Seite 139) und Halsentzündungen (Seite 118). Bei Ohrentzündungen geben Sie zur Belüftung des Mittelohrs abschwellende Nasentropfen in die Nase und Zwiebelumschläge hinter die Ohrmuscheln (Seite 242). Geben Sie größeren Kindern Tee und Lutschtabletten gegen die Halsschmerzen.
- Fieber bei Erkältungen können Sie durch Wadenwickel (Seite 245), fiebersenkende Säfte oder Zäpfchen aus der Apotheke behandeln.

Hinweis

Jeder Säugling mit Erkältung und Fieber sowie einer Trinkschwäche muss sofort zum Kinderarzt, ebenso Kleinkinder mit Fieber, Erbrechen und Kopfschmerzen. Alle Kleinkinder mit Fieber, das länger als 48 Stunden anhält, oder mit Ohrenschmerzen sowie mit Husten und Schmerzen im Brustkorb, brauchen ärztliche Kontrolle. Bei Halsschmerzen mit Engegefühl, Husten mit Heiserkeit und/oder Atemnot müssen Sie ebenfalls baldmöglichst einen Arzt aufsuchen.

Erkältung beim Baby

- Babys bekommen schnell eine Erkältung, weil ihre Atemwege eng und sehr kurz sind. Außerdem müssen sie ihr körpereigenes Immunsystem noch aufbauen. Jeder Infekt des Babys regt seinen Körper an, gegen diese Erreger Antikörper zur Abwehr von neuen Erkältungen mit denselben Krankheitskeimen zu bilden. Im Durchschnitt hat ein Baby im 1. Lebensjahr 8 bis 10 Erkältungen mit Husten, Schnupfen und eventuell hohem Fieber.

Als Komplikation bekommen Babys außerdem häufig eine Mittelohrentzündung.

- Über 90 Prozent der Erkältungen bei Babys werden durch Viren hervorgerufen. Nur bei knapp 10 Prozent sind Bakterien die Ursache. Bei den bakteriellen Erkältungen kann es notwendig werden, Antibiotika zu verabreichen, um eine Ausbreitung der Erkrankung in Richtung Lunge und Mittelohr zu verhindern. Bei den virusbedingten Erkältungen können nur die Symptome behandelt und der Verlauf der Erkältung gemildert werden.
- 1 bis 2 Tage nach der Ansteckung durch Viren – bei Bakterien kann die Ansteckungszeit auch länger zurückliegen –, läuft vermehrt Sekret aus der Nase. Die Nasenschleimhaut schwillt entzündlich an und die Tränenflüssigkeit fließt verstärkt. Das Nasensekret läuft die Rachenhinterwand hinunter und führt zum Hustenreiz und Husten. Da das Baby wenig Luft durch die Nase bekommt, wird es trinkschwach oder trinkfaul und es schläft schlechter. Es kann rasch hohes Fieber hinzukommen und das Nasensekret in Richtung Mittelohr laufen, was eine stark schmerzende Mittelohrentzündung hervorrufen kann. Nach 1 Woche sollte der Infekt überstanden sein.

Was können Sie selbst tun?

- Das Wichtigste bei einer Erkältung ist, die behinderte Atmung zu verbessern. Entfernen Sie deshalb das vermehrte Sekret aus der Nase, am besten mit fest zusammengedrehter, trockener Watte. Danach reinigen Sie die Nasengänge mit Nasentropfen aus 1-prozentiger Kochsalzlösung, die Sie rezeptfrei in der Apotheke kaufen können. Dieses Reinigen sollte vor jedem Trinken und vor dem Schlafenlegen erfolgen. Wenn das Baby gestillt wird, hilft zum Anfeuchten der Nasengänge auch Muttermilch.
- Babys mit einer Erkältung ohne Fieber brauchen viel frische Luft und ein kühles Zimmer (16 ° bis 18 °C) mit ausreichender Luftfeuchtigkeit. Dafür können Sie einen Wäscheständer mit feuchten Tüchern aufstellen.

E

- Hat Ihr Baby Fieber, sollten Sie versuchen, dies mit kaltfeuchten Wadenwickeln (Seite 245) zu senken. Ziehen Sie es bei Fieber nicht zu warm an, um eine gefährliche Überhitzung zu vermeiden.
- Hustendämpfende Medikamente sollten Sie nur geben, wenn Ihr Baby wegen des Hustens nicht einschlafen kann oder ständig aus dem Schlaf erwacht.

HINWEIS

Babys müssen bei einer Erkältung mit Fieber über 39 °C sofort zum Arzt. Das gleiche gilt, wenn Ihr Baby länger als 3 Tage Fieber um 38,5 °C hat. Weint Ihr Baby ständig, dreht es den Kopf hin und her oder versucht es, sich an die Ohren zu greifen, deutet alles auf Ohrenschmerzen hin. Sie müssen dann sofort einen Arzt aufsuchen, denn es besteht die Gefahr einer Mittelohrentzündung (Seite 139), die bei Babys zu einer Hirnhautentzündung (Seite 97) führen kann.

FAULECKEN

Faulecken (Perlèche) sind nässende, stark juckende und krustenbildende Entzündungen an einem oder beiden Mundwinkeln, an den Ohrläppchen und in den Zwischenräumen von Fingern und Zehen. Faulecken treten als akute Entzündung auf, können aber auch chronisch werden. Kinder mit Neurodermitis (Seite 134) sind häufiger von Faulecken betroffen als andere.

Die Krankheitserreger der Faulecken sind Bakterien (Staphylokokken) oder Soor-Pilze (Candida albicans, Seite 165).

Faulecken entstehen auch durch mechanisches Reiben (etwa durch einen Schnuller im Mund) und durch zu enge und raue Handschuhe oder Socken.

Über minimale Hautverletzungen wie Einrisse oder Kratzspuren gelangen die Krankheitserreger in die Haut, und es bilden sich die nässenden, verkrustenden, leicht einreißenden und blutenden Ekzeme. Am Mund reißen die Faulecken durch die Kau- und Saugbewegungen beim Trinken und

Essen immer wieder auf und werden durch das Abschlecken mit der Zunge verstärkt und verbreitet.
In den Finger- und Zehenzwischenräumen begünstigt das Schwitzen die Faulecken. An den Ohrläppchen werden Faulecken durch das Reiben der Mütze und das Sabbern im Schlaf verstärkt, wenn Speichel aus dem Mund über die Wangen an das Ohr fließt und dort Entzündungsherde entstehen lässt.

Was wird der Arzt tun?

Der Arzt wird Ihnen eine Lösung zum Bepinseln verschreiben. Diese bringen die Faulecken innerhalb von 1 bis 2 Wochen zum Verschwinden. Sollte dies nicht der Fall sein, nimmt der Arzt einen Abstrich vor, um die Erreger nachzuweisen. Je nachdem wird er die entsprechenden Antibiotika oder Antipilzsalben verschreiben.

F

Hinweis

!

Wenn die Faulecken nicht innerhalb von 1 bis 2 Wochen verschwunden sind, müssen Sie vom Arzt auch abklären lassen, ob nicht eine Zuckerkrankheit (Seite 183), eine Allergie (Seite 27) oder eine Eisenmangel-Anämie (Seite 46) die Entzündungen verursacht hat.

Frühsommer-Meningoenzephalitis (FSME)

Die FSME-Erkrankung ist die häufigste durch Insekten auf den Menschen übertragene Viruserkrankung des Gehirns. Die Gefahr für Ungeimpfte, in einem »FSME-Risikogebiet« durch einen Zeckenbiss zu erkranken, ist 1:500 bis 1:1000. Diese Risikogebiete sind in Mittel- und Osteuropa Busch- und Waldgebiete mit einer mittleren Jahrestemperatur von mindestens 7 °C, sie liegen unter 1000 Meter über dem Meeresspiegel. Ihr Arzt kann Ihnen sagen, ob Ihr Wohn- oder Urlaubsort zu einem der Risikogebiete gehört. Das FSME-Virus lebt vorzugsweise in Nagern und kleinen Waldtieren. Beim Blutsaugen an diesen Tieren infiziert sich die Zecke und überträgt das Virus durch einen Biss auf den Menschen.

Zecken beißen und saugen häufiger bei feuchtwarmem als bei trockenem, warmem Wetter. Das größte Risiko an FSME durch einen Zeckenbiss zu erkranken, besteht im Sommer, insbesondere in einem feuchten Frühsommer.
3 bis 8 Tage nach einem Zeckenbiss kommt es zu grippeähnlichen Symptomen mit Kopfschmerzen, Erbrechen und Schwindelgefühl bei nur leicht erhöhter Körpertemperatur um 38 °C. Nach 1 bis 3 Wochen ohne Krankheitssymptome bekommen etwa 10 bis 20 Prozent der an den Grippesymptomen erkrankten Personen hohes Fieber und die typischen Anzeichen einer Hirnerkrankung (Enzephalitis) mit Gesichtsnervenlähmungen und Sprachstörungen. Es kommt zu Bewusstseinstrübungen, und nicht selten treten Krampfanfällen mit Lähmungen auf. Im Kindesalter werden häufig nur Anzeichen einer Hirnhautreizung (Seite 97) festgestellt. Die schweren Gehirnentzündungen treten meist erst im höheren Lebensalter auf.

Was können Sie selbst tun?

Achten Sie in den Infektionsgebieten beim Wandern durch Wälder, Felder und vor allem an Seeufern darauf, dass die Körperoberfläche durch entsprechende Kleidung ausreichend abgedeckt ist. Entfernen Sie jede Zecke am Körper so rasch wie möglich (Zeckenbiss, Seite 143).
Wenn Sie in einem FSME-gefährdeten Gebiet leben, dort regelmäßig Ihre Freizeit verbringen oder dorthin in den Urlaub fahren wollen, sollten Sie geimpft sein. Es sind zwei Impfungen im Abstand von 2 bis 4 Wochen nötig, die 6 bis 12 Monate später aufgefrischt werden. Danach hält der Impfschutz 5 bis 8 Jahre lang. In Gegenden mit einem besonders hohen Risiko sollte die Impfung alle 3 bis 5 Jahre aufgefrischt werden.

Was wird der Arzt tun?

Eine gezielte Therapie ist bisher nicht möglich, sondern nur eine Linderung der einzelnen Krankheitssymptome. Die einzig sichere Therapie ist der Schutz vor einer FSME-Infektion durch eine frühzeitige Impfung.

In Österreich ist von Seiten des Staates die gesamte Bevölkerung zur Impfung gegen die FSME-Viren aufgerufen. Dasselbe gilt in Deutschland für die Hochinfektionsgebiete in den südlichen Teilen Baden-Württembergs und Teilen Bayerns sowie für Gebiete an der Ostsee.

Gelbsucht

Gegenüber der Neugeborenen-Gelbsucht (Seite 133) ist die Gelbsucht (Hepatitis infectiosa) eine ansteckende Erkrankung der Leber, die durch Viren hervorgerufen wird. Bisher sind 7 verschiedene Viren bekannt und als Hepatitis-A- bis Hepatitis-G-Virus klassifiziert worden.

Hepatitis A und Hepatitis E

Bei Kindern wird Hepatitis meist durch das Hepatitis-A-Virus hervorgerufen, das über den ausgeschiedenen Kot eines Erkrankten als Schmierinfektion übertragen wird. Bei schlechten hygienischen Verhältnissen gelangen die Viren in das Trinkwasser, und beim Bewässern und Düngen auch auf Obst und Gemüse. Die Übertragung können Sie praktisch immer vermeiden, wenn Sie in Ländern mit einem niedrigen hygienischen Standard nur abgekochtes Wasser trinken, ausschließlich geschältes Obst essen und penibel auf Ihre persönliche Hygiene achten sowie nach der Toilette und vor dem Essen immer die Hände waschen.
Von der Zeit der Ansteckung bis zum Ausbruch der Krankheit (Inkubationszeit) vergehen durchschnittlich 4 Wochen. Die meisten Erkrankungen treten im Herbst als Folge einer Reise-Hepatitis auf. Wenn Sie nach einer Reisen in tropische Gebiete Südostasiens, Indiens und Mittelamerikas an einer Gelbsucht erkranken, können auch Hepatitis-E-Erreger dafür verantwortlich sein. Diese werden vorzugsweise durch unhygienisches Wasser übertragen, nicht aber von Mensch zu Mensch. Die Übertragungszeit (Inkubationszeit) beträgt 6 Wochen, die Symptome von Hepatitis E ähneln denen der Hepatitis A. Bricht Hepatitis A oder E aus, kommt es zu Fieber mit Erkältungssymptomen. Außerdem können Übelkeit, Erbrechen, Bauchschmerzen und Appetitlosigkeit dazukommen.

Der Urin wird dunkel, der Stuhl blass. Die Haut und das Weiß im Augapfel verfärben sich nur bei knapp der Hälfte der Erkrankten gelb.
Der wirksamste Schutz vor einer Infektion mit Hepatitis A ist eine Impfung, die bei Kindern ab dem 12. Lebensmonat möglich ist. Für einen jahrelangen Schutz sind zwei Impfungen im Abstand von 6 Monaten nötig. Der Impfschutz steigt bereits 2 Wochen nach der 1. Impfung auf 95 Prozent.
Hat ein Kind Kontakt zu einem Hepatitis-A-Erkrankten gehabt, kann es noch durch eine aktive Impfung innerhalb der ersten Woche nach dem Kontakt vor einer Erkrankung geschützt werden.
Einen Impfschutz gegen Hepatitis E gibt es noch nicht. Hier schützt nur eine besonders sorgfältige Hygiene. Am besten verzichten Sie mit Kleinkindern auf Reisen in die oben genannten Länder, in denen bekanntermaßen schlechte hygienische Verhältnisse herrschen.

HINWEIS

Viele an Hepatitis A erkrankte Kinder haben kaum Krankheitszeichen. Sie sind nur müde, schlapp, appetitlos und quengelig. Bei jedem Verdacht auf eine Erkrankung, insbesondere nach einer Reise in südliche Länder (auch innerhalb Europas), sollten Sie mit Ihrem Kind zum Arzt. Er kann durch eine Blutuntersuchung eine Erkrankung an Hepatitis A ausschließen oder bestätigen.

Was wird der Arzt tun?

Eine spezielle Therapie gegen eine infektiöse Hepatitis gibt es nicht. Manchmal muss eine Gelbsucht im Krankenhaus behandelt werden, wo der Patient 1 bis 2 Wochen isoliert werden muss. Eine Behandlung zu Hause ist möglich, wenn Ihr Kind bei Bedarf das Bett hütet. Zudem müssen Sie auf äußerste Hygiene achten, da innerhalb von 2 Wochen vor bis 2 Wochen nach dem Ausbruch der Gelbsucht ansteckende Viren ausgeschieden werden. Diese werden vor allem durch Schmierinfektionen übertragen.

Waschen Sie sich deshalb nach dem Kontakt mit Ihrem erkrankten Kind und mit seiner Leib- und Bettwäsche immer sorgfältig die Hände, insbesondere auch nach dem Windelwechsel und bevor Sie Nahrungsmittel berühren oder zubereiten. Nur so lässt sich eine weitere Verbreitung der Viren vermeiden.

Eine besondere Schonkost oder Leberdiät ist nicht nötig. Fieber können Sie besser mit Wadenwickel (Seite 245) als mit Medikamenten senken. Bei Bauchbeschwerden helfen feuchtwarme Wickel (Seite 232). In den meisten Fällen heilt die Hepatitis-Erkrankung gut aus. Die Leberwerte (Transaminasen) im Blut können aber über ein Jahr lang erhöht bleiben.

→ Neugeborenen-Gelbsucht, Seite 133

HEPATITIS B, HEPATITIS C UND HEPATITIS D

Das Krankheitsbild der Hepatitis B kann dem der Hepatitis A (siehe oben) ähneln. Hinzu kommen noch Muskel- und Gelenkschmerzen.

Sehr häufig tritt eine Hepatitis B mit einer Hepatitis D gemeinsam auf, vor allem bei Menschen in oder aus Südosteuropa, Afrika und Südamerika. Eine Hepatitis D kann nur Hepatitis-B-Erkrankte befallen. Hepatitis B und die Hepatitis D werden durch Blut, Blutprodukte sowie während des Geschlechtsverkehrs übertragen. Dazu genügen schon kleinste blutende Schleimhauteinrisse. 30 Prozent der Ersterkrankungen treten bei Jugendlichen und jungen Erwachsenen beim Sex durch einen mangelhaften Intimschutz auf. Gefährdet sind auch Kinder mit chronischen Hauterkrankungen wie Neurodermitis (Seite 134). Die meisten Kinder mit Hepatitis B erhalten aber die Viren während der Geburt von ihrer an Hepatitis B erkrankten Mutter.

Hepatitis C ist wie Hepatitis B eine Form der Gelbsucht, die bei Drogensüchtigen vorkommt, die ihr (unsauberes) Drogenbesteck untereinander tauschen, wodurch das Virus verbreitet wird. Hepatitis C verursacht dieselben Symptome wie die übrigen Hepatitisarten.

Hepatitis B, C und D sind bei Kindern selten. Für sexuell aktiv werdende Jugendliche, Drogensüchtige und Homosexuelle besteht dagegen eine sehr große Infektionsgefahr.

Was wird der Arzt tun?

Eine spezielle Therapie gegen Hepatitis B, C und D gibt es nicht. Der sicherste Schutz ist eine Impfung gegen Hepatitis B, die bereits für Säuglinge ab 8 Wochen nach der Geburt möglich ist. Diese Impfung schützt gleichzeitig gegen Hepatitis D. Alle Personen, die im Haushalt eines an Hepatitis A oder B Erkrankten leben, sollten geimpft sein. Eine Impfung gegen Hepatitis C ist nicht möglich. Gegen Hepatitis A können Sie sich und Ihr Kind impfen lassen, was insbesondere dann sinnvoll ist, wenn Sie in südliche Länder Europas oder in die Tropen reisen wollen.

Gelenkschnupfen

Der Gelenkschnupfen (Coxitis fugax) ist eine akute Entzündung der Gelenkflüssigkeit vor allem im Spalt der Hüftgelenke. Die Ursache sind Viren, die einen entzündlichen Erguss bilden und dadurch den Gelenkspalt verbreitern. Dies führt zu einer schmerzhaften Dehnung der Gelenkkapsel. In diesem Zustand kann das Kind die Hüfte nicht mehr belasten, es kann nicht mehr laufen und aufstehen. Einem Gelenkschnupfen geht in fast allen Fällen eine normale Erkältung voraus. Betroffen sind Kleinkinder, die fälschlicherweise dabei häufig über Knieschmerzen klagen und damit die Diagnose unwissentlich erschweren.

Was können Sie selbst tun?

Ihr Kind braucht mit Gelenkschnupfen einige Tage Schonung. Sorgen Sie an den schmerzenden Stellen mit Wollschal, Wärmflasche oder Heizkissen für trockene Wärme. Mag Ihr Kind keine Wärmebehandlung, versuchen Sie mit einer Kältetherapie (Kühlpads) seine Schmerzen zu lindern. Bei starken Schmerzen geben sie ihm ein Zäpfchen.

Was wird der Arzt tun?

Da das Kind hinkt oder nicht mehr stehen kann, muss der Arzt zuerst durch eine Ultraschalluntersuchung klären, ob ein Knochenbruch oder eine Knochenentzündung vorliegt. Ist dies nicht der Fall, wird er den Gelenkschnupfen nicht weiter behandeln müssen. Nach ein paar Tagen ist alles vorbei. Hat Ihr Kind starke Schmerzen, wird er Zäpfchen verschreiben.

Grind

Der ansteckende Grind, auch Grindflechte (Impetigo contagiosa) genannt, ist eine höchst ansteckende bakterielle Infektion der Haut. Die Krankheitserreger sind fast immer Streptokokken oder Staphylokokken. Sie werden durch Schmierinfektion, aber auch über verschmutzte Gegenstände (wie Handtücher oder Spielzeug) verbreitet. Die Bakterien dringen über minimale Verletzungen der Oberhaut (etwa Kratzspuren) in die Haut ein und lösen so die Entzündung aus.

Säuglinge, Kleinkinder und Patienten mit Neurodermitis (Seite 134) erkranken leichter an Grind. Durch die hohe Ansteckungsgefahr treten immer wieder Endemien in Kinderkrippen, Kindergärten und beim Babyschwimmen auf. Im Schulalter kommt diese Erkrankung nicht mehr so oft vor. Insbesondere im Gesicht, am behaarten Kopf sowie an den Armen und Beinen treten nach Bagatellverletzungen oberflächlich sehr kleine Bläschen, aber auch handtellergroße, mit gelblichem Sekret gefüllte Blasen auf. Sie jucken, platzen schnell und werden durch Kratzen rasch verteilt und auf andere Menschen übertragen. Aus den Blasen entleert sich Sekret, das in kürzester Zeit antrocknet und bernsteinfarbige, juckende Krusten bildet. Die Entzündungsherde heilen ohne Narben ab. Sie hinterlassen aber für längere Zeit rote oder dunklere Flecken auf der Haut.

Was können Sie selbst tun?

Sie müssen Ihr Kind von anderen fernhalten, damit sich der Grind nicht weiter verbreiten kann. Um eine Schmierinfektion zu vermeiden, achten Sie auf besondere Hygiene. Waschen Sie sich nach dem Kontakt mit Ihrem Kind die Hände.

Wechseln Sie Handtücher und Bettzeug und reinigen Sie das Spielzeug. Da der Grind stark juckt, kratzt Ihr Kind und verbreitet so die Bakterien. Um das zu verhindern, schneiden Sie die Fingernägel Ihres Kindes kurz und waschen Sie häufig seine Hände.

Was wird der Arzt tun?

Die Blasen und Krusten werden mit 0,1%-iger Pyoktanin-Lösung eingestrichen, die die Haut länger blau verfärbt. Pyoktanin desinfiziert und trocknet die Blasen schnell aus. Zusätzlich wirkt dieses Mittel gegen Bakterien und Pilze, und es ist entzündungshemmend.
Damit die Krusten aufweichen, werden sie mit 1%-iger Salizylvaseline bestrichen. Antibiotische Salben und Säfte verhindern eine weitere Ausbreitung beim Kind und auf seine Umgebung. Gegen den Juckreiz helfen Juckreiz-stillende Tropfen und Säfte.

Hinweis

Die Behandlung von ansteckendem Grind muss immer vom Arzt überwacht werden, denn je jünger ein Kind ist, desto größer ist die Gefahr, dass sich die Bakterien über die Blutbahnen im Körper ausbreiten. Wegen der schnellen Verbreitung des ansteckenden Grinds dürfen erkrankte Kinder Gemeinschaftseinrichtungen erst dann wieder besuchen, wenn der Arzt sie gesundgeschrieben hat.

Grippe

Virusgrippe

Die Virusgrippe ist eine höchst ansteckende, hoch fieberhafte Erkrankung an den Schleimhäuten der Atemwege. Die Erreger sind die Influenzaviren, die sich ständig verändern, wodurch es immer wieder zu neuen weltweiten Epidemien kommen kann. Die Grippeepidemien treten alle 3 bis 5 Jahre auf, da die Schutzfunktion (Antikörperbildung) des Körpers immer wieder nachlässt und für die Neukombination des Virus nicht ausreicht. Die Übertragung vom kranken auf den

gesunden Menschen erfolgt durch Tröpfcheninfektion beim Husten und Niesen, Händeschütteln, aber auch durch Kontakt mit Gegenständen, auf denen Viren sind.
In Europa beginnen die Grippewellen vorzugsweise in Kindergärten und Schulen. Die kranken Kinder stecken dann zu Hause die anderen Familienmitglieder an. Vom Tag der Ansteckung bis zum Ausbruch der Erkrankung vergehen nur 2 bis 3 Tage, höchstens 7 Tage. Die größte Ansteckungsgefahr besteht zwischen dem Tag vor Ausbruch der Erkrankung und dem 3. Tag nach Erkrankungsbeginn. Die typischen Grippezeiten sind die Monate Dezember bis März oder April.
Die Erkrankung beginnt plötzlich mit hohem Fieber, Kopf- und Gliederschmerzen, einem schweren Krankheitsgefühl und Schmerzen hinter dem Brustbein. Der Husten, der dem Keuchhusten (Seite 107) ähnelt, beginnt erst ab dem 5. bis 6. Krankheitstag, wenn die schweren Allgemeinsymptome abklingen. Bis sich der Grippe-Erkrankte wieder richtig gesund fühlt, vergehen einige Wochen. Bei Klein- und Schulkindern treten häufig zusätzlich Hals- und Schluckbeschwerden auf, zu denen noch bronchitisähnliche Symptome (Seite 51) und eine Mittelohrentzündung (Seite 139) kommen können. Außerdem leiden Kinder mit Grippe immer wieder auch unter Bauchschmerzen, Übelkeit, Erbrechen und Durchfall. Sie sind appetitlos und können einen roten, dem Scharlach ähnlichen Ausschlag an Rücken, Bauch, Armen und Beinen haben.

G

Hinweis

!

**Bei Säuglingen verursacht Grippe eine sehr schwere Erkrankung, die fast immer mit einer gefährlichen Lungenentzündung und einer Verengung (Spastik) der Atemwege sowie Symptomen einer Blutvergiftung (Sepsis) einhergeht.
Aber auch bei allen anderen Grippekranken besteht die Gefahr einer eitrigen Lungenentzündung und eines Kreislaufkollapses. Alle Grippepatienten müssen ärztlich betreut werden und sollten für eine Woche zu Hause oder im Krankenhaus isoliert werden, also von anderen, insbesondere von anderen Kindern und älteren Menschen, getrennt werden.**

Was können Sie selbst tun?

Die Therapie einer Grippe richtet sich nach den Krankheitszeichen. Wenn möglich sollte Ihr Kind in einem kühlen, leicht abgedunkelten Zimmer im Bett bleiben und ruhen. Es sollte möglichst viel trinken, am besten viele kleine Portionen. Bei Durchfall und Erbrechen sind Elektrolytlösungen oder selbst gemachter Elektrolyttee (Seite 240) notwendig. Bei Bauchweh helfen feucht-warme Wickel (Seite 233). Zur Fiebersenkung können Sie Wadenwickel (Seite 245) machen oder fiebersenkende Mittel wie Paracetamol geben. Wegen der Gefahr eines Leberversagens dürfen Sie Ihrem Kind aber keine salizylhaltigen Medikamente (wie Aspirin) geben. In seltenen Fällen brauchen Sie hustendämpfende Mittel, wenn Ihr Kind unter starkem Husten leidet.

Was wird der Arzt tun?

Eine Virusbekämpfung mit Medikamenten kommt nur bei Kindern mit Vorerkrankungen, wie Asthma oder Herzfehler, in Betracht. Kleinkinder mit einer Entzündung der Luftröhrchen der Lunge (Bronchitis, Seite 51) müssen verordnete Kortisone inhalieren, die gegen die Entzündung wirken und die Schleimhaut abschwellen. Bei Bronchiolitis müssen sie ins Krankenhaus (Seite 53).

SOMMERGRIPPE, HAND-MUND-FUSS-KRANKHEIT UND HERP ANGINA

Alle drei Erkrankungen, die Sommergrippe, die Hand-Mund-Fuß-Krankheit und Herp angina, kommen am häufigsten in den Sommermonaten Juni bis September vor. Erreger sind eine Vielzahl so genannter Enteroviren, die Coxsackieviren, die über den Mund in den Darm aufgenommen werden. Dort vermehren sie sich und lösen die typischen Zeichen der Sommergrippe aus: Fieber, Kopf- und Gliederschmerzen, Halsweh sowie Entzündungserscheinungen im Bereich der oberen Luftwege, zum Beispiel Husten. Die Viren können nur von Mensch zu Mensch übertragen werden. Sie werden durch den Darm ausgeschieden und verbreiten sich durch mangelhafte Hygiene beim Stuhlgang.

- Die Zeit von der Übertragung bis zur Erkrankung (Inkubationszeit) beträgt bei der *Sommergrippe* im Durchschnitt 3 bis 6 Tage. Die Erkrankung hinterlässt für das jeweilige Virus einen lang anhaltenden Schutz vor einer erneuten Ansteckung. Da es aber viele verschiedene Viren gibt, kann es immer wieder zu einer Sommergrippe durch einen neuen Virustyp kommen. Die Sommergrippe dauert 1 bis 4 Tage.
- Die *Hand-Mund-Fuß-Krankheit* wird durch einen speziellen Enterovirus hervorgerufen. Dabei bilden sich im Mund, an den Lippen, den Handinnenflächen und Fußsohlen kleine, weißlich gelbe Bläschen, die bis zu 5 Millimeter groß, scharf begrenzt und von einem roten Hof umgeben sind. Sie verschwinden nach 1 bis 2 Wochen wieder und müssen nicht behandelt werden. Zu Beginn der Erkrankung kann leichtes Fieber auftreten.
- Im Gegensatz zur Mundfäule (Stomatitis aphtosa, Seite 92) treten bei der *Herp angina*, der so genannten schleichenden Angina, die Bläschen im Bereich der Zunge und des Rachens auf. Die Schleimhaut des Mundes und die Lippen sind frei von Entzündungsherden. Die Bläschen sind rundlich und bis zu 5 Millimeter groß.
  Wenn sie platzen, entleeren sie ein gelartiges Sekret. Sie können einzeln vorkommen oder so eng zusammenstehen, dass sie größere wunde Flecken bilden.
  Die sehr schmerzhafte Herp angina wird hervorgerufen durch das Coxsackievirus A. Im akuten Stadium tritt leichtes bis hohes Fieber auf. Eine spezielle Therapie gibt es nicht. Bei Kindern mit einem Immundefekt werden spezielle Medikamente, Virustatika oder Immunglobuline, eingesetzt. Auch die Herp angina hinterlässt eine lange Immunität vor einer Neuerkrankung. Die Krankheit dauert 6 bis 10 Tage und heilt folgenlos ab. Sie befällt vor allem Säuglinge und Kleinkinder.

Was können Sie selbst tun?

Bei allen drei Virus-Erkrankungen lassen sich nur die Symptome lindern.

- Gegen Fieber können Sie Wadenwickel (Seite 245) oder fiebersenkende Medikamente geben, die gleichzeitig schmerzlindernd wirken.
- Wichtig ist, dass Ihr Kind viel trinkt, am besten lauwarmen Tee und fruchtsäurefreie Säfte. Vanillesauce, lauwarme und salzarme Hühnerbrühe oder Rinderbouillon sowie flüssiger Kartoffelbrei oder auch Gummibärchen stillen den Hunger.

Was wird der Arzt tun?

Bei starken Schmerzen im Mund und bei Schluckbeschwerden verschreibt der Arzt gelartige, schmerzlindernde Mittel.

HINWEIS

!

Da die Verbreitung der Enteroviren durch Schmierinfektion erfolgt, müssen Sie die Hände Ihres Kind und Ihre eigenen sorgfältig und regelmäßig waschen, um eine Weiterverbreitung zu verhindern. Ihr Kind darf nur mit einem ärztlichen Attest wieder in die Schule oder den Kindergarten.
Da es sich bei den Bläschen der Mund-Hand-Fuß-Krankheit auch um den Beginn von Windpocken (Seite 175) handeln kann, sollte ein Arzt die Diagnose absichern. Bei der hoch fieberhaften Sommergrippe muss ein Arzt immer eine Hirnhautentzündung (Seite 97) ausschließen.

HALTUNGSPROBLEME

Haltung ist das Gleichgewicht zwischen der Schwerkraft der Erde und der Haltekräfte des Körpers. Die Stützorgane (Knochen und Bänder) sowie die Bewegungsorgane (Muskeln und Gelenke) sorgen dafür, dass der menschliche Körper trotz der Schwerkraft aufrecht gehalten wird. Dieses Gleichgewicht wird in der Wirbelsäule über Reflexreize aufgebaut. Diese Stellreflexe gehen von Gehirn und Rückenmark zu den Knochen und Muskeln und umgekehrt.

Ist dieses Gleichgewicht gestört, kommt es zu einer Fehlhaltung oder Fehlstellung der Wirbelsäule und es entsteht eine Skoliose, Kyphose oder Hyperlordose. Eine Fehlhaltung ist bei Kindern und Jugendlichen kurzzeitig noch voll korrigierbar, eine Fehlstellung dagegen ist bereits dauerhaft und kann nicht mehr korrigiert werden. Fehlhaltungen bei Kindern können nach dem Wachstumsschub in der Pubertät durch vorzeitigen Verschleiß zu dauerhaften Haltungsschäden führen.

Skoliose

Die Skoliose ist eine krankhafte, seitliche Wirbelsäulenverbiegung, die mit einer Verdrehung der Wirbelsäule kombiniert ist. Diese Fehlstellung ist fest (fixiert). Sie kann weder aktiv (durch das Kind) noch passiv (durch andere) in die normale Wirbelsäulenstellung gebracht werden. Beim Nach-Vorne-Beugen des Oberkörpers sieht man eine deutliche Ungleichheit (Asymetrie) des Rückens. Bei einer Fehlhaltung dagegen ist der Rücken beim Vorbeugen auf beiden Seiten gleich hoch und nicht asymetrisch.

Kyphose, Hyperlordose

Bei einer Kyphose biegt sich die Wirbelsäule verstärkt nach hinten, bei einer Hyperlordose nach vorn. Es entsteht ein Buckel des Brustkorbes oder Lendenbereichs nach hinten. Die Kyphose tritt vor allem als eine Knochenaufbaustörung in der Pubertät auf und wird »Scheuermannsche Erkrankung« genannt. Die erkrankten Wirbelkörper zeigen deutliche keilförmige Abweichungen, die auf dem Röntgenbild zu sehen sind. Da mehrere Wirbelkörper verformt sind, kommt es zum Buckel. Besteht nur eine kyphotische Fehlhaltung, sind die Wirbel im Röntgenbild rechtwinkelig. Die Kyphose kann dann noch ausgeglichen werden, wenn die Wirbelsäule aktiv gestreckt wird.

Was wird der Arzt tun?

Eine Skoliose, Hyperlordose und Kyphose müssen vom Orthopäden betreut und kontrolliert werden – egal ob sie durch Fehlhaltung oder Fehlstellung hervorgerufen sind.

Besonders wichtig sind laufende physiotherapeutische Übungen. Besteht eine starke skoliotische Fehlstellung, kann es nötig sein, über mehrere Jahre hinweg ein Stützkorsett zu tragen oder die Wirbelsäulenverkrümmung zu operieren, um Folgeerkrankungen zu vermeiden.

Hinweis

Ohne ärztliche Untersuchung kann man nicht zwischen einer Haltungsschwäche der Wirbelsäule und einer ernsthaften Haltungsstörung unterscheiden. Deshalb sollten Sie bei einem Verdacht auf eine Wirbelsäulenverkrümmung auf alle Fälle mit Ihrem Kind zum Arzt gehen.

Harnwegsentzündungen

Zu den Organen der Harnwege zählen die beiden Nieren, die Nierenbecken mit den ableitenden Harnwegen und die Blase mit der Harnröhre. Die Nieren reinigen das Blut von den Abfallprodukten aus dem Stoffwechsel des Körpers und scheiden diese mit dem Urin aus. Der in den Nieren gebildete Urin fließt über die Harnleiter in die Blase, die den Urin sammelt und portionsweise über die Harnröhre ausscheidet. Pro Tag werden 1 bis 1,5 Liter Urin im Körper des Menschen »erzeugt«. Im Säuglingsalter fasst die Blase 50 bis 100 Milliliter und im Jugendalter 300 bis 500 Milliliter, bevor es zum Harndrang kommt. Die willentliche Kontrolle über den Schließmuskel der Blase gelingt erst ab dem 2. bis 3. Lebensjahr, nachts häufig erst ab dem Schulalter.
Infekte der Harnwege entstehen durch Bakterien oder Viren, die über die Harnröhre in die Blase gelangen. Da die Harnröhre bei Mädchen wesentlich kürzer ist als bei Jungen und darüber hinaus der Scheidenbereich eher mit Bakterien oder Viren besetzt ist, leiden Mädchen deutlich häufiger an einem Infekt der Harnwege (HWI). Spätestens beim 2. Harnwegsinfekt (bei Jungen bereits beim 1.) muss mit Hilfe von Ultraschall- und Röntgenuntersuchungen geklärt werden, ob eine Fehlbildung im Bereich der Harnwege die Ursache des HWI sein könnte. Die häufigste Störung ist eine fehlerhafte Ein-

mündung der Harnleiter in die Blase. Beim Wasserlassen führt das dazu, dass ein Rest von Urin in Richtung Nieren zurückfließt (Reflux), was eine chronische Nieren- und Blasenentzündung verursachen kann.
Die Krankheitszeichen für einen Infekt der Harnwege sind bei Säuglingen und Kleinkindern sehr ungenau. Fieber, Erbrechen und Appetitlosigkeit, vor allem aber erneutes Einnässen bei einem Kleinkind, das schon fast trocken ist, können auf einen Harnwegsinfekt hindeuten. Größere Kinder verspüren bei einem Infekt der Harnwege einen häufigen Harndrang und einen brennenden Schmerz beim und direkt nach dem Wasserlassen. Viele Kinder klagen über Schmerzen im Unterbauch und in der Leistengegend. Eine Entzündung der Harnwege tritt besonders oft nach zu langem Baden im kalten Wasser, bei kaltfeuchtem Wetter und durch nasskalte Kleidung am Körper auf.

Was können Sie selbst tun?

Bei jedem Infekt der Harnwege muss Ihr Kind bis zu einer spürbaren Besserung die Trinkmenge erhöhen, um die Blase häufiger durchzuspülen und den Körper zu reinigen.
Hat Ihr Kind bei einer Entzündung der Harnwege gleichzeitig Fieber, sollte es so lange das Bett hüten, bis sich die Körpertemperatur wieder normalisiert hat. Achten Sie darauf, dass Ihr Kind immer warme Füße und einen warmen Unterleib hat. Kinder, die zu Harnwegsinfekten neigen, brauchen auch in der Wohnung Wollsocken und warme Unterwäsche. Wärme und ausreichend Flüssigkeit sind die beste Vorsorge vor einer erneuten Entzündung der Harnwege.

Was wird der Arzt tun?

Bringen Sie Ihr Kind mit Verdacht auf eine Entzündung der Harnwege frühzeitig zum Arzt, damit er den Urin untersuchen kann. Das wird bei Säuglingen und Kleinkindern nach einer gründlichen Reinigung des Genitalbereichs mit einem so genannten Urinauffangbeutel gemacht. Bei größeren Kindern und Erwachsenen wird der Urin in einem sterilen Gefäß während des Wasserlassens aufgefangen.

Für die Urinuntersuchung wird am besten stets der erste Urin nach dem Aufwachen (Morgenurin) verwendet. Sie können den Urin vor dem Arztbesuch 1 bis 2 Stunden lang im Kühlschrank aufbewahren.
Mit Hilfe der Laboruntersuchung stellt der Arzt fest, ob eventuell Bakterien die Auslöser einer Harnwegsentzündung sind. Ist dies der Fall, wird er für 3 bis 5 Tage ein spezielles Antibiotikum verordnen.

Info

Sind Fehlbildungen im Bereich der Harnwege die Ursache für Harnwegsinfekte, sollten diese operativ korrigiert werden. Ansonsten können solche Fehlbildungen später zu chronischen Nierenerkrankungen und sogar zu Nierenversagen führen.

Hautausschlag

Die Haut von Säuglingen und Kindern ist wesentlich empfindlicher als die Haut von Erwachsenen. Die einzelnen Hautschichten sind dünner und liegen nur locker aufeinander. Die Schweißdrüsen sind schon gut entwickelt, wodurch Kinder zu nässenden Entzündungen (Ekzeme) neigen. Die äußere Hornschicht ist dagegen noch sehr zart und weich, weshalb sie nur eingeschränkt als Barriere wirken kann. Krankheitserreger, Medikamente und Schadstoffe können durch die kindliche Haut leichter in den Körper eindringen und Hauterkrankungen hervorrufen.
Selbst bei bester Pflege kommt es bei Kindern immer wieder zu Hautausschlägen, die den Körper an einzelnen Stellen oder sogar ganz befallen. Der Ausschlag kann jucken, nässen, Krusten bilden, punktförmig oder flächenhaft sein. Es können kleine Bläschen oder große Quaddeln entstehen. Auch Fieber ist möglich. Viele Kinderkrankheiten wie Masern, Röteln, Scharlach oder Windpocken sind an ihrem typischen Hautausschlag zu erkennen. Bei anderen Hautausschlägen lässt sich die Ursache nur schwer nachweisen. Kleiderstoffe, Nahrungsmittel und Schadstoffe kommen als Urheber für

eine Unverträglichkeit oder einen allergischen Ausschlag (Seite 27) der Haut in Betracht. Auch Waschmittel kann Hautausschläge auslösen.

Was können Sie selbst tun?

Zur Pflege und Reinigung sowie zum Schutz vor Entzündungen muss die Haut täglich mit warmem Wasser gewaschen und 1 bis 2 mal wöchentlich gebadet werden. Badezusätze sollten Sie für Ihr Kind nicht verwenden. Zum Reinigen der Kinderhaut nehmen Sie alkali- und parfümfreie überfettende Kinderseife. Als regelmäßige Hautpflegemittel eignen sich Kindercremes und -öle, die Sie aber sehr sparsam verwenden sollten. Im Windelbereich schützen dünn aufgetragene zinkhaltige Pasten die Haut vor Urin und Stuhl. Verwenden Sie nur gut saugende Windeln.

HINWEIS

!

Immer wenn ein Hautausschlag für Verunsicherung sorgt, länger anhält oder mit Fieber verbunden ist, sollten Sie einen Arzt zurate ziehen.
Kinder mit Hautausschlägen sollten nicht mit anderen Kindern zusammenkommen, bis geklärt ist, ob sie eine ansteckende Erkrankung haben, zum Beispiel Grind (Seite 79), Masern (Seite 122), Röteln (Seite 151), Scharlach (Seite 154) oder Windpocken (Seite 175).

→ Tabelle Seite 17

HAUTPILZE

Hautpilze (Dermatomykosen) werden in 2 Gruppen unterteilt, in Hefepilze und in Fadenpilze.
Bei den Hefepilzen handelt es sich vorzugsweise um die Sorte Candida albicans, den Erreger des Soor (Seite 165) bei Säuglingen und Kleinkindern. Bei Schulkindern und Jugendlichen sind es die Fadenpilze (Tinea), die zu oberflächlichen, nur die Oberhaut befallenden Pilzerkrankungen führen. Sie werden je nach der befallenen Region unterschieden.

Es gibt den Kopfhautpilz (Tinea capitis), den Hautpilz (Tinea corporis), den Fußpilz (Tinea pedis) oder den Nagelpilz (Tinea ungium).

Kopfhautpilz

In der behaarten Kopfhaut bilden sich runde und ovale, teils einzelstehende, teils zusammenfließende Pilzherde. Die Ränder sind erhaben, rot und schuppend. Das Zentrum heilt narbenlos ab. Durch Juckreiz und Kratzen infizieren sich die befallenen Stellen zusätzlich mit Bakterien, was zu nässenden, blutenden Ekzemen mit einer starken Borkenbildung und einem stellenweisen Haarausfall führt. Ein anderer Kopfhautpilz bildet mehlig schuppende, runde Herde mit abgebrochenen Haaren. Beide Arten können in Kindergärten und Schulklassen gehäuft auftreten; dann sind sie meldepflichtig.

Hautpilz

Der Hautpilz am Körper zeigt sich in Form runder und ovaler, juckender Herde, die sich vom Rand her ausbreiten und in der Mitte abheilen. Die Ränder sind scharf begrenzt, rot, leicht erhaben und schuppen. Durch den Juckreiz kratzt das Kind, wodurch es immer wieder zu zusätzlichen Infektionen mit Bakterien und zu nässenden Ausschlägen kommt.

Fusspilz

Bei Fußpilz entwickeln sich vorzugsweise zwischen den Zehen und am Übergang von der Fußsohle zum Fußrücken rötliche, schuppende und nässende Herde, die in der Haut Risse (Rhagaden) bilden. Diese infizieren sich leicht zusätzlich durch Bakterien. Fußpilze jucken stark und riechen intensiv nach Fußschweiß. Fußpilze werden bevorzugt in Schwimmbädern, Turnhallen und Hotelduschen übertragen. Lackschuhe, Turnschuhe und Gummistiefel fördern die Schweißbildung am Fuß und somit auch Fußpilze.

Nagelpilz

Nagelpilze befallen oft die Zehennägel. Die Fadenpilze dringen durch minimale Verletzungen, etwa beim Nägelschneiden, in das Nagelbett ein und wachsen mit dem Nagel nach oben. Der Nagel wird dicker und brüchig, er ist weißlich-grau und undurchsichtig. Nagelpilze werden, wie der Fußpilz, durch das Tragen von zu engen und luftundurchlässigen Schuhen begünstigt, zum Beispiel durch Gummistiefel. Der Fußpilz und der Nagelpilz werden auch durch das Tragen von Socken aus synthetischem Material verstärkt.

Was können Sie selbst tun?

Eine Selbsttherapie bei Pilzerkrankungen ist nicht ratsam. Wichtig ist, dass sich alle Familienmitglieder auf Hautpilze untersuchen lassen, um Wiederansteckungen zu vermeiden. Das Gleiche gilt für alle Tiere, mit denen Ihr Kind regelmäßig Kontakt hat. So kann eine Infektionsquelle erkannt und behandelt werden.

- Solange Ihr Kind an irgendwelchen *Hautpilzen* erkrankt ist, sollte es keine Schwimmbäder aufsuchen. Es braucht zu Hause eigene Handtücher und Waschlappen.
- Bei *Fußpilz* ist zusätzlich eine besondere Fußhygiene nötig. Baumwollsocken, die bei 95 °C waschbar sind, müssen täglich gewechselt werden. Die Füße müssen morgens und abends warm und kalt gewaschen und jedesmal mit einem frischen Handtuch getrocknet werden. Feste Halbschuhe, Stiefel und Turnschuhe müssen mit pilztötenden Sprays ausgesprüht werden.
- Bei *Kopfhautpilz* ist ein eigener Kamm oder eine eigene Bürste selbstverständlich. Handtücher und Bettwäsche sollten bei 95 °C in der Maschine gewaschen werden.

Was wird der Arzt tun?

Gehen Sie bei jeder Pilzerkrankung mit Ihrem Kind zum Arzt. Je nach Art des Pilzes wird er bei Hefepilzen Nystatinhaltige Salben, Lösungen oder Sprays verordnen. Bei Fadenpilzen der Haut sind Imidazol-Derivate notwendig; bei Haar- und Nagelpilzen muss Ihr Kind gewissenhaft über Monate hinweg zusätzlich Tabletten schlucken, zum Beispiel Griseofulvinpräparate. Lassen Sie von Ihrem Arzt jede Pilzbehandlung regelmäßig kontrollieren.

Herpesinfektion

Die Erreger einer Herpesinfektion bei Kindern sind die Herpessimplex-Viren vom Typ I (HSV-1). Sie befallen bevorzugt die Haut und Schleimhaut oberhalb des Nabels. Unterhalb des Nabels lösen die HSV-2-Viren eine Herpesinfektion aus. Da diese meist bei der Geburt übertragen werden, sind vor allem Neugeborene betroffen. Die Zeit von der Infektion bis zum Ausbruch der Erkrankung beträgt einige Tage bis mehrere Wochen.

Hinweis

!

- **Neugeborene mit einer Herpesinfektion müssen wegen der Gefahr einer Hirnhautentzündung im Krankenhaus behandelt werden.**
- **Kinder mit Mundfäule müssen vom Arzt mitbetreut werden, da es zu einer weiteren Ausbreitung der Erkrankung kommen kann.**
- **Hat ein Kind eine Infektion mit HSV-2-Viren im Genitalbereich, müssen Sie mit ihm zum Arzt, um einen sexuellen Missbrauch ausschließen zu können.**

Neugeborenen-Herpes

Die HSV-2-Viren werden bei der Geburt von den mütterlichen Geburtswegen auf das Neugeborene übertragen. Die Krankheit beginnt in der 2. bis 6. Lebenswoche. In 2 Drittel der Fälle sind die Haut, Schleimhäute oder die Augen betroffen, die unproblematisch wieder abheilen. Gefährlich ist die Neugeborenen-Herpesinfektion für Neugeborene, wenn ihre gesamte Haut und Schleimhaut sowie das Gehirn betroffen sind.

Mundfäule

Mundfäule (Stomatitis aphthosa) entsteht bei der ersten Infektion mit dem HSV-1-Virus. Kinder, die an der Mundfäule erkranken, sind fast immer zwischen 10 Monate und 3 Jahre alt. Nicht alle angesteckten Kinder werden aber sichtbar krank. Nach jeder überstandenen Krankheit bleiben die

Herpesviren lebenslang in den Ganglienzellen des Nervensystems und können bei Erkältungen jederzeit wieder aktiv werden.
Die Kinder mit sichtbaren Krankheitszeichen haben hohes Fieber und unzählige Bläschen in der Mundschleimhaut, auf der Zunge, am Kiefer und an den Lippen innen und außen. Die Bläschen im Mund sind extrem schmerzhaft und verursachen dadurch starke Schluckbeschwerden. Der Speichel läuft aus dem Mund, wodurch sich Gleichaltrige leicht anstecken können (Schmierinfektion). Kinder mit Mundfäule müssen deshalb von anderen Kindern getrennt werden und zu Hause bleiben.

Was können Sie selbst tun?

Bei *Mundfäule* darf das Essen wegen der massiven Schluckbeschwerden nur aus lauwarmer, ungesalzener, flüssiger und fruchtsäurefreier Nahrung bestehen. Alles, was zu warm, zu kalt oder zu sauer ist, brennt im Mund. Zu empfehlen sind zimmerwarmer Tee mit Traubenzucker, lauwarme ungesalzene Hühnerbrühe, flüssiger ungesalzener Kartoffelbrei oder lauwarmer Vanillepudding.

Was wird der Arzt tun?

Bei *Neugeborenen-Herpes* und bei einer *Mundfäule* müssen immer ein Virustatikum und ein Mittel gegen die Schmerzen und den Juckreiz verordnet werden. Gegen die starken Schmerzen und das Fieber helfen Paracetamol oder Ibuprofen-Zäpfchen oder -Säfte.

Lippenbläschen

Herpesviren überleben nach einer überstandenen Erstinfektion und bleiben ein Leben lang im Körper des Menschen. Bei Erkältungsinfekten oder anderen Infektionskrankheiten kann es durch das dabei in Mitleidenschaft gezogene Immunsystem zum Wiederaufflammen der Herpesviren kommen. Dies zeigt sich bei HSV-1-Viren in Form von Lippen- oder Fieberbläschen (Herpes labialis), bei HSV-2-Viren als Bläschen im Genitalbereich. Diese Bläschen treten einzeln oder in Gruppen auf. Sie sind mit Wasser gefüllt, platzen leicht und verkrusten. Die Bläschen jucken stark und verleiten zum Kratzen, wodurch es zu bakteriellen Mischinfektionen kommt. Es kann, muss aber kein Fieber auftreten. Nach 1 bis 2 Wochen heilen die Bläschen ohne Narbenbildung ab.

Was können Sie selbst tun?

Tupfen Sie auf Fieberbläschen Kamillenteekonzentrat oder 3- bis 4-mal täglich Tinctura propolis (aus der Apotheke). Es gibt auch spezielle Salben (Aciclovir), deren Wirkung aber umstritten ist.

Herzfehler

Dank der Antibiotika-Therapien sind in den Industrieländern Herzfehler bei Kindern und Erwachsenen nach Erkrankungen durch Bakterien, insbesondere Streptokokken (Scharlach, Seite 154), selten geworden. Durch die Rötelnimpfung erkranken Schwangere auch seltener an Röteln, was bei ihrem Ungeborenen einen Herzfehler auslösen könnte.

Die meisten Herzfehler im Kindesalter sind angeboren und ohne nachweisbare Ursache. Genetische Häufungen von Herzfehlern kommen beim Down-Syndrom und einigen anderen Chromosomenstörungen vor.

Ein mangelnder Verschluss der Herzscheidenwand ist der häufigste Herzfehler. Die zwischen den linken und rechten Herzkammern gelegene Scheidenwand ist in diesen Fällen unzureichend entwickelt und weist Defekte im Bereich der Herzkammer und/oder Vorhöfe auf. Diese Defekte können klein und für die Herzfunktion harmlos sein. Andererseits aber auch so groß, dass eine geregelte Versorgung des Körpers mit Sauerstoff nicht gewährleistet ist. Dies zeigt sich dann an einer Blaufärbung der Lippen, Fingerspitzen und Zehen. Bei einer leichten Störung treten diese Symptome nur bei körperlicher Anstrengung auf.

Herzfehler können auch an den Herzklappen zwischen den einzelnen Herzkammern und am Übergang zu den großen Herz-Kreislaufgefäßen (Arterien und Venen) vorkommen. Wenn herznahe Gefäße (Aorta und Venen) durch Fehlentwicklungen zu eng oder falsch an den Herzkammern angeordnet sind, müssen sie operiert werden. Zu enge Herzgefäße machen oft erst im späteren Kindesalter Probleme und werden deshalb häufig erst dann entdeckt.

Was wird der Arzt tun?

Alle Herzfehler lassen sich vom Arzt durch Abhören, EKG, ECHO-Untersuchungen und Röntgen erkennen. Oft können Herzfehler bei Ungeborenen sogar schon bei den Ultraschall-Untersuchungen in der Schwangerschaft festgestellt werden – und notwendige Operationen können frühzeitig geplant werden. Viele Herzfehler lassen sich heute operativ korrigieren. Nicht jeder Herzfehler muss operiert werden. Defekte in der Herzscheidenwand (Septumdefekte) schließen sich häufig im Laufe des Lebens von selbst. Bis dahin müssen sie regelmäßig ärztlich überwacht werden und brauchen bei fieberhaften Erkrankungen zum Schutz des Herzens Antibiotika.

Hinweis

Sie sollten an einen Herzfehler bei Ihrem Kind denken, wenn es

- **auffallend müder ist als Gleichaltrige,**
- **beim Spielen wesentlich häufiger Pausen einlegt als gleichaltrige Freunde oder**
- **bei körperlicher Anstrengung schnell blaue Lippen, Zehen und Fingernägel bekommt.**

Bei Verdacht auf einen Herzfehler muss Ihr Kind sobald wie möglich vom Arzt untersucht werden.

Herzrhythmusstörungen

Unter Herzrhythmus versteht man die Schlagfolge des Herzpulses pro Minute im Ruhezustand. Die Anzahl der Herzschläge (Herzfrequenz) pro Minute hängt vom Alter, von körperlichen Aktivitäten und vom körperlichen Training ab. Seelische Aufregung und eine erhöhte Körpertemperatur bei Fieber beschleunigen die Herzfrequenz. Bei Kindern zeigt der Herzrhythmus eine weitere Besonderheit.

HINWEIS

Bei Herzrhythmusstörungen sollten Sie stets den Arzt aufsuchen, um organische Ursachen auszuschließen und um diese Störungen von den altersgemäßen Unregelmäßigkeiten des Herzrhythmus abzugrenzen.

Beim Einatmen ist die Herzfrequenz höher, beim Ausatmen verlangsamt sie sich. Diese Unregelmäßigkeiten treten besonders beim Einschlafen und Aufwachen und wenn das Kind nach körperlicher Anstrengung zur Ruhe kommt auf.
Diese normalen Schwankungen des Herzrhythmus unterscheiden sich aber von den Herzrhythmusstörungen.
Organische Herzrhythmusstörungen treten bei einer Herzmuskelentzündung (Myocarditis), Überfunktion der Schilddrüse (Hyperthyreose, Seite 160) und schwerer Blutarmut (Anämie, Seite 46) auf. Herzjagen, eine zu schnelle Schlagfolge der Herzfrequenz (Tachycardie), tritt bei enormer körperlicher Anstrengung, schnell ansteigendem Fieber und bei seelischer Aufregung auf. Kurze, anfallsartige Tachycardien gehen vom Herzen selbst aus und lassen sich ärztlich behandeln.

Herzrhythmus in Abhängigkeit vom Alter des Kindes

ALTER	IM RUHIGEN WACHZUSTAND	IM RUHIGEN SCHLAF	BEI BELASTUNG
Neugeborene	100–180	80–160	bis 220
bis 3 Monate	100–220	80–220	bis 220
4 Monate bis 2 Jahre	80–150	70–120	bis 200
2 Jahre bis 10 Jahre	70–110	60–90	bis 200
ab 10 Jahre	55–99	50–90	bis 200

Die Herzfrequenz ist bei sportlich trainierten Menschen im Ruhezustand niedriger als bei untrainierten, da das Herzschlagvolumen durch das körperliche Training höher ist.

Hirn- und Hirnhautentzündung

Die Hirnentzündung (Enzephalitis) ist eine infektiöse Erkrankung des Hirngewebes. Bei der Hirnhautentzündung (Meningitis) erkranken die Hirnhäute. Verursacher können Bakterien, Viren, Pilze und Parasiten sein. Diese Erreger gelangen, meist nach Infekten der Atemwege oder des Magen-Darm-Bereichs, über die Blutbahnen zu den Hirnhäuten und ins Gehirn. Nach Insektenstichen und -bissen können ebenso Hirn- und Hirnhautentzündungen entstehen, etwa die Borreliose (Seite 49) oder FSME (Seite 73), die durch einen Zeckenbiss ausgelöst werden.
Eine virusbedingte Hirn- und Hirnhautreizung tritt nicht selten 1 bis 2 Wochen nach dem Beginn einer Mumps-Erkrankung (Seite 124) auf. Sie kann auch im Rahmen einer Masern-Erkrankung (Seite 122) entstehen.
Kinder, die älter als 1 Jahr sind, haben bei Hirn- und Hirnhauterkrankungen am häufigsten hohes Fieber, Kopfschmerzen und erbrechen sich. Säuglinge haben hohes Fieber und eine vorgewölbte Fontanelle. Außerdem kommt es zu Störungen des Bewusstseins bis hin zu Bewusstlosigkeit (Seite 190), Nervenlähmungen und Krämpfen.

Was wird der Arzt tun?

Hat Ihr Kind hohes Fieber, Erbrechen, akute Kopfschmerzen mit und ohne Störung der Bewusstseinslage, besteht der Verdacht auf eine Hirnhaut- oder Hirnbeteiligung. Suchen Sie in diesem Fall sofort einen Arzt auf. Bereits der Verdacht auf eine Hirn- oder Hirnhautentzündung stellt einen Notfall dar und muss sofort im Krankenhaus behandelt werden.
Dort wird die Rückenmarkflüssigkeit untersucht (Lumbalpunktion). Um sicherzugehen, wird auch eine Kernspintomographie (MRT) durchgeführt.
Noch bevor die Ergebnisse der Untersuchungen vorliegen, muss mit einer Antibiotika-Therapie über Infusionen begonnen werden, um Krämpfe und bleibende Hirnschäden zu verhindern. Ist es bereits zu Krampfanfällen gekommen, werden diese mit Krampf-verhindernden Medikamenten (Anticonvulsia) behandelt.

Die Dauer der Therapie bei Hirn(haut)entzündungen hängt von den Krankheitserregern ab. Solange die Erreger der Erkrankung nicht nachgewiesen sind, ist eine kombinierte Therapie sowohl gegen die Bakterien als auch gegen die Viren nötig, die sich bis zu 3 Wochen hinziehen kann.

HINWEIS

!

Durch Impfungen (Seite 9) lässt sich heutzutage unter anderem gegen zahlreiche Hirnentzündungen vorbeugen. Masern-, Mumps-, Röteln-, FSME- und Meningokokken-Impfungen sowie Impfungen gegen Kinderlähmung und Windpocken schützen vor den Hirnkomplikationen dieser Erkrankungen.

HODENHOCHSTAND

Noch im Mutterleib entwickeln sich die Hoden des Jungen im Unterleib neben den Nieren. Kurz vor der Geburt kommt es zu einem Längenwachstum der Samenstränge, und die Hoden wandern durch den Leistenkanal in den Hodensack. Dort ruhen sie bis zur Pubertät. Dann wachsen sie unter dem Einfluss der männlichen Hormone und bilden Samen (Spermien). Dazu muss die Temperatur unterhalb der Körpertemperatur von 37 °C liegen. Deshalb sind die Hoden von der Natur außerhalb des Bauchraumes in den Hodensack verlagert.
Die Wanderung der Hoden aus dem Bauchraum in den Hodensack ist bei einem Drittel der Frühgeborenen und bei bis zu 3 Prozent der reif geborenen Jungen zum Zeitpunkt der Geburt noch nicht abgeschlossen. Am Ende des ersten Lebensjahres besteht noch bei knapp 1 Prozent der Jungen ein Hodenhochstand. Aus diesem Grund wird die Lage der Hoden bei jedem männlichen Neugeborenen vom Arzt überprüft und bei Verdacht auf einen Hodenhochstand regelmäßig kontrolliert (Vorsorgeuntersuchungen, Seite 5). Normalerweise sind die Hoden beim Neugeborenen auf beiden Seiten tastbar und liegen links etwas tiefer, rechts etwas höher im Hodensack. Ist der Hodensack leer, spricht man vom Hodenhochstand, den es in verschiedener Ausprägung gibt: als Pendelhoden, Leistenhoden oder Bauchhoden.

- Bei einem *Pendelhoden* ist der hoch stehende Hoden zwischen Hodensack und Leistenkanal oder im Leistenkanal tastbar und lässt sich leicht in den Hodensack verschieben. Die Besonderheit des Pendelhoden ist, dass er bei Kälte in der Leiste liegt, bei Wärme, etwa im Badewannenwasser und im warmen Bett, aber im Hodensack.
- *Leistenhoden* treten einseitig oder auch beidseitig auf. Sie sind in der Leiste zu tasten und lassen sich nicht so weit bewegen, dass sie in den Hodensack geschoben werden können.
- Bei *Bauchhoden* kann man weder im Hodensack noch im Leistenkanal einen Hoden tasten. Bauchhoden sind durch eine Ultraschalluntersuchung im Bauchraum nachweisbar.

Was wird der Arzt tun?

Liegen die Hoden nicht im Hodensack, können sie sich nicht richtig entwickeln und ab der Pubertät keine reifen, fortpflanzungsfähigen Samen produzieren. Um eine normale Entwicklung der Hoden – und damit die Fortpflanzungsmöglichkeit des Jungen – zu gewährleisten, muss der Hodenhochstand spätestens im 2. Lebensjahr behandelt werden. Nur ein Pendelhoden muss nicht therapiert werden. Nach einer eingehenden Untersuchung kann der Arzt entscheiden, ob er dem Jungen mehrere Hormonspritzen gibt, um das Samenstrangwachstum zu verstärken. Genügt dies nicht, müssen die Hoden durch eine Operation in den Hodensack verlagert und dort fixiert werden. Manchmal ist auch eine Kombination aus Hormonspritzen und Operation sinnvoll.

HODENWASSERBRUCH

Bei einem Hodenwasserbruch sammelt sich Gewebsflüssigkeit im Hodensack an. Das passiert bei einem Neugeborenen recht häufig. Die Ursache dafür ist oft unbekannt. Bei älteren Jungen und Jugendlichen kommt auch eine Verletzung (Prellung) oder eine Entzündung in Betracht. Ein Hodenwasserbruch lässt sich ohne eine ärztliche Untersuchung oft nicht von einem Leistenbruch (Seite 40), einem Hodentumor oder einer Hodendrehung unterscheiden.

Bei einem Hodenwasserbruch ist der Hoden vergrößert, geschwollen und mehr oder weniger prall und elastisch. Hodenwasserbrüche bei Neugeborenen schmerzen nicht, als Folge von Verletzung oder Entzündung sind sie aber schmerzhaft. Unter einer Diagnoselampe leuchtet das Hodenwasser gleichmäßig rot auf, der Hoden und der Hodenstrang sind dagegen als dunkle Schatten zu erkennen.

Was wird der Arzt tun?

Bei Neugeborenen mit einem Hodenwasserbruch wird nur der Hodensack hochgelagert. Dazu schieben Sie am besten ein gefaltetes Papiertaschentuch unter dem Hodensack durch und befestigen es in der Windel rechts und links am Oberschenkel. Bessert sich der »Bruch« nicht innerhalb von 2 bis 3 Monaten, kann eine Operation notwendig werden, um den Hoden vom Druck des Gewebswassers zu befreien.

HINWEIS

Bei einer schmerzhaften Hodenschwellung im späteren Alter muss der Arzt eine genaue Untersuchung durchführen, um eine Hodenentzündung, -prellung, -drehung oder einen Hodentumor auszuschließen.
Eine Hodendrehung (Hodentorsion) ist extrem schmerzhaft und muss innerhalb von 6 Stunden operiert werden, um die Zeugungsfähigkeit des Jungen zu erhalten.

HÖRSTÖRUNGEN

Hörstörungen bei Kindern behindern ihren Kontakt zur Umwelt und die Entwicklung ihrer Sprache. Das zieht seelische Störungen nach sich und beeinträchtigt die geistige Entwicklung des Kindes. Deshalb ist es wichtig, dem Verdacht auf (angeborene) Hörstörungen frühzeitig nachzugehen und eine Therapie am besten schon vor der beginnenden Sprachentwicklung, also ab dem 6. Lebensmonat, anzufangen. Aus diesem Grund wird bei jedem Neugeborenen eine Untersuchung zur Früherkennung einer Hörstörung durchgeführt. Bei der Schwerhörigkeit unterscheidet man zwischen

- einer *Schallempfindungsschwerhörigkeit* als Folge von Störungen im Innenohr und am Hörzentrum in Gehirn und
- der *Schallleitungsschwerhörigkeit* im Mittelohr oder im äußeren Gehörgang.

Eine angeborene Hörstörung ist meist eine Schallempfindungsschwerhörigkeit. Sie wird während der Schwangerschaft oder bei der Geburt durch Infektionen, Sauerstoffmangel, Hirnblutung oder schwere Neugeborenen-Gelbsucht (Seite 133) hervorgerufen. Eine angeborene Hörstörung tritt bei 1 bis 2 Prozent der Neugeborenen auf. Vererbt wird eine Hörstörung nur sehr selten.

Eine später im Kindes- oder Jugendalter auftretende Schallempfindungsschwerhörigkeit ist die Folge einer Infektion am Innenohr, im Gehirn oder an den Hirnhäuten, eines Tumors, von Medikamenten oder einer Schädel-Hirn-Verletzung. Schwerhörigkeit entsteht auch als Folge von chronischem Lärm, zum Beispiel bei Besuchen lautstarker Discoveranstaltungen und ständiger Benutzung eines Discman.

Die häufig vorkommende Schallleitungsschwerhörigkeit ist eine Folge von Mittelohrentzündungen und Störungen im äußeren Gehörgang. Im Mittelohr verbleibt im Zusammenhang mit einer Erkältung ein Sekretstau, der so genannte Paukenhöhlenerguss (Serotympanon), der nicht von selbst abfließen kann, sondern eindickt und somit die Übertragung des gehörten über das Mittel- zum Innenohr behindert. Die Hörstörung, die durch Ohrenschmalz oder einen Fremdkörper im äußeren Gehörgang entsteht, ist wie eine Schallschutzmauer, die die ankommenden Geräusche abdämpft.

Was können Sie selbst tun?

Bei der *Schallleitungsschwerhörigkeit* im Mittelohr, dem Paukenerguss, wird der Arzt Ihnen abschwellende Nasentropfen verschreiben. Damit, sowie mit Wärme durch Zwiebelumschläge (Seite 242) oder eine Rotlichtbestrahlung (Seite 242) auf das Ohr versuchen Sie, den Erguss zum Abfließen zu bringen. Das kann bis zu 3 Monate dauern, aber mit einer konsequenten Therapie kann der Erguss oft abfließen.

HINWEIS

Nehmen Sie jeden noch so geringen Verdacht auf eine Hörstörung Ihres Kindes ernst. Dies gilt insbesondere bei Säuglingen. Ihr Baby sollte bereits im ersten Lebensmonat mit Blinzeln »antworten«, wenn Sie in die Hände klatschen. Im dritten Lebensmonat sollte Ihr Säugling auf Raschelgeräusche reagieren und im sechsten Lebensmonat seinen Kopf zu einem Raschelgeräusch hinwenden. Auffallend bei schwerhörigen Säuglingen ist, dass sie sich mit den Händen auf die Ohren schlagen.

Was wird der Arzt tun?

Ist trotz dieser Therapie der Erguss nach 3 Monaten noch vorhanden, ist ein operativer Eingriff (Schnitt) ins Trommelfell durch den HNO-Arzt nötig. Der Paukenerguss wird abgesaugt, und falls nötig werden kleine Röhrchen zur Belüftung in den Schnitt gelegt, damit das Mittelohr belüftet wird und der Schall wieder richtig übergeleitet wird.

- Eine *Schallleitungsschwerhörigkeit* durch eine Entzündung im äußeren Gehörgang wird mit abschwellenden, entzündungshemmenden Ohrentropfen behandelt. Eingedicktes Ohrenschmalz oder Fremdkörper entfernt der HNO-Arzt. Versuchen Sie das niemals selbst, da dabei Gehörverletzungen und Verletzungen des Trommelfells entstehen können, die wiederum zu einer Schwerhörigkeit führen.
- Bei der *Schallempfindungsschwerhörigkeit*, die in fast allen Fällen angeboren ist, lässt sich die Ursache nicht so leicht behandeln wie bei den Schallleitungsstörungen. Ein Kind mit einer angeborenen Hörstörung, auch wenn sie nur einseitig ist, muss so früh wie möglich ein Hörgerät bekommen. Spätestens bis zum Ende des ersten Lebensjahres sollte dies passieren, damit die Sprachentwicklung weitgehend normal verläuft. Kinder mit einer angeborenen Hörstörung brauchen eine Frühförderung durch speziell ausgebildete Sprachtherapeuten.

Hüftdysplasie

Die Hüftdysplasie ist eine angeborene Störung, bei der im Beckenknochen die Hüftpfanne mangelhaft ausgebildet ist, so dass der Oberschenkelkopf in der Pfanne keinen Halt findet und nach oben und außen verlagert ist. Rutscht der Oberschenkelkopf ganz aus der Hüftpfanne heraus, spricht man von einer Hüftluxation. Eine unbehandelte Hüftdysplasie oder Hüftluxation führt zu einer Beinverkürzung und zu einem vorzeitigen, schmerzhaften Verschleiß des Oberschenkelkopfes (Arthrose).

Die Hüftdysplasie ist eine hauptsächlich familiär bedingte Erkrankung, die vererbt wird und bei Mädchen 5-mal häufiger vorkommt als bei Jungen. Sie kann einseitig oder beidseitig auftreten. Schon beim Neugeborenen weisen Schwierigkeiten beim Abspreizen eines Beins und auffallend verschiedene oberste Pofalten an der Rückseite des Oberschenkels auf eine einseitige Hüftdysplasie hin. Bei einer ein- oder beidseitigen Hüftdysplasie fällt auf, dass das Kind deutliche Schwierigkeiten beim Spreizen eines oder beider Beine hat.

H

Hinweis

!

Schon beim geringsten Verdacht auf eine Hüftstörung sollte der Arzt Ihren Säugling mit Ultraschall untersuchen. Muss Ihr Kind eine Spreizhose tragen, halten Sie die ärztlichen Kontrolltermine ein, damit der Heilungsverlauf genau verfolgt werden kann. Ziehen Sie Ihrem Kind die Spreizhose konsequent und lange genug an.

Was wird der Arzt tun?

Eine Hüftdysplasie heilt gut aus, wenn sie frühzeitig erkannt und behandelt wird. Deshalb soll jedes Neugeborene und jeder 6 Wochen alte Säugling bei den Vorsorgeuntersuchungen U2 und U3 (Seite 5) vom Kinderarzt speziell auf eine Hüftdysplasie, am besten mit Ultraschall, untersucht werden. Die gängigste Therapie der Hüftdysplasie ist eine Spreizhose. Diese muss Ihr Kind konsequent für 4 bis 12 Wochen Tag und Nacht tragen.

Durch die Spreizhose wird der Oberschenkelkopf richtig in die Hüftpfanne eingestellt, wodurch sich dann die Hüftpfanne gut entwickeln kann. Eine Hüftluxation muss oft operiert werden. Außerdem muss das Kind danach für längere Zeit einen Beckengips tragen.

Husten

Husten ist ein typisches Zeichen für eine Störung im Bereich der Atemwege (Nasen-Rachen-Raum, Luftröhre und Lunge). Krankheitserreger, Schleim, Fremdkörper, Reizgase, Tabakstaub, Rauch und allergische Reaktionen können Husten auslösen. Je nach der Menge der Schleimbildung kann sich Husten sehr unterschiedlich anhören.

- Bei geringer Schleimbildung klingt Husten trocken (Reizhusten). Er entsteht als Reiz auf Fremdkörper oder Reizgase wie Tabakrauch oder Abgase, bei Asthma bronchiale (Seite 31) und am Anfang von entzündlichen Erkrankungen durch Viren oder Bakterien.
- Bei feuchtem oder produktivem Husten wird Schleim hochgehustet. Abhusten ist allerdings erst ab dem 5. Lebensjahr möglich. Bei Säuglingen und kleinen Kindern wird der hochgehustete Schleim über die Speiseröhre wieder herunter geschluckt und durch den Magensaft unschädlich gemacht.
- Bei schleimigem Husten sollten Sie Ihrem Kind keine Medikamente geben, die den Hustenreiz dämpfen. Sonst kann der Schleim in den Atemwegen stecken bleiben, diese einengen oder eine stärkere Entzündung hervorrufen. Schleimlösende Medikamente soll Ihr Kind nur tagsüber einnehmen, damit es im Schlaf nicht zu oft husten muss.

Hinweis

Wegen der Vielzahl möglicher Ursachen sollte jedes Kind mit Husten, der länger als eine Woche ohne erkennbare oder hörbare Besserung andauert, zum Arzt.

Husten kann ständig oder nur anfallsartig auftreten. Er kann von Situationen abhängen (psychogener Aufmerksamkeitshusten) oder von Tageszeiten. So tritt nächtlicher Husten vorwiegend bei Keuchhusten (Seite 107) oder Schleimhautentzündungen der Nasennebenhöhlen (Seite 130) und der Stirnhöhlen auf.
Hält der Husten länger als 3 bis 4 Wochen an, ist er chronisch. Er kann auf Asthma bronchiale (Seite 31) hinweisen oder auf vergrößerte Rachenmandeln (Seite 121).
Bleibt ein trockener Husten ohne erkennbare organische Ursachen bestehen, können psychische Probleme für den Tickhusten verantwortlich sein, etwa Verlegenheitshusten in der Pubertät oder Aufmerksamkeitshusten bei Säuglingen und Kleinkindern.

→ Tabelle Seite 18

Kehlkopfentzündungen

Bei der Kehlkopfentzündung (Laryngitis) erkranken die Kehlkopfschleimhaut und die Stimmbänder, meist auch die Luftröhrenschleimhaut. Sie wird vorwiegend durch Viren hervorgerufen und durch Tröpfcheninfektion übertragen. Wenige Tage nach der Ansteckung kommt es zu einem schmerzhaften, trockenen und bellenden Husten mit Heiserkeit beim Sprechen, die so stark werden kann, dass der Erkrankte nur noch flüstern kann.

Epiglottitis

Eine Sonderform der Kehlkopfentzündung ist die Epiglottitis, eine lebensgefährliche Erkrankung des oberen Kehlkopfbereiches mit Haemophilus-Influenza-Erregern oder Streptokokken. Ein an Epiglottitis erkranktes Kind ist blass, auffallend ruhig, hat eine »kloßige« Sprache und Schluckstörung mit Atemnot bis hin zu Atemstillstand, aber keinen bellenden Husten. Kinder mit einer Epiglottitis müssen sofort mit dem Notarzt ins Krankenhaus.

Krupphusten

Eine zweite Sonderform der Kehlkopfentzündung ist der Krupphusten. An Krupphusten (Pseudokrupp) erkranken vorwiegend Kinder vom 1. bis zum 6. Lebensjahr. Jungen sind doppelt so häufig betroffen wie Mädchen. Vor allem nachts in den Wintermonaten Oktober bis März kommt es durch Schwellung der Stimmbänder zu akuter Heiserkeit mit bellendem Husten, pfeifendem Geräusch beim Einatmen (Stridor) und Atemnot. In den meisten Fällen ging dieser Heiserkeit eine leichte Erkältung voraus. Pseudokrupp dauert oft nur eine Nacht.

Was wird der Arzt tun?

- Die Therapie der einfachen *Laryngitis* ohne Atemnot ist abhängig von den Symptomen. Viel Flüssigkeit, frische Luft, eventuell hustendämpfende und schleimlösende Säfte reichen meist aus.
- Beim geringsten Verdacht auf *Epiglottitis* (Seite 105) muss Ihr Kind sofort in eine Klinik gebracht werden, am besten mit dem Notarzt. Das Kind sollte sitzend transportiert werden. Bei Atemstillstand (Seite 188) muss eine künstliche Beatmung vorgenommen werden. In der Klinik bekommt Ihr Kind dann Inhalationen und wird überwacht.
- Beim *Krupphusten* braucht Ihr Kind viel frische Luft. Beruhigen Sie es auf Ihrem Arm am offenen Fenster oder auf dem Balkon in der kühlen Nachtluft, bis der Anfall vorbei ist. Bewahren Sie vor allem die Ruhe. Zum schnellen Abschwellen der Schleimhaut können Sie Ihrem Kind ein Kortison-Zäpfchen geben oder Epinephrin inhalieren lassen. Haben Sie schon einmal einen Pseudokrupp bei Ihrem Kind erlebt, sollten Sie sich von Ihrem Arzt Kortisonzäpfchen auf Vorrat verordnen lassen. Wichtig bei »Krupp-Kindern« ist, dass in ihrer Umgebung nicht geraucht wird. Tritt der Pseudokrupp zum ersten Mal auf oder kommt es mit den oben erwähnten Maßnahmen zu keiner Besserung, fahren Sie mit Ihrem Kind in die Klinik oder rufen Sie den Notarzt.

KEUCHHUSTEN

Keuchhusten ist eine langwierige, durch Bakterien (Bordetella Pertussis) hervorgerufene Erkrankung. Für Neugeborene und Säuglinge ist sie sogar lebensgefährlich, da es für Keuchhusten keinen ausreichenden mütterlichen Antikörperschutz (Nestschutz) gibt. Vorwiegend tritt der Keuchhusten als Endemien im Kindergartenalter auf. Auch Erwachsene mit ungenügendem oder gar keinem Impfschutz werden angesteckt. Die Übertragung erfolgt vom Erkrankten auf den Gesunden durch Tröpfcheninfektion beim Husten.

- 1 bis 3 Wochen nach der Ansteckung beginnt der Keuchhusten wie eine einfache Erkältung mit Husten und Schnupfen. In dieser Zeit besteht die höchste Ansteckungsgefahr für andere.
- 1 bis 2 Wochen später bessern sich die Erkältungszeichen, aber der Husten geht in den typischen bellenden, abgehackten Husten (Stakkato) über. Am Ende eines Hustenanfalls zieht das Kind die Luft hörbar ein, so dass es wie ein Juchzen klingt. Die Augen tränen und sind stark gerötet, das Gesicht kann blau anlaufen. Das Kind würgt zähen, glasigen Schleim hoch. Es kommt zu Atemnot, bei Säuglingen kann es zum Atemstillstand und Ersticken kommen. Sie müssen im Krankenhaus behandelt werden.
- Die Hustenattacken treten zuerst nur nachts, dann auch tagsüber auf. Sie können 2 bis 6 Wochen anhalten. Nach weiteren 2 Wochen ist der Keuchhusten überstanden. Es kann noch monatelang bei jeder normalen Erkältung zu den typischen Keuchhustenanfällen kommen.

Was können Sie selbst tun?

- Die Hustenanfälle sind erträglicher, wenn Ihr Kind aufsitzt und den Kopf leicht nach vorne beugt. Halten Sie ein Gefäß wegen des Brechreizes bereit. Lassen Sie Ihr Kind nach einem Hustenanfall trinken, damit sein Körper genügend Flüssigkeit bekommt.
- Bei etwa der Hälfte der Patienten bessern sich die Symptome, wenn sie einen Tag im Hochgebirge oder einige Stunden im Gärkeller einer Brauerei verbringen.

- Der beste und einzige Schutz vor Keuchhusten ist eine Impfung, die lebenslang von Zeit zu Zeit aufgefrischt werden muss (Seite 9).

Was wird der Arzt tun?

Ein Nasen-Rachen-Abstrich gibt im frühen Krankheitsstadium Sicherheit über die Diagnose.
Mit Antibiotika ist Ihr Kind nach 5 Tagen nicht mehr ansteckend und kann in die Krippe oder den Kindergarten. Ohne Antibiotika müssen Sie Ihr Kind 3 bis 4 Wochen isolieren. Hatte ein ungeimpftes Kind Kontakt mit einem Keuchhustenpatienten, sollte es sofort mit Antibiotika behandelt oder 3 Wochen isoliert werden, um eine weitere Ausbreitung zu verhindern. Antibiotika helfen nicht mehr, wenn das Stadium der Hustenattacken begonnen hat. Denn dieser Stakkatohusten wird nicht von den Bakterien hervorgerufen, sondern von deren Stoffwechsel-Abfallprodukten (Toxine). Dagegen gibt es noch keine Medikamente wie etwa Hustenblocker.

HINWEIS

Da Keuchhusten für Säuglinge lebensgefährlich werden kann, sollen diese im Krankenhaus behandelt werden. Am Anfang ist Keuchhusten von einem normalen Erkältungshusten schwer zu unterscheiden. Deshalb sollte jeder Verdacht auf Keuchhusten und jeder Husten beim Säugling und Kleinkind, der über eine Woche ohne Anzeichen einer Besserung andauert, umgehend vom Arzt untersucht werden.

KINDERLÄHMUNG

Die Kinderlähmung (Poliomyelitis) ist eine weltweite Infektion mit einem Virus, der aus dem Darm eines Erkrankten beim Stuhlgang ausgeschieden und verbreitet wird (Schmier- und Tröpfcheninfektion). Verseuchtes Wasser (insbesondere Badeseen im Sommer) und verschmutzte Nahrung tragen das Virus weiter, das beim Essen und Trinken in den Magen-Darm-Bereich und von dort über die Blutbahn zu den Nerven gelangt. Das Virus setzt sich im Rückenmark und an den

Hirnstammnerven fest, wo es die motorischen Nervenzellen zerstört und dadurch zu einer Lähmung der Muskulatur einzelner Gliedmaßen führt. Ist die Zwerchfell- und Atemmuskulatur befallen, muss der Erkrankte wegen der Lähmungen ein Leben lang künstlich beatmet werden. Der einzig sichere Schutz vor einer Erkrankung ist die Impfung. Die weltweiten Impfkampagnen haben in den 60-er Jahren des letzten Jahrhunderts mit Schluckimpfungen begonnen, die heute noch in den Entwicklungsländern durchgeführt werden. In Europa wird gegen Kinderlähmung bereits bei einem 8 Wochen alten Säugling mit Spritzen geimpft (Impfungen, Seite 9). Der Impfschutz muss alle 10 Jahre aufgefrischt werden.

Kommt es zu einer Ansteckung, vermehren sich die Viren 1 bis 2 Wochen lang (höchstens 4 Wochen) im Magen-Darm-Trakt. Von dort gelangen sie über das Blut zu den Nervenbahnen, befallen diese und zerstören die Vorderhornzellen im Rückenmark. In 90 Prozent der Fälle verläuft die Kinderlähmung so schwach, dass die Erkrankten selbst nichts davon bemerken und keine Lähmungen auftreten. Bei den restlichen 10 Prozent ähnelt die Kinderlähmung anfangs einem grippalen Infekt mit Fieber, Husten, Schnupfen und Gliederschmerzen. Nach 2 bis 3 Tagen verschwinden das Fieber und die Schmerzen für 2 bis 3 Tage, treten dann erneut mit sehr hohem Fieber, Kopfschmerzen und Berührungsempfindlichkeit auf. Weitere 2 Tage später kommt es zu akuten schlaffen Lähmungen einzelner Muskeln oder Muskelgruppen. Diese Lähmungen bleiben lebenslang. Die befallenen Muskeln verkümmern.

K

Hinweis

!

Jeder Verdacht auf Kinderlähmung muss im Krankenhaus auf einer Isolierstation behandelt werden. Eine gezielte Therapie gibt es bis heute nicht.
Der einzige Schutz vor Kinderlähmung ist die frühzeitige Impfung des Kindes und eine alle 10 Jahre wiederholte Auffrischimpfung, insbesondere wenn man in Ländern mit schlechten hygienischen Verhältnissen lebt oder dort Urlaub machen will.

Kopfschmerzen

Kopfschmerzen sind ein typisches Begleitsymptom bei fast allen akuten oder chronischen Erkrankungen, wie Fieber, Erkältungen der Atemwege, Magen-Darm-Infekte, Ohrenschmerzen, Entzündungen der Nasennebenhöhlen, Hirnhautentzündungen, Hirntumoren und Nierenerkrankungen mit Bluthochdruck.
Kopfschmerzen treten als Symptom auch bei Fehlhaltungen der Halswirbelsäule sowie bei Schädelverletzungen mit Schädelprellung und Gehirnerschütterung auf.
Sehfehler wie Kurz- und Weitsichtigkeit (Seite 162) sowie Schielen (Seite 157) können Kopfschmerzen verursachen.
Seelische Probleme, vor allem Ängste, Sorgen, schulische und häusliche Überforderungen oder Ablehnung, führen ebenfalls oft zu Kopf- und Bauchschmerzen.
Da Kopfschmerzen also nicht nur bei Erkrankungen im oder am Kopf entstehen, müssen zur Erforschung der Ursache alle Körperorgane und die psychische Verfassung des Kindes untersucht werden.
Kopfschmerzen treten akut oder chronisch auf. Sie entstehen situationsbedingt oder auch bei bestimmten ungewohnten körperlichen Bewegungen. Meistens sind Kopfschmerzen nur ein Einzelsymptom einer Erkrankung mit weiteren Krankheitszeichen. Kopfschmerzen können bei Kindern wie bei Erwachsenen auch eine *Migräne* anzeigen. Bei einer Migräne treten starke Kopfschmerzen anfallsartig auf. Sie werden ver-

Hinweis

!

Bei immer wiederkehrenden oder längere Zeit andauernden Kopfschmerzen muss eine genaue Ursachenanalyse durch einen Arzt erfolgen. Bei Kopfschmerzen müssen zuerst alle möglichen körperlichen Ursachen abgeklärt werden, bevor eine seelische (psychische) Ursache für die Kopfschmerzen angenommen wird. Kopfschmerzen brauchen neben einer gezielten Behandlung auch eine Therapie zur Schmerzunterbrechung mit Schmerzmitteln.

mutlich durch eine Durchblutungsstörung oder Entzündung im Bereich der Kopf- und Hirngefäße hervorgerufen. Bereits Säuglinge und Kleinkinder können migräneähnliche Kopfschmerzattacken haben. Typischerweise tritt Migräne aber erst ab dem Schulalter auf. Sie kann Minuten oder Stunden andauern. Die Kinder leiden an den typischen halbseitigen, stechenden oder bohrenden Kopfschmerzen an Schläfen und Stirn, sowie an Übelkeit und Erbrechen. Migräne muss immer vom Arzt abgeklärt und behandelt werden.

→ Tabelle Seite 19

Krampfanfälle

Epilepsien sind Krampfanfälle, die wiederholt (chronisch) ohne eine erkennbare auslösende Erkrankung auftreten. Dagegen werden Gelegenheitskrämpfe immer von einer vorangegangenen Ursache ausgelöst, etwa Schlafentzug, Fieber (Fieberkrampf) oder eine Stoffwechselstörung (Unterzucker). Bis zu 5 Prozent der Kinder erleiden im Laufe ihres Lebens einen Krampfanfall. In über 90 Prozent der Fälle handelt es sich dabei um Fieberkrämpfe, die vor allem zwischen dem 2. und 5. Lebensjahr auftreten. Normalerweise dauern Krampfanfalle nur kurz, etwa eine bis fünf Minuten. Fieberkrämpfe dauern bis zu 60 Sekunden. Jeder Krampfanfall wird durch eine schlagartig entstehende Entladungsstörung in den Hirnzellen ausgelöst. Ist bei einem Krampfanfall nur ein Teil der Hirnzellen betroffen (fokaler Anfall), kommt es zu örtlich begrenzten Störungen, etwa Zuckungen in einem Arm. Sind zahlreiche Hirnzellen durch den Krampfanfall in Mitleidenschaft gezogen (generalisierter Anfall), kommt es zu Störungen im ganzen Körper.
Bei jedem Krampf können die Körpermuskeln starr oder schlaff sein. Der Zustand kann rhythmisch wechseln, so dass der ganze Körper oder Teile des Körpers zucken. Ein Kind mit Krämpfen verdreht die Augen, es kann blass und bewusstlos werden, und aus dem Mund kann Schaum austreten. Durch die Muskelzuckungen besteht die Gefahr, dass es sich verletzt, vor allem dass es sich auf die Zunge beißt.

Außerdem kann es seinen Urin- und Stuhlabgang nicht unter Kontrolle halten. Deshalb nässt und kotet es möglicherweise während des Krampfens ein. Nach einem Krampfanfall kommt es immer zu einem tiefen Schlaf.

Was wird der Arzt tun?

Um einen akuten Krampfanfall sofort zu unterbrechen wird ein Notarzt Diazepam als Zäpfchen geben oder durch Spritzen in die Vene einsetzen.
Um in Zukunft Anfälle zu vermeiden, ist eine langfristig angelegte Therapie nötig. Die Medikamente hierfür richten sich nach der Art der Anfälle (fokale oder generalisierte). Außer Blutkontrollen sind EEG-Kontrollen nötig, die Krampfpotenziale durch die Hirnstromkurven anzeigen. Selbst nach einer Anfallsfreiheit muss mindestens einmal im Jahr ein EEG durchgeführt werden, um die Hirnstromkurven zu überprüfen.

Hinweis

- **Tritt ein Krampfanfall erstmals auf, wird der Arzt durch eine Organuntersuchung eine Hirnblutung, einen Hirntumor, Diabetes (Seite 183), eine Hirnhautentzündung (Seite 97) oder ein Krampfleiden ausschließen.**
- **Halten Sie ein krampfendes Kind nicht fest, legen Sie es flach und seitlich auf den Boden. Um einen Biss in die Zunge zu vermeiden, schieben Sie zusätzlich ein Taschentuch zwischen seine Zähne.**
- **Sind bei Ihrem Kind wiederholt Krämpfe vorgekommen, unterbrechen Sie die Anfälle jedes Mal mit Diazepam-Zäpfchen, die Sie in Ihrer Hausapotheke haben sollten.**
- **Wird Ihr Kind wegen seiner Krämpfe dauerhaft therapiert, achten Sie darauf, dass die Medikamente streng nach Vorschrift eingenommen und regelmäßige Blut- und EEG-Kontrollen durchgeführt werden.**

Lungenentzündung

Eine Lungenentzündung (Pneumonie) wird, wie eine Bronchitis (Seite 51), durch Viren und Bakterien verursacht. Im Kleinkind- und Vorschulalter sind RS-Viren die Erreger, im Schulalter meist Pneumonie-Bakterien. Virale Lungenentzündungen sind im Winter häufiger, bakterielle im Sommer. Risikofaktoren für die Erkrankung an einer Pneumonie im Kindesalter sind zum Beispiel passives Rauchen und ein niedriges Gewicht bei der Geburt.

Bei der Lungenentzündung erkrankt das Lungengewebe selbst, insbesondere die Lungenbläschen (Alveolen). In ihnen bildet sich Schleim, wodurch es zu Atemnot und einem sehr schmerzhaften Reizhusten kommt. Wegen der Atemnot verfärben sich die Lippen und die gesamte Mundpartie blau. Die Atemfrequenz ist beschleunigt, die Atemzüge sind schwach, was zu einem weiteren Sauerstoffmangel führt.

Bei Säuglingen mit Lungenentzündung kann es sogar zu einem Atemstillstand (Seite 189) kommen. Ihre Nasenlöcher sind beim Einatmen sichtbar erweitert (Nasenflügeln). Sie können Fieber oder Untertemperatur bekommen. Ihr Bauch ist gebläht, ihre Hände und Füße sind eiskalt. Säuglinge sind außerdem trinkschwach.

Bei älteren Kindern tritt hohes Fieber bis hin zu Schüttelfrost auf. Die Kinder haben schmerzhaften Husten, Bauchweh und Brustschmerzen. Ihre Atmung ist beschleunigt, die Partie um den Mund herum ist blau verfärbt.

Was können Sie selbst tun?

Wenn Sie ein Kind mit Lungenentzündung zu Hause pflegen, sollte es in einem gut belüfteten Zimmer Bettruhe einhalten. Ihr Kind muss viel trinken. Das Fieber können Sie mit Wadenwickeln (Seite 245) oder fiebersenkenden Medikamenten behandeln. Wie bei der Bronchitis helfen auch Inhalationen (Seite 51), um die Symptome zu lindern.

Was wird der Arzt tun?

Jedes Kind mit einer Lungenentzündung oder dem Verdacht darauf muss von einem Arzt behandelt werden. Er wird dem erkrankten Kind Schleimlöser und bronchialerweiternde Medikamente verschreiben.
Säuglinge unter 6 Monaten müssen wegen der Gefahr eines Atemstillstands in der Klinik betreut werden.
Bei einer bakteriellen Pneumonie reicht ein Rachenabstrich für eine verlässliche Diagnose nicht. Nur der Arzt kann bei einer Lungenentzündung entscheiden, ob und welches Antibiotikum das Kind nehmen muss. Normalerweise müssen Antibiotika nach dem Fieber noch für 4 bis 5 Tage eingenommen werden, bei manchen Bakterien aber auch bis zu 10 Tage.

MAGEN-DARM-KATARRH

Der Magen-Darm-Katarrh (Gastroentritis) ist eine akute, ansteckende, entzündliche Erkrankung der Magen- und Dünndarmschleimhäute, die teilweise auch auf den Dickdarm übergreifen kann. Die Ursache sind bei Säuglingen und Kleinkindern zu über 60 Prozent Rotaviren, zu 20 Prozent Bakterien, wie Salmonellen oder Enterocoli, und zu weiteren 20 Prozent Mikroorganismen und Pilze. Die Krankheitskeime gelangen meist durch verdorbene Lebensmittel in den Körper.
Ein Magen-Darm-Katarrh beginnt frühestens 6 Stunden nach der Ansteckung ganz plötzlich mit leichtem bis hohem Fieber und gleichzeitigen Bauchschmerzen. Bei der Entzündung der Magenschleimhaut kommt es zu Erbrechen. Bei einer Entzündung der Darmschleimhäute sind die Bauchschmerzen kolikartig und mit vielen Blähungen verbunden. Die Stühle stinken, sind gelb bis grünlich, wässrig bis schleimig. Es können auch blutige Durchfälle auftreten.
In vielen Fällen hören die Durchfälle innerhalb von 24 Stunden von alleine auf. Die Schwere der Erkrankung hängt allein davon ab, wie viel Wasser-, Salz- und Mineralverlust der Durchfall verursacht hat (Seite 60). Ab 10 Prozent Gewichtsverlust sollten Sie mit Ihrem Kind ins Krankenhaus

und es dort behandeln lassen. Säuglinge gehören schon ab 5 Prozent Gewichtsverlust ins Krankenhaus.

Was können Sie selbst tun?

Beim Magen-Darm-Katarrh ist es am wichtigsten, den durch das Erbrechen und den Durchfall verursachten Flüssigkeitsverlust auszugleichen. Eine Schonkost oder Nahrungspause ist nicht nötig. Ein erkranktes Kind soll richtig essen, und gestillte Säuglinge sollen auch weiterhin gestillt werden. Der Wasserverlust muss durch eine mineral- und salzhaltige Flüssigkeit ersetzt werden. Solche Elektrolytlösungen können Sie in der Apotheke kaufen oder selbst herstellen (Seite 240). Der Wasserverlust, gemessen am verlorenen Körpergewicht, soll in kleinen und häufigen Portionen innerhalb von 6 Stunden ausgeglichen werden. Notfalls müssen Sie Ihrem Kind alle 2 bis 3 Minuten 2 bis 3 Löffel Elektrolytlösung zu trinken geben.

HINWEIS

!

Gehen Sie zum Arzt, wenn sich das Erbrechen und/oder der Durchfall bei Ihrem Säugling nicht innerhalb von 6 Stunden, bei Ihrem Kleinkind innerhalb von 12 Stunden, bei Ihrem Schulkind innerhalb von 18 Stunden bessert. Der Arzt muss bei jedem Durchfall und Bauchschmerz eine Blinddarmentzündung (Seite 45) ausschließen. Zum Ausgleich des Flüssigkeitsverlustes wird er notfalls eine Infusion anlegen. Um den Brechreiz zu stoppen, kann der Arzt auch Zäpfchen oder Tropfen verordnen.

→ Durchfall, Seite 15
→ Erbrechen, Seite 16

Magenschleimhautentzündung und Magendarmgeschwür

Eine Magenschleimhautentzündung (Gastritis) oder ein Magendarmgeschwür (Ulcus) treten bei Kindern in den letzten Jahrzehnten immer häufiger auf. Verursacher sind Bakterien, insbesondere das Bakterium Heliobacter pylori. Dieser Krankheitserreger wird beim Erkrankten über den Kot ausgeschieden und bei mangelhafter Hygiene über den direkten Kontakt oder über verschmutzte Nahrung und Wäsche übertragen. Das Heliobacter-Bakterium setzt sich sowohl in der Magenschleimhaut als auch in der Schleimhaut des Zwölffingerdarms fest, die sich entzündet (Gastritis) und ein oder mehrere Geschwüre (Ulcus) bildet.

Weitere Ursachen für Magenschleimhautentzündungen und -geschwüre sind erbliche Faktoren und seelische Konflikte wie Angst, Stress und körperliche Überforderungen. Akute Stressgeschwüre kommen schon bei Neugeborenen, insbesondere bei Frühgeborenen, vor.

Eine chronische Erkrankung an Magendarmgeschwüren tritt frühestens ab dem Schulalter, eher aber bei Jugendlichen auf. In diesen Fällen ist meist auch ein Elternteil von chronischen Magendarmgeschwüren betroffen. Jungen erkranken wesentlich häufiger als Mädchen.

Die Krankheitszeichen sind bei der Magenschleimhautentzündung und beim Magendarmgeschwür dieselben, allerdings beim Säugling und Kleinkind nur schwer zu deuten. Die Erkrankten sträuben sich gegen eine Nahrungsaufnahme, erbrechen viel, insbesondere nach der Mahlzeit, gedeihen schlecht und haben Schreiattacken nach dem Trinken mit krampfartigen Bauchschmerzen wie bei den Dreimonatskoliken (Seite 58). Bei Säuglingen werden die Magendarmgeschwüre oftmals erst erkannt, wenn es zu blutigem Erbrechen oder Blut im Stuhl kommt.

Auch bei Kindergartenkindern sind die Symptome noch sehr unbestimmt. Die Kinder sind schlapp, antriebslos und klagen wochen- oder monatelang über wiederkehrende Bauchschmerzen. Sie leiden an Appetitlosigkeit und Erbrechen, dem zeitweise Blutspuren beigemengt sind. Auffallend sind

nächtliche Bauchschmerzen. Bei Nabelkoliken (Seite 125) treten Bauchschmerzen nur tagsüber auf.
Erst ab dem Schulalter können Kinder genau angeben, wo und wann es schmerzt. Sie spüren brennende, stechende und nagende Schmerzen im Oberbauch und Nabelbereich. Diese Schmerzen verstärken sich beim Magendarmgeschwür nach dem Essen. Beim Zwölffingerdarmgeschwür bessern sich die Schmerzen nach der Nahrungsaufnahme für 2 bis 3 Stunden. Auch im Schulalter treten nächtliche Bauchschmerzen auf, was bei seelischen Bauchschmerzen nicht der Fall ist.
Die erkrankten Kinder haben Mundgeruch, saures Aufstoßen mit Völlegefühl und eine belegte Zunge. Sie sind von der Grundstimmung her schlecht gelaunt.

Was können Sie selbst tun?

Leidet Ihr Kind an einer Magenschleimhautentzündung oder einem Magendarmgeschwür, braucht es Ruhe, am besten eine Woche Bettruhe, bis es schmerzfrei ist. Danach sollte es sich noch 2 bis 3 Wochen zu Hause erholen. In dieser Zeit braucht es keine spezielle Diät. Allerdings verträgt es häufige und kleine Mahlzeiten besser. Nahrungsmittel, die Ihr Kind nicht mag, sollten Sie von vorneherein weglassen, ebenso schwer verdauliche und stark gewürztes Essen. Bei Kindern, die älter als 10 Jahre sind und Anzeichen für Angst und psychische Überreaktionen zeigen, kann autogenes Training eine gute Hilfe sein, um Magenschmerzen zu vermeiden.

Was wird der Arzt tun?

In allen Fällen wird der Arzt eine Untersuchung auf Heliobacter-Bakterien veranlassen. Diese Bakterien sind in einem speziellen Atemtest indirekt nachweisbar, da sie Gase bilden, die sich in der ausgeatmeten Luft des Patienten feststellen lassen. Sind Heliobacter-Bakterien die Ursache für die Magenbeschwerden, wird eine kombinierte Antibiotika-Therapie notwendig. Der Arzt wird den Bauch und das Blut untersuchen und eine Krankheitsgeschichte über Uhrzeit, Dauer und Art der Schmerzen erstellen, um organische und seelische Ursachen festzustellen.

Unterstützen Sie den Arzt bei der Beantwortung der Fragen: Seit wann klagt Ihr Kind über Bauchschmerzen. Treten die Schmerzen in bestimmten Situationen oder zu bestimmten Tageszeiten auf? Hat Ihr Kind (begründete oder unbegründete) Ängste?

HINWEIS

!

Bei unklaren, über Wochen anhalten Bauchschmerzen im Säuglings-, Klein- und Schulkindalter sollten Sie einen Arzt zurate ziehen.
Kommt es zu blutigem Erbrechen oder blutigen Stühlen, müssen Sie sofort einen Arzt aufsuchen. Es besteht die Gefahr eines Darmverschlusses (Seite 55).
Manchmal muss für eine Diagnose auch eine Magenspiegelung gemacht werden, bei der unter Narkose mit einer Sichtsonde (Endoskop) die Schleimhäute des Magens und des Zwölffingerdarms untersucht werden.

→ Tabelle Seite 14

MANDELN

HALSMANDELN

Die Halsmandeln (Tonsillen) liegen an der rechten und linken Rachenwand als mehr oder weniger große, teils glatte, teils zerklüftete rundliche Gebilde. Die Halsmandeln sind durch ihre starken Aktivitäten bei der Bildung von Antikörpern im Kindesalter immer sehr groß ausgebildet. Sie können sogar eine solche Größe erreichen, dass sie in der Mitte des Rachens zusammenstoßen oder das Zäpfchen am Gaumen berühren. Schluckstörungen gibt es dadurch aber nur ganz selten.
Da die Mandeln den ersten Schutzwall des Körpers gegen Krankheitserreger darstellen, sind sie bei fast allen Infekten der oberen Luftwege mitbeteiligt. Die Krankheitserreger werden von den Tonsillen abgefangen und in ihnen beginnt der Körper mit der Bildung der körpereigenen Abwehrkräfte (Antikörperbildung) als Schutz vor weiteren Infektionen.

Entzündung der Halsmandeln

Erkrankte Mandeln werden hochrot, teils glasig rot, und sind geschwollen. Auf den Tonsillen bilden sich oft schmierige Beläge oder punktgroße bis hin zu flächenhaften gelblichen Belägen. Diese können Sekretausschwitzungen aus den Mandeln sein oder Eiterherde, die durch Krankheitserreger hervorgerufen wurden. Vom Tag der Ansteckung bis zum Ausbruch der Erkrankung kann es nur einige Tage oder bis zu 2 Wochen dauern.

Die Mandelentzündung (Angina tonsillaris) ist eine akute Erkrankung der ganzen Mandeln und des Rachenringes. Sie wird durch Viren oder Bakterien hervorgerufen und durch Tröpfcheninfektion übertragen. Selten werden die Erreger auch über Gegenstände oder Nahrungsmittel übertragen. Beim Zusammenleben von Menschen auf engem Raum sowie in den Winter- und Frühjahrsmonaten nimmt die Anzahl der Erkrankungen zu. Kindergarten- und Schulkinder sind am häufigsten betroffen.

Bei einer viralen und bakteriellen Erkrankung ist das Krankheitsbild sehr ähnlich, so dass eine Unterscheidung ohne einen Erregernachweis sehr schwer ist. Die häufigsten bakteriellen Erreger sind betahämolysierende Streptokokken der Gruppe A. Diese Bakterien können Scharlach (Seite 154) hervorrufen. Bei den Viren sind Adenoviren und das Epstein-Barr-Virus (Mononucleose, Seite 147) die häufigsten Erreger.

Die Angina tonsillaris beginnt plötzlich mit hohem Fieber, Müdigkeit, Hals- und Schluckbeschwerden, oft auch noch mit Kopfschmerzen und Erbrechen. Die Mandeln selbst sind hochrot und geschwollen. Die Rötung kann auf den Gaumen und die Rachenhinterwand übergreifen. Auf den entzündeten Mandeln entstehen weißliche oder gelbliche Beläge, die punkt- oder netzförmig auftreten. Die Lymphknoten in den Kieferwinkeln sind schmerzhaft vergrößert. Die Sprache des Erkrankten kann »kloßig« werden.

Bei einer durch Viren verursachten Mandelentzündung kommt häufig noch eine Entzündung der Schleimhäute der oberen Luftwege mit Schnupfen und Husten hinzu. Zeitweise entsteht auch Heiserkeit.

Was können Sie selbst tun?

Geben Sie Ihrem Kind gegen die Schluckbeschwerden lauwarme Tees (vor allem Kamille- oder Salbeitee, Seite 235) oder keimtötende Gurgellösungen und Lutschtabletten.
Hat Ihr Kind Fieber, können Sie ihm Fieberzäpfchen oder Fiebersaft verabreichen, da dadurch gleichzeitig die Schmerzen gelindert werden.
Ihr Kind muss nicht unbedingt essen, soll aber viel trinken, am besten lauwarmen, leicht gezuckerten Tee oder lauwarme fettfreie Hühnerbrühe.
Lokale Wärme durch Halswickel (Seite 236) ist ein gutes Mittel, um die Heilung zu unterstützen und zu beschleunigen.

Was wird der Arzt tun?

Der Arzt wird bei Halsbeschwerden häufig einen Rachenabstrich vornehmen, um seine Diagnose abzusichern und eine gezielte Therapie einzuleiten.
Bei einer Mandelentzündung durch Bakterien wie Streptokokken muss hoch dosiertes Antibiotika verabreicht werden. 24 Stunden nach dem Behandlungsbeginn sind die Patienten nicht mehr ansteckend. Nach 48 Stunden sollten die Beschwerden weg sein. Je nach Art des Antibiotikums muss es dennoch für 5 bis 10 Tage eingenommen werden. Sind die Krankheitsbeschwerden vorbei, kann das Kind 48 Stunden nach Beginn der Antibiotikatherapie wieder in den Kindergarten oder in die Schule.
Helfen Antibiotika bei wiederholten bakteriellen Entzündungen nicht, ist eine Operation notwendig. Die Mandeln müssen und sollen nur dann operativ entfernt werden, wenn sie chronisch entzündet sind, wenn sie also selbst zu einem Krankheitsherd im Körper geworden sind. Dies kann passieren, wenn sich Bakterien in den Mandeln festsetzen und durch kleinere oder größere Eiterherde (Abszesse) ständig Krankheitserreger in den Körper ausstreuen.
Ob erkrankte Halsmandeln entfernt werden müssen oder nicht, entscheidet allein der Arzt. Hat Ihr Kind mehr als 4- bis 6-mal im Jahr eine fieberhafte, eitrige Halsentzündung, sollten Sie die Frage einer Operation mit Ihrem Arzt bespre-

HINWEIS

Gehen Sie bei jeder fieberhaften Mandelentzündung mit Ihrem Kind zum Arzt und lassen Sie ihn feststellen, ob Bakterien oder Viren die Ursache für die Erkrankung sind. Wichtig ist, dass die bakterielle Mandelentzündung immer mit Antibiotika behandelt wird. Halten Sie sich strikt an die Dosierungsanweisung, um Ihr Kind bei einer bakteriellen Erkrankung vor schwer wiegenden Folgeerkrankungen wie Nierenentzündung oder Rheuma zu schützen.

chen. Bei einer Entfernung der Halsmandeln muss das Kind immer einige Tage im Krankenhaus bleiben.

RACHENMANDELN, VERGRÖSSERTE POLYPEN

Die Rachenmandeln (Adenoide) liegen an der Rachenhinterwand zwischen der Nase und dem Mundraum. Sie werden im Volksmund Polypen genannt und zählen zum lymphatischen Gewebe im Körper (Adenoide, Tonsillen, Thymus). Das lymphatische Gewebe ist mitverantwortlich für den Aufbau der körpereigenen Abwehr durch die Bildung von Antikörpern gegen die Krankheitserreger (Viren und Bakterien).
Im Kindesalter ist das lymphatische Gewebe groß und kräftig ausgebildet, da sich der kindliche Körper gegen die Viren und Bakterien seiner Umgebung im Rahmen von Infekten wehren muss. Bei jedem Infekt werden Antikörper gebildet, die die Körperabwehr kräftigen. Vergrößerte Polypen und Tonsillen sind ein Zeichen für diese aktive Auseinandersetzung des kindlichen Körpers mit Krankheitserregern.
Stark vergrößerte Rachenmandeln können die Nasenatmung des Kindes behindern. Das Kind schnarcht und atmet mit offenem Mund und es hat Probleme mit dem Atmen beim Essen und Schlafen. Verschließen die vergrößerten Polypen den Entlüftungskanal des Mittelohres (Tuba eustachii) zum Nasen-Rachen-Raum, kommt es im Mittelohr zu einem Sekretstau. Dadurch kann es zur Mittelohrentzündung (Seite 138) oder zum Serotympanon (Seite 139) kommen, was wiederum zu Schwerhörigkeit (Seite 101) führen kann.

Was wird der Arzt tun?

Stark vergrößerte Rachenmandeln, so genannte adenoide Hyperplasien, müssen wegen der Gefahr von chronischen Störungen in vielen Fällen operiert werden. Durch die erschwerte Atmung kommt es zu einem Sauerstoffmangel im Körper und zu Essproblemen, die das körperliche Gedeihen des Kindes behindern. Die Schwerhörigkeit beeinträchtigt die geistige und sprachliche Entwicklung. Hat ein Kind mehr als 3- bis 4-mal jährlich eine Mittelohrentzündung wegen vergrößerter Rachenmandeln, sollten diese entfernt werden. Die operative Entfernung der Rachenmandeln wird heute fast immer ambulant durchgeführt. Das Kind muss nicht – oder höchstens eine Nacht – im Krankenhaus bleiben.

Masern

Masern sind eine höchst ansteckende, keinesfalls harmlose Viruserkrankung, die auf Kinder und Erwachsene durch Tröpfcheninfektion übertragen wird. Das Masernvirus kann nur von Mensch zu Mensch übertragen werden. Dank der Impfung treten die Masern in Westeuropa nicht mehr wie in früheren Jahren in Epidemien auf, die sich alle 2 bis 5 Jahre wiederholen. In Deutschland kommt es durch die mangelhafte Durchimpfung der Bevölkerung noch immer zu größeren Endemien. Hat sich ein ungeimpftes Kind angesteckt, bekommt es nach 10 bis 12 Tagen hohes Fieber mit Schnupfen, Husten und einer Bindehautentzündung. Dadurch scheut das Kind das Licht. Dieser Erkältungszustand hält 2 bis 3 Tage an. Dann sinkt das Fieber für 1 bis 2 Tage. Es bilden sich weiße Flecken auf der Wangenschleimhaut im Mund (Koplick'sche Flecken). Am 3. bis 4. Tag steigt das Fieber wieder hoch an und es tritt der typische feinfleckige rote Masernausschlag auf. Er beginnt hinter den Ohren und breitet sich über das Gesicht und den ganzen Körper des Erkrankten aus. Er wird dunkelrot und fließt flächenhaft zusammen. Nach weiteren 3 bis 4 Tagen verschwindet der Ausschlag in der Reihenfolge, wie er aufgetreten ist. Ansteckend ist ein Masernkranker 3 bis 5 Tage vor Ausbruch des Ausschlages bis 4 Tage danach.

HINWEIS

Rufen Sie bei Masern sofort einen Arzt an, wenn Ihr Kind über Kopfweh klagt, apathisch und kurzatmig wird, über schmerzhaften Husten oder Ohrenschmerzen klagt. Dies könnten Anzeichen für eine der gefährlichen Komplikationen sein.

Jede Maserninfektion hinterlässt für mindestens 6 Wochen eine Immunschwäche, so dass bakterielle Ohrentzündungen und Lungenentzündungen häufig als Komplikationen nach Masern auftreten. Weitere Komplikationen sind eine Masern-Hirnhaut-Reizung oder eine Masern-Hirngewebe-Entzündung (Encephalitis, Seite 97) mit Bewusstseinstrübung bis zu Bewusstlosigkeit, Krampfanfällen und Lähmungen, die bestehen bleiben können. Diese Masern-Encephalitis führt in 30 Prozent der Erkrankungen zum Tod.

Was können Sie selbst tun?

Eine gezielte Therapie gegen Masern gibt es nicht. Sie können nur die Symptome lindern. Da Ihr Kind lichtempfindlich ist, sollte es in einem abgedunkelten kühlen Raum liegen. Senken Sie das Fieber mit Wadenwickel (Seite 245) oder fiebersenkenden Zäpfchen oder Saft. Gegen den Husten und Schnupfen geben Sie Hustensäfte und Nasentropfen. Essen muss Ihr Kind nicht, es braucht aber reichlich Flüssigkeit. In den ersten Tagen der Erkrankung sollte Ihr Kind das Bett hüten.

Der einzige Schutz vor Masern ist die Impfung. Durch das konsequente Impfen konnten in einigen Ländern die Masern fast ausgerottet werden. Es wird ab dem 13. Lebensmonat, mit einer Auffrischung im 2. Lebensjahr geimpft. In 95 Prozent der Fälle besteht dann ein sicherer Impfschutz. Über die Dauer des Impfschutzes ist noch wenig bekannt. Vor Schulbeginn sollten Kinder, die keinen Impfschutz mehr haben, erneut geimpft werden.

Hat ein nicht geimpftes Kind Kontakt mit einem an Masern erkrankten, kann es noch innerhalb von 48 Stunden nach dem Kontakt wirkungsvoll gegen Masern geimpft werden, um so gegen die Krankheit geschützt zu sein.

Mumps

Mumps ist eine hoch ansteckende, epidemisch auftretende Viruserkrankung, die durch Tröpfcheninfektion übertragen wird und den gesamten Körper befällt. Mumps kann in jedem Lebensalter auftreten, meist erkranken Kinder und Jugendliche zwischen dem 2. und 15. Lebensjahr. Mumps kommt bei Jungen häufiger vor als bei Mädchen. Die Krankheit ist bereits 3 bis 7 Tage vor dem Ausbruch ansteckend und bis zu 9 Tage danach. Die Viren werden beim Husten und Niesen, über infizierte Gegenstände, aber auch über den Urin und die Muttermilch übertragen. Wer einmal Mumps hatte, ist ein Leben lang dagegen immun.

Nach der Ansteckung mit dem Mumpsvirus dauert es durchschnittlich 14 bis 24 Tage bis zum Ausbruch der Erkrankung. Ihre Symptome sind sehr unterschiedlich. Am häufigsten tritt Fieber mit einer ein- oder doppelseitigen Schwellung der Speicheldrüsen vom Kieferwinkel bis zur Wange auf. Dadurch entstehen Schluckbeschwerden und Bewegungseinschränkungen im Kopfbereich. Es können aber auch andere Speicheldrüsen, etwa die Bauchspeicheldrüse, erkranken. In diesem Fall kommt es zu Erbrechen, zu Oberbauchschmerzen und zu Stühlen, die mit Fett durchmischt sind (Fettstühle).

Bis zu 70 Prozent der Krankheitsfälle sind mit einer unspezifischen Reizung der Hirnhäute (aseptische Meningitis) kombiniert. Eine solche zentrale Hirnhautentzündung kann bei Mumps bereits 1 Woche vor dem sichtbaren Ausbruch der Erkrankung entstehen und anschließend noch bis zu 3 Wochen anhalten. Die Folge kann Schwerhörigkeit sein.

Ab der Pubertät haben 20 bis 30 Prozent der männlichen Patienten mit Mumps gleichzeitig eine Hodenentzündung. Sie beginnt üblicherweise 1 Woche nach dem Beginn der Erkrankung mit Schwellungen und starken Schmerzen der Hoden und kann zu einer Zeugungsunfähigkeit führen.

Was können Sie selbst tun?

Gegen Mumps gibt es keine gezielte Therapie. Je nach Wunsch Ihres Kindes können zum einen warme oder kalte Halsumschläge lindernd wirken. Bei einer Entzündung der Bauchspeicheldrüse sind warme Umschläge auch auf dem Bauch empfehlenswert. Darüber hinaus muss das Essen flüssig, fettarm und leicht verdaulich sein. Um Komplikationen zu vermeiden, sollte Ihr Kind Bettruhe einhalten. Ohne die Gefahr der möglichen Komplikationen wäre Mumps eine relativ harmlose Viruserkrankung.
An Mumps erkrankte Personen müssen von anderen ferngehalten werden. Erst nach Abklingen der Krankheitszeichen, frühestens 9 Tage nach Krankheitsbeginn kann der Kindergarten oder die Schule wieder besucht werden.

INFO

Da es keine gezielte Therapie gegen Mumps gibt und es zu folgenschweren Komplikationen (Hirnhautreizung, Schwerhörigkeit und Hodenentzündung mit Zeugungsunfähigkeit) kommen kann, ist der beste Schutz vor Mumps eine Impfung. Den notwendigen Grundschutz geben 2 Mumps-Impfungen ab dem 13. Lebensmonat im Abstand von 4 Wochen, am besten in Kombi-Impfung mit Masern und Röteln (Impfkalender, Seite 10).

NABELKOLIKEN

Nabelkoliken sind immer wiederkehrende, krampfartige Schmerzen im Bauchraum. Sie treten in jedem Alter auf und können die unterschiedlichsten organischen, psychischen oder allergischen Ursachen haben.
Dreimonatskoliken (Seite 58) kommen nur im Säuglingsalter bis zum 4. oder 5. Lebensmonat vor.
Nabelkoliken selbst sind immer wieder auftretende, mehr oder weniger starke Bauchschmerzen, die manchmal von der Tageszeit oder der Situation abhängen. Nabelkoliken treten vor allem zwischen dem 4. und 12. Lebensjahr auf, häufiger bei Mädchen als bei Jungen.

Unter Nabelkoliken leiden meist sensible und ehrgeizige Kinder, die sich oftmals selbst überfordern oder mit Situationen im Kindergarten, in der Schule oder im Elternhaus nicht fertig werden und sich Ihrer Umgebung nur schlecht öffnen können. Sie können viele beängstigende, aber auch freudige Ereignisse und Erlebnisse seelisch nur schlecht ertragen und verarbeiten. Ihre aufgestaute psychische Spannung äußert sich in diesen psychogenen Bauchschmerzen und oft auch in Ein- und Durchschlafschwierigkeiten.
Kinder mit Nabelkoliken sind eher blass, erbrechen leicht und neigen zu kaltschwitzigen Händen und Füßen. Ihre Bauchschmerzen kommen und gehen plötzlich und dauern Minuten oder auch Stunden an. Die Schmerzen können ständig da sein oder wellenförmig an- und abschwellen. Sie liegen immer im Bereich des Bauchnabels oder im Oberbauch und lassen sich genau dort lokalisieren. Sie treten normalerweise nicht im Schlaf auf.
Bei allen Nabelkoliken muss immer zuerst eine organische Ursache ausgeschlossen werden, bevor sie als seelische Probleme angesehen werden dürfen.

HINWEIS

!

Bauchschmerzen müssen immer ernst genommen werden. Kinder mit Bauchschmerzen müssen vom Arzt untersucht werden, um organische Erkrankungen wie eine Blinddarmentzündung (Seite 45), Würmer (Seite 177), eine Harnwegsentzündung (Seite 86) oder auch »bauchferne« Erkrankungen wie eine Lungenentzündung (Seite 113) oder Ohrenentzündung (Seite 138) ausschließen zu können.
Es ist für jeden Arzt eine schwierige Aufgabe, die Gründe für Bauchschmerzen zu klären. Erst wenn alle möglichen organischen Ursachen ausgeschlossen sind, liegt der Verdacht auf psychogene Nabelkoliken nahe.

Was können Sie selbst tun?

Nabelkoliken sind Konfliktschmerzen. Versuchen Sie also zu erkennen, welche Konflikte Ihrem Kind Bauchschmerzen bereiten. Wenden Sie sich gerade in solchen Situationen Ihrem Kind liebevoll zu, um – gegebenenfalls mit einem Kindertherapeuten – die Ursache der Bauchschmerzen herauszufinden. Hat Ihr Kind Nabelkoliken, verschaffen ihm Zuwendung und eine leichte Bauchmassage im Uhrzeigersinn mit einer warmen Hand Linderung. Es hilft Ihrem Kind, sich in einem ruhigen, leicht abgedunkelten Zimmer hinzulegen und ihm feuchtwarme Wickel (Seite 232) auf den Bauch zu legen. Achten Sie auf ein stressarmes Umfeld.

N

Nabelprobleme

Über die Nabelschnur ist das ungeborene Kind mit dem Mutterkuchen (Plazenta) in der Gebärmutter verbunden und wird so durch die Nabelvene mit Nährstoffen aus dem mütterlichen Kreislauf versorgt. Über 2 Nabelarterien wird die kindliche Blutbahn von Schadstoffen entsorgt.
Nach der Geburt wird die Nabelschnur abgebunden und durchtrennt. Ab diesem Moment hängt der Säugling von der Ernährung über den eigenen Magen-Darm-Trakt ab. Der abgebundene Nabelstumpf fällt nach 4 bis 7 Tagen von selbst ab.

Nabelstumpf

Der frische Nabelstumpf ist wie eine offene Wunde, durch die Viren und Bakterien in die Blutbahn des Säuglings eindringen können. Deshalb muss der Nabelstumpf besonders hygienisch versorgt werden.

Was können Sie selbst tun?

Reinigen Sie den Nabelstumpf bis zum Abfallen einmal täglich mit 70-prozentigen Alkoholtupfern und decken Sie ihn mit einem sterilen Tupfer ab. Solange der Nabelstumpf nicht abgefallen ist, baden Sie Ihr Baby nicht, sondern waschen Sie es nur. Der Nabelstumpf soll aus hygienischen Gründen nicht von der Windel bedeckt sein, da diese mit Stuhl und Urin verunreinigt wird.

Nabelbluten

Bis zu 2 Wochen nach dem Abfallen des Nabelstumpfes kann es zu leichten Sickerblutungen aus dem Nabel des Säuglings kommen. Dies zeigt sich als geronnenes Blut am Nabel und in den Windeln. Solche Blutungen sind harmlos. Die Blutkrusten sollten aber nicht entfernt werden. Behandeln Sie Nabelbluten genauso wie den Nabelstumpf Ihres Neugeborenen (Seite 127).

Nabelbruch

Nach der Geburt schließt sich die Lücke in der Bauchdecke, durch die die Nabelschnur durchgetreten war, meist rasch. Geschieht das nicht, kann das Unterhautbindegewebe, das die Nabellücke bedeckt, aufbrechen. Die Haut im Nabelbereich wölbt sich dann vor, wenn das Baby hustet und schreit, und es kommt zu einem Nabelbruch (Nabelhernie). Diese sackförmige Ausstülpung kann im Durchmesser bis zu 3 Zentimeter groß werden. Dringen Darmschlingen oder das Bauchfell in den Nabelbruch ein, können diese eingeklemmt und die Tätigkeit des Darms unterbrochen werden. Der Nabel bleibt dann auch beim schlafenden Säugling vorgewölbt.

Was wird der Arzt tun?

Ein Nabelbruch bildet sich im ersten Lebensjahr normalerweise von allein zurück. Es muss regelmäßig überprüft werden, ob sich der Nabelbruch durch die Nabellücke zurückdrängen lässt. Ist dies nicht mehr der Fall oder verkleinert sich der Nabelbruch nicht, sondern wird immer größer, muss der Arzt operieren. Diese Operation wird heute fast immer ambulant durchgeführt.

Hinweis

!

Durch das Eindringen von Bauchfell und Darmschlingen in den Nabelbruchsack besteht die Gefahr eines Darmverschlusses. Deshalb muss jeder Säugling mit einem Nabelbruch von einem Arzt untersucht werden. Er beurteilt den Zustand des Bruchs und entscheidet, ob ein operativer Eingriff nötig ist oder nicht.

Nabelgranulom

Das Nabelgranulom ist eine leicht nässende, pilzförmige Wucherung aus fleischigem Gewebe am Nabelstumpf des Neugeborenen. Es sieht einer Warze sehr ähnlich. Ein Nabelgranulom entsteht, wenn der Nabelgrund nur mangelhaft mit der Haut des Neugeborenen bedeckt ist.

Was wird der Arzt tun?

Der Arzt bringt das Nabelgranulom durch Abbinden oder Abätzen und Reinigen zum Abfallen. Viele Nabelgranulome fallen auch spontan ab.

Schmiernabel

Ein Schmiernabel ist eine eitrige Entzündung des Nabels. Es bilden sich gelblich schmierige, nässende Beläge am Nabelstumpf. Unbehandelt ist der Schmiernabel eine nicht ungefährliche Entzündung des Nabelbereichs durch Bakterien. Die häufigsten Krankheitserreger sind Staphylokokken. Es besteht die Gefahr einer Blutvergiftung, da die Bakterien über die Nabelgefäße in den Körper eindringen können. Beim Schmiernabel muss der Arzt immer überprüfen, ob keine Nabelfistel besteht. Eine Nabelfistel ist ein offener Gang, der vom Nabel aus durch die Bauchdecke geht. Er kann eine Eintrittspforte für Krankheitskeime sein.

Was wird der Arzt tun?

Zeigen Sie einen Schmiernabel immer einem Arzt. Er beurteilt das Ausmaß der Entzündung, schließt gegebenenfalls eine Nabelfistel aus und entscheidet, ob antibiotische Salben oder Puder zur Heilung ausreichen oder ob das Neugeborene einen Antibiotikasaft schlucken muss. Besteht eine Nabelfistel, muss diese operativ geschlossen werden.

Nasennebenhöhlen-Entzündung

Zu den Nasennebenhöhlen gehören die Siebbeinzellen, die bereits bei der Geburt vorhanden sind, die Kieferhöhlen, die im Kindergartenalter entstehen, und die Stirnhöhlen, die erst ab dem frühen Schulalter so ausgebildet sind, dass sie sich entzünden können. Alle Nasennebenhöhlen haben Ausgänge in den Nasen-Rachen-Raum.

Jeder Nasennebenhöhlen-Entzündung (Sinusitis) geht ein Schnupfen oder ein Infekt der oberen Luftwege voraus. Durch den Schnupfen schwillt die Nasenschleimhaut an, die Ausführungsgänge einzelner Nasennebenhöhlen sind nicht mehr durchlässig genug. Dies führt zum Sekretstau mit den typischen Schmerzen der Sinusitis. Häufig sind Kinder mit Asthma oder Allergien betroffen. Die Erreger sind zu 90 Prozent Viren. Aufgrund des Sekretstaus kommt es nicht selten in den gestauten Nebenhöhlen zu Zweitentzündungen durch Bakterien. Die Kieferhöhlen können sich bei Kindern erst ab etwa 5 Jahren entzünden, die Stirnhöhlen erst ab etwa 8 Jahren.

Bei einer Nasennebenhöhlen-Entzündung als Folge eines typischen Infektes der oberen Luftwege (Erkältung, Seite 68) kommt es zum Schleimfluss im mittleren Nasenbereich mit einem erneuten Krankheitsgefühl, Fieber, Kopfschmerzen und Husten. Die Kopfschmerzen machen sich je nach der Lage der Nebenhöhlen mehr im Wangen-, Schläfen- oder im Stirnbereich bemerkbar. Bei den Siebbeinzellen können auch Schmerzen an der Nasenwurzel und in den Augenhöhlen auftreten. Mundgeruch und Bauchschmerzen sind ebenfalls gängige Begleitsymptome.

Was können Sie selbst tun?

- Bei älteren Kindern können Sie Nasenspülungen mit einer lauwarmen 1-prozentigen Kochsalzlösung (Seite 241) machen. Dieses 36 °C warme Wasser träufeln Sie Ihrem Kind im Liegen mit einer Pipette in jedes Nasenloch.
- Verzichten Sie bei Kindern wegen der Nebenwirkungen auf Inhalationen mit Menthol oder Kampfer! Dagegen eignen sich Inhalationen mit einer Kochsalzlösung (Seite 241)

HINWEIS

!

Da es auch Nasennebenhöhlen-Entzündungen ohne Schmerzen gibt, sollte jedes Kind mit Husten, Schnupfen und verstopfter Nase, die länger als 2 Wochen ohne Besserung anhalten, vom Arzt untersucht werden. Nicht selten sind nämlich nicht nur die Nebenhöhlen voller Sekret, sondern es besteht auch ein Sekretstau im Mittelohr, der zu einer Mittelohrentzündung (Seite 139) oder zu Schwerhörigkeit führen kann. Bei einer Siebbeinzellen-Entzündung besteht außerdem die Gefahr einer Hirnhautentzündung (Seite 97).

sowie ein Kopfdampfbad (Seite 239), besonders vor dem Einschlafen, um das Sekret zu lösen.

- Infrarotbestrahlungen (3-mal 10 Minuten täglich, Seite 242) haben sich bei allen Nasennebenhöhlen-Entzündungen bewährt.
- Kinder mit Nasennebenhöhlenentzündung müssen viel trinken und brauchen reichlich frische Luft, auch im Winter und bei Regen. Das Schlafzimmer soll kühl (etwa 16 °C) sein und genügend Luftfeuchtigkeit (60 Prozent) haben. Stellen Sie einen Wäscheständer mit feuchten Tüchern auf und lassen Sie Ihr Kind bei offenem Fenster schlafen.

Was wird der Arzt tun?

- Die akute Nasennebenhöhlenentzündung wird wie eine Erkältung behandelt (Seite 68). Zusätzlich werden für einige Tage abschwellende Nasentropfen verabreicht.
- Bei eitrigem Sekret sind Bakterien die Ursache der Nebenhöhlenentzündung. In diesem Fall muss Ihr Kind mit Antibiotika behandelt werden, damit die Entzündung nicht chronisch wird.

NESSELSUCHT

Die Nesselsucht (Urticaria) ist ein flüchtiger, stark juckender Ausschlag, der schubweise Quaddeln bildet. Diese sind rot, manchmal auch in der Mitte blass.

Die Nesselsucht breitet sich blasig, ringförmig oder flächenartig (landkartenartig) an Teilen des Körpers oder über den ganzen Körper hinweg aus. Häufig treten gleichzeitig starke Lidödeme (Quincke-Ödeme) auf. 15 Prozent aller Menschen erkranken einmal im Laufe ihres Lebens an Nesselsucht.
Die Ursache von Nesselsucht ist eine vermehrte Ausschüttung der Substanz Histamin, hervorgerufen durch Infekte (besonders bei Kindern), Allergien oder Unverträglichkeiten (Intoleranzen) gegenüber Umwelteinflüssen. Zudem können Konservierungsstoffe, Kleidung, Nahrungsmittel, Tierhaare, Insektenstiche, Arzneimittel und mechanische Reize (Kälte, Wärme, Druck und Licht) eine Nesselsucht auslösen.
Die vermehrte Histaminausschüttung im Blut macht die Gefäßwände der kleinsten Blutgefäße (Kapillaren) für Blutserum vermehrt durchlässig, wodurch sich Ödeme in der Unterhaut ausbilden.
Bei der allergischen Nesselsucht handelt es sich um eine angeborene oder im Laufe des Lebens erworbene überschießende Reaktion gegenüber Substanzen wie Pollen, Hausstaub, Nahrungsmittel, Kosmetika oder Arzneimittel, die als Allergene wirken (Allergie, Seite 27).
Nach dem Kontakt mit dem Allergen kommt es sofort oder spätestens 72 Stunden danach zu einer Rötung und Schwellung der Haut mit einem Spannungsgefühl und Juckreiz. Werden die Schleimhäute im Bereich der Atemwege befallen, besteht bei Allergien (Seite 27) die Gefahr einer akuten Atemnot (Seite 188), eines allergischen Asthma (Seite 31) oder eines Kreislaufschocks (Seite 214).

Was wird der Arzt tun?

Der Arzt wird Ihrem Kind abschwellende und den Juckreiz stillende Salben, Gels, Tropfen oder Säfte (Antihistaminika) geben. Starke Ödeme wird er auch mit kortisonhaltigen Medikamenten behandeln. Bei einer Atemnot und Schockgefahr wird der Arzt Ihrem Kind je nach Schweregrad Kortison zum Schlucken geben oder spritzen. Eventuell müssen Sie auch den Notarzt rufen. Normalerweise verschwindet eine Nesselsucht sehr schnell.

Hinweis

Am besten schützen Sie Ihr Kind vor einer Nesselsucht, wenn Sie die auslösenden Ursachen vermeiden. Jede Nesselsucht muss genau überwacht werden, da sich die Krankheit auf die Schleimhäute ausbreiten kann, wodurch die Gefahr der Atemnot und eines allergischen Schocks besteht. Besteht der Verdacht auf Atemnot (Seite 188) oder Schock (Seite 214) müssen Sie sofort einen Notarzt rufen.

Neugeborenen-Gelbsucht

Eine Neugeborenen-Gelbsucht (Ikterus neonatorum) kommt bei fast allen Neugeborenen vor. Sie beginnt zwischen dem 2. und 3. Lebenstag. Vor der Geburt braucht das ungeborene Baby zu seiner Sauerstoffversorgung mehr rote Blutkörperchen als nach seiner Geburt. Durch den natürlichen Zerfall der überschüssigen roten Blutkörperchen tritt vermehrt Blutfarbstoff (Bilirubin) in der Blutbahn auf. Die Fähigkeit der Leber zum Abbau des Bilirubins ist bei vielen Neugeborenen noch nicht ausgereift. Deshalb wird das Bilirubin im Körpergewebe des Säuglings (Haut und Hirn) abgelagert und färbt dieses vorübergehend gelb.
Gefährlich ist dieser Vorgang, wenn die Bilirubinkonzentration (Gelbfärbung) zu hoch oder bereits am ersten Lebenstag sichtbar wird. Die Ursache für die Gelbsucht am 1. Tag kann eine Unverträglichkeit des Blutes der Mutter mit dem des Säuglings (Blutgruppen- oder Rhesusfaktorunverträglichkeit) sein. In diesem Fall werden die roten Blutkörperchen zerstört und es kommt zu einer Blutarmut (Anämie, Seite 46), an der das Baby unbehandelt sterben kann oder nur mit schweren Hirnschäden überlebt.

Was können Sie selbst tun?

Geben Sie Ihrem Neugeborenen bei leicht erhöhten Bilirubinwerten viel Flüssigkeit (Tee oder Wasser) zu trinken und legen Sie es ins helle Licht, aber nicht in die pralle Sonne. Am besten eignet sich ein Platz mit hellem Tageslicht direkt hinter einem geschlossenen Fenster ohne Vorhang.

Was wird der Arzt tun?

Bei stark erhöhten Bilirubinwerten und bei Blutgruppenunverträglichkeit muss das neugeborene Baby in der Klinik betreut und kontrolliert werden. Häufig hilft eine Lichttherapie, die im Inkubator durchgeführt wird. Die Notwendigkeit und die Dauer der Therapie hängen vom Alter des Babys und von der Höhe der Bilirubinwerte ab. Bei nur leicht erhöhten Werten kontrolliert der Arzt die Bilirubinwerte im Labor und wartet den natürlichen Rückgang der Neugeborenen-Gelbsucht ab.

Neurodermitis

Kinder mit Neurodermitis (endogenes Ekzem, atopische Dermatitis) entwickeln gegen Substanzen der Umwelt eine Überempfindlichkeit. Die Schutzfunktion ihrer Haut ist gestört und kann Feuchtigkeit nicht halten. Neurodermitis ist erblich veranlagt, wird aber auch von klimatischen und psychischen sowie von Faktoren des Immunsystems beeinflusst. Etwa 10 Prozent aller Kinder erkranken einmal oder in mehrmaligen Schüben an Neurodermitis, Jungen häufiger als Mädchen. Bei über der Hälfte der erkrankten Kinder verschwinden die Symptome mit dem Einsetzen der Pubertät.
Die Neurodermitis beginnt bei Säuglingen meist zwischen dem 3. und 6. Lebensmonat. Sie bildet zunächst kleine rote und nässende Schuppen auf den Wangen, der Stirn, hinter den Ohren und am Hals. Später entstehen auch nässende Ekzeme an den Handgelenken und an den Gelenkbeugen.
Bei Neurodermitis juckt die Haut, das Kind kratzt sich und bringt die Haut dadurch noch stärker zum Jucken.
Durch das Kratzen kommt es immer wieder zu weiteren Infektionen mit Bakterien (vorzugsweise Staphylokokken).
In den Wintermonaten verschlechtert sich der Zustand der Haut von Neurodermitis-Erkrankten.
Im 2. Lebensjahr bessert sich der Ausschlag zeitweise. Danach geht er in die typischen Beuge-Ekzeme über und befällt auch die Halsregion. Ab da bildet die Neurodermitis eher trockene und leicht schuppende Ekzeme, die durch den Juckreiz oftmals blutig gekratzt sind.

Jede Neurodermitis ist eine chronische Erkrankung, die schubweise verläuft. Ihre Ursachen sind noch nicht grundlegend geklärt. Deshalb ist das Hauptziel der Therapie, die Phasen mit wenigen Symptomen möglichst lange auszudehnen sowie akute Schübe zu verkürzen und zu erleichtern.

Was können Sie selbst tun?

- Bei einer Neurodermitis lässt sich kein allgemein gültiger Therapieplan aufstellen. Die Therapie muss für jedes Kind zusammen mit dem Arzt festgelegt und im Laufe der Therapie variiert und an den jeweiligen Zustand der Haut angepasst werden.
- Am wichtigsten ist es, das Kratzen zu vermeiden, da es erneut Juckreiz hervorruft. Vermeiden Sie der Haut Ihres Kindes zuliebe Wolle, alkalische Seifen, synthetische Stoffe, unter denen es vermehrt schwitzt, sowie extreme Klimabelastungen, also besonders warmes, kaltes, trockenes oder nasses Wetter.
- Achten Sie auf ein möglichst allergiearmes Umfeld ohne Haustiere, blühende Pflanzen oder Tabakrauch.
- Benutzen Sie nur anti-allergische Bettdecken und Matratzen, um Hausstaubmilben zu vermeiden. Ihr Kind sollte möglichst keine Plüschtiere mit ins Bett nehmen. Wenn es ohne nicht geht, dann nehmen Sie nur solche, die aus synthetischem Material und waschbar sind. Waschen Sie die Plüschtiere alle 2 bis 4 Wochen und stecken Sie sie anschließend für 24 Stunden in die Tiefkühltruhe, um Hausstaubmilben abzutöten.
- Verzichten Sie im Schlafzimmer Ihres Kindes auf typische Staubfänger wie Teppichböden, Übergardinen und offene Regale. Möbel und Fußboden sollen aus glattem Holz sein und 3-mal wöchentlich feucht abgewischt werden.
- Die Haut muss bei Neurodermitis ständig ein- und rückgefettet werden, um den Juckreiz zu lindern und das Kratzen zu vermeiden. Dabei helfen Salben und Cremes mit Harnstoff. Bei Zusatzinfektionen mit Bakterien muss Ihr Kind Antibiotika bekommen.

- Ihr Kind sollte besser (nicht zu warm) geduscht als gebadet werden. Benutzen Sie beim Duschen und Baden alkalifreie Seifen und medizinische Öle zum Rückfetten.
- Besteht bei Ihrem Kind der Verdacht auf eine Nahrungsmittelunverträglichkeit, sollte es stark allergieauslösende Nahrungsmittel wie Fisch, Eier, (rohe) Milchprodukte und auch Nüsse meiden.

Hinweis

Leider ist jede Behandlung der Neurodermitis für den Arzt wie für den Patienten und die Eltern häufig sehr unbefriedigend, da immer wieder Rückschläge vorkommen. Wichtig ist zu akzeptieren, dass die Neurodermitis eine erbliche, chronische und schubweise verlaufende Erkrankung ist, die trotz intensiver Therapie immer wieder aufflammen kann. Man kann die Krankheitszeichen mildern, die Krankheit selbst aber nicht heilen. Bei der Hälfte der Kinder kommt es bis zur Pubertät allerdings zur Selbstheilung.
Achtung: »Wunderheiler« sind nur teuer und leben davon, dass sie die Schübe behandeln und ansonsten auf die Selbstheilung hoffen.

Nierenentzündung

Nierenentzündungen sind häufig die Folge anderer Erkrankungen wie Scharlach (Seite 154) oder einer eitrigen Halsentzündung (Seite 118). Die Bakterien, meist Streptokokken, gelangen in diesen Fällen über die Blutbahn zu den Nieren, setzen sich in den Nierenkörperchen (Glomeruli) fest und entzünden diese. Am häufigsten erkranken Kinder zwischen dem 2. und 12. Lebensjahr.
War vor einer Nierenentzündung die Blase entzündet (Cystitis), spricht man von einer »aufsteigenden« Nierenentzündungen. Hierbei gelangen Viren oder Bakterien über die Harnröhre und Blase zuerst in das Nierenbecken und dann in das Nierengewebe. Diese Form der Nierenentzündung kommt vor allem bei Mädchen vor, da sie wegen ihrer kurzen Harnröhre stärker zu einer Blasenentzündung neigen. Bei Jungen

mit einer aufsteigenden Harnwegsentzündung (Seite 86) könnte eine Fehlbildung der Harnwegsorgane vorliegen.
Bei einer Nierenentzündung bekommt das Kind 2 bis 3 Wochen nach einer Vorerkrankung erneut Fieber. Es leidet unter Kopfschmerzen, sein Urin ist blutig braun gefärbt. Durch das entzündete Nierengewebe scheidet es weniger Urin aus. Das Wasser wird stattdessen im Körper in der Unterhaut gespeichert, wodurch sich Ödeme bilden. Das Gesicht schwillt an und wirkt aufgedunsen, vor allem morgens im Bereich der Ober- und Unterlider.
Wird die Nierenentzündung nicht behandelt, bleiben die giftigen Abfallprodukte des Körpers in der Blutbahn und führen zu einer Blutvergiftung (Urämie). Außerdem kann die Nierenentzündung chronisch werden. Sie führt dann zu Bluthochdruck und hindert die Nieren daran, ihren Hauptaufgaben nachzukommen, nämlich den Körper zu entgiften und Urin zu bilden. Es kann zu Nierenversagen kommen.

N

Was wird der Arzt tun?

In den meisten Fällen verläuft eine Nierenentzündung im Kindesalter problemlos, wenn sie rechtzeitig und gezielt und lange genug mit Antibiotika behandelt wird. Nierenkranke Kinder müssen 2 bis 3 Wochen Bettruhe einhalten und sich danach noch 6 Wochen zu Hause schonen. Während der Bettruhe verordnet der Arzt dem erkrankten Kind eine salzfreie Nierenschonkost mit wenig Eiweiß. Fette und Kohlehydrate sind dagegen erlaubt. Sie müssen bei Ihrem Kind täglich die getrunkene und die wieder ausgeschiedene Flüssigkeitsmenge messen. Am Anfang der Erkrankung kann ein kurzer Krankenhausaufenthalt notwendig werden. Verläuft der Heilungsprozess ungestört, können Schulkinder nach 2 Monaten wieder in die Schule. Sport ist allerdings erst nach 6 Monaten erlaubt.

Gehörgangsentzündung

Eine Entzündung des äußeren Gehörgangs (Otitis externa), also zwischen Ohrmuschel und Trommelfell, kommt im Gegensatz zur Mittelohrentzündung (Seite 139) fast nur im Sommer vor. Die Otitis externa entsteht durch erhöhte Feuchtigkeit im Gehörgang. Da dies nicht selten beim Schwimmen passiert, heißt diese Entzündung auch »Schwimmbad-Otitis« oder »swimmer's ear«.

Die Entzündung im äußeren Gehörgang beginnt mit plötzlichen Ohrenschmerzen. Die Haut des Gehörgangs ist rot geschwollen und juckt. Es läuft Sekret aus dem Ohr, und Ihr Kind hört schlechter. Die Schmerzen nehmen zu, wenn Sie die Ohrmuschel nach hinten außen ziehen oder auf den Ohrknorpel am Gehöreingang drücken. Die Krankheitserreger der Gehörgangsentzündung sind in vielen Fällen Bakterien. Manchmal ist auch ein Fremdkörper im Gehörgang der Auslöser der Entzündung.

Was können Sie selbst tun?

Gegen die Schmerzen der Entzündung helfen Schmerzsäfte oder -zäpfchen. Aber auch Zwiebelumschläge (Seite 242) sind sehr nützlich. Fragen Sie Ihren Arzt, ob Ohrentropfen sinnvoll sind. Tropfen Sie aber keinesfall Öl in die Gehörgänge und stecken Sie auch keine Watte hinein.

Was wird der Arzt tun?

Eine Gehörgangsentzündung ist nicht leicht zu behandeln. Der Gehörgang muss immer vom Arzt gesäubert werden, auch von möglichen Fremdkörpern und Ohrenschmalz. Nur der Arzt kann in den Gehörgang hineinsehen und entscheiden, ob sich Entzündungsblasen oder Abszesse im Gehörgang gebildet haben, ob Gazestreifen mit Antibiotika ausreichen oder ob zusätzlich Antibiotika als Saft geschluckt werden müssen.

Da die Gefahr einer Wiederholungsentzündung (Rezidiv) sehr hoch ist, muss ein Kind nach einer Otitis externa mehrere Monate vom Arzt regelmäßig kontrolliert werden.

INFO

Da Feuchtigkeit im Gehörgang oft erneut zu einer Entzündung führt, sollen Kinder mit einer Gehörgangsentzündung bis zur vollständigen Gesundung nicht schwimmen. Beim Duschen oder Baden muss der Gehörgang mit einem Wasser abweisenden Material (wie Oropax) verschlossen werden.

MITTELOHRENTZÜNDUNG

Die Mittelohrentzündung (Otitis media) ist eine der häufigsten Infektionskrankheiten im Kindesalter. Bis zu 90 Prozent der Kinder haben in den ersten drei Lebensjahren mindestens einmal eine Otitis media, ein Drittel der Kinder sogar bis zu dreimal. Die meisten Mittelohrentzündungen treten im Alter von 6 Monaten bis 6 Jahren auf, vor allem in den Monaten Dezember bis März.

Der altersbedingt zarte und enge Belüftungskanal (Tuba Eustachii) des Mittelohrs hin zum Nasen-Rachen-Raum sowie die in jungen Jahren großen Rachenmandeln (Adenoide/Polypen, Seite 121) führen bei jeder Erkältung der oberen Luftwege (Seite 68) zu einer entzündlichen Schwellung der Nasenschleimhaut, die die Tuba verschließen kann. Dies führt zu Sekretstau und Entzündungen im Mittelohr.

Obwohl die Erreger einer Mittelohrentzündung sehr oft Bakterien sind, kommt es häufig zu einer Selbstheilung. Aber bei 20 Prozent der Erkrankungen treten Komplikationen auf mit einem Trommelfelldurchbruch (Perforation), einer Entzündung der Warzenfortsätze des Schädelknochens (Mastoiditis). Oder es kommt zu einer Hirnhautentzündung (Meningitis, Seite 97).

Meist geht der Mittelohrentzündung ein Atemwegsinfekt durch Viren voraus. Während oder nach diesem Infekt treten plötzlich Fieber und Ohrenschmerzen auf. Säuglinge und Kleinkinder reagieren darauf mit Schreiattacken, Unruhe und greifen sich ans Ohr und reiben es. Häufig trinken sie schwach und erbrechen. Erst ab dem 4. Lebensjahr klagen die Kinder über einen »Hörverlust«. Je älter ein Kind ist, desto schwächer sind die Symptome für eine Mittelohrentzündung.

Durch den Sekretstau wölbt sich auf dem Höhepunkt der Erkrankung das Trommelfell vor und kann durchbrechen. Es besteht die Gefahr, dass sich die Entzündung in das Knochengewebe der Umgebung ausbreitet.

Was können Sie selbst tun?

Sie können versuchen, die Symptome mit Schleimlösern, abschwellenden Nasentropfen (Seite 241), fieber- und schmerzstillenden Zäpfchen oder Säften sowie mit Zwiebelumschlägen (Seite 242) selbst zu behandeln. Besser ist ärztliche Hilfe.

Was wird der Arzt tun?

Da häufig Bakterien hinter einer Otitis media stecken und die Komplikationsgefahr sehr hoch ist, sollte jedes Kind mit einer Mittelohrentzündung oder dem Verdacht darauf zum Arzt.
Es gibt keine Untersuchung, nach der entschieden werden kann, ob eine Mittelohrentzündung von selbst heilt oder ob sie zu Komplikationen führen kann. Deshalb ist es besser, wenn alle Kinder – insbesondere in den ersten 2 bis 3 Lebensjahren – mit Antibiotika behandelt werden. Entscheidet sich der Arzt am Anfang der Behandlung noch gegen ein Antibiotikum, wird er das Kind innerhalb von 48 bis 72 Stunden erneut untersuchen. Ist dann keine Besserung eingetreten, wird er ein Antibiotikum verschreiben.
Bei einer chronischen Mittelohrentzündung werden meist die Rachenmandeln entfernt (Adenoide, Seite 121), damit es zu einer Ausheilung kommen kann.

HINWEIS

Bei jeder Mittelohrentzündung, vor allem wenn sie nicht konsequent behandelt wird, besteht die Gefahr eines Sekretstaus im Mittelohr. Ein solcher Mittelohrerguss (Serotympanon) kann chronisch werden und zur Zerstörung der Gehörknöchelchen und damit zu Schwerhörigkeit führen. Ein Mittelohrerguss muss längere Zeit mit schleimlösenden Medikamenten, abschwellenden Nasentropfen und Rotlicht behandelt werden, bis er abfließt.

PARASITEN

FLÖHE

Flöhe sind 1 bis 7 Millimeter große Insekten, die sich auf Tieren und Menschen festbeißen und vom Blutsaugen leben. Flohbisse bei Kindern stammen vor allem von Katzen- und Vogelflöhen, seltener von Hundeflöhen. Sie werden vom Tier auf den Menschen, aber auch von Mensch zu Mensch übertragen. Die Flohlarven halten sich auch in der Wohnung in Fußbodenfugen, Polstermöbeln und Schlafplätzen von Haustieren auf, von wo aus sie auf Tiere und Menschen übertragen werden. Flohbisse verursachen stark juckende, rötliche erhabene Flecken (in Gruppen oder »aufgereiht«). Sie haben eine Bissstelle in der Mitte und sind im Durchmesser etwa 1 Zentimeter groß. Beim Kratzen der juckenden Bisse werden Krankheitserreger in die Bissstelle übertragen, was zu Infektionen führt. Auch der Floh selbst kann Krankheitserreger übertragen, wie etwa die Pest in früheren Jahrhunderten.

P

HINWEIS

!

Flohbisse können zu Beginn häufig mit Windpocken (Seite 175) oder allergischen Reaktionen verwechselt werden. Lassen Sie die Diagnose deshalb von einem Arzt absichern.

Was können Sie selbst tun?

- Hat Ihr Kind Flohbisse, wechseln Sie sofort das Bettzeug und seine Wäsche und waschen Sie diese bei mindestens 60 °C in der Waschmaschine. Plüsch- und Schmusetiere müssen mehrere Tage an die frische Luft, in die Tiefkühltruhe oder desinfiziert werden.
- Wegen des Juckreizes sollten Sie auf die betroffenen Stellen Juckreiz-stillende Salben auftragen. Achten Sie auf saubere Hände und kurz geschnittene Nägel, um Infektionen durch Kratzen zu verhindern.
- Damit Flohbisse vermieden werden, müssen Haustiere und ihre Behausungen, wie Käfige oder Körbe, sauber gehalten werden. Lassen Sie Haustiere nicht ins Bett oder auf das Sofa.

LÄUSE

Läuse sind stechende und beißende Insekten, die ortsgebunden leben: Kopfläuse (die häufigsten Läuse bei Kindern) in den Kopfhaaren, Kleiderläuse in den Nähten grober Kleiderstoffe (etwa aus Wolle) und Filzläuse in der Körperbehaarung (Kopfhaare ausgenommen) eines Erwachsenen.
Kopfläuse sind bis zu 3 Millimeter groß und setzen sich vor allem am Kopfhaar hinter den Ohren und im Nacken fest. Die Läuse kleben ihre Eier (Nissen) an den Haaren in Kopfhautnähe an. Kopfläuse saugen, stechen und beißen zum Blutsaugen in die Haut und verursachen dadurch Juckreiz. Ohne Blut zu saugen, kann eine Laus bis zu 1 Woche überleben. Die Entwicklung vom Ei (Nisse) bis zur Laus dauert 2 bis 3 Wochen, vom Ei bis zur Blut saugenden Larve 1 Woche. Übertragen werden Läuse durch engen Körperkontakt, etwa beim Spielen im Kindergarten und in der Schule.
Kopfläuse treten deshalb vorwiegend im Kindergarten- und Schulalter auf. Der durch das Beißen ausgelöste Juckreiz zwingt das Kind zum Kratzen. Dadurch besteht die Gefahr einer Infektion mit der Folge von Ekzemen (Seite 88) und ansteckendem Grind (Seite 79).
Hat Ihr Kind wiederholt Juckreiz am Kopf, suchen Sie seine Haare ganz sorgfältig nach Läusen ab. Dabei finden sich vorwiegend Nissen, also die bis zu 1 Millimeter großen, weißlich-gelben Eier der Läuse, die fest an den Haaren kleben. Werden bei einem schulpflichtigen Kind Läuse festgestellt, müssen alle Klassenkameraden untersucht werden.

Was können Sie selbst tun?

Gehen Sie mit Ihrem Kind beim Verdacht auf Läuse zum Arzt. Bestätigt sich der Verdacht und müssen lindanhaltige Medikamente verschrieben werden, achten Sie darauf, dass diese giftige Substanz nicht in den Mund oder die Augen Ihres Kindes kommt. Sie können auch Lösungen auf Chrysanthemen-Basis benutzen.
Reiben Sie die vom Arzt verordnete oder in der Apotheke gekaufte Läuse-tötende Lösung genau nach Vorschrift in die Kopfhaut ein und lassen Sie sie für die vorgeschriebene Dauer

HINWEIS

!

Säuglinge mit Kopfläusen können nur unter Aufsicht des Arztes behandelt werden, am besten im Krankenhaus. Kindergarten- und Schulkinder dürfen Gemeinschaftseinrichtungen erst dann wieder besuchen, wenn der Arzt schriftlich bestätigt, dass sie frei von Läusen sind.

einwirken. Danach werden die Haare gewaschen, die Nissen mit einem so genannten Nissenkamm ausgekämmt und die Haare mit Essig nachgespült. Dieser Vorgang muss nach 1 Woche wiederholt werden, um die in dieser Zeit geschlüpften Larven ebenfalls zu vernichten. Sämtliche Kopfbedeckungen, Schals und Wollkragen von Mänteln und Jacken müssen gründlich gereinigt werden.

Achten Sie darauf, dass die Hände und Nägel Ihres Kindes sorgfältig gepflegt und gereinigt werden, um Infektionen durch Kratzen zu vermeiden. In vielen Fällen ist es sinnvoll, wenn die Familienangehörigen ein Prophylaxeshampoo nehmen, um eine permanente gegenseitige Ansteckung innerhalb der Familie zu vermeiden.

ZECKEN

Zecken sind spinnenartige Insekten mit Beißwerkzeugen und einem Saugrüssel. Zecken sind in ganz Europa verbreitet, leben vom Blutsaugen und sind Überträger von Infektionskrankheiten wie FSME (Seite 73) und Borreliose (Seite 49). Die Zecken haften an Grashalmen und im Gebüsch feuchter Waldränder und »warten« auf Säugetiere und Menschen. Sie klammern sich in der Haut ihrer Opfer fest und können über mehrere Tage hinweg Blut saugen, wobei die Gefahr besteht, dass sie die oben genannten Infektionen übertragen.

Beim Spielen in Wiesen oder in unmittelbarer Nähe von Büschen kann es zum »Sprung« der Zecke auf die Haut kommen. Die Zecken werden durch den Körpergeruch und Schweiß angezogen. Bevorzugt setzen sie sich im Kopf- und Nackenbereich sowie an den Oberarmen und Kniebeugen fest. Zecken sind 1 bis 7 Millimeter groß, grau und platt.

Ihr Biss löst Juckreiz aus. Die Bissstelle kann leicht rötlich entzündet sein.

Was können Sie selbst tun?

Zecken müssen sobald wie möglich entfernt werden. Achten Sie unbedingt darauf, dass Sie den Kopf der Zecke mitentfernen. Am besten benutzten Sie dazu eine Zeckenzange (aus der Apotheke) oder eine Pinzette. Zecken sollen nicht mit Vaseline, Kleber, Ölen oder Nagellack getötet werden, da sie dabei vermehrten Speichel in die Bissstelle fördern, wodurch die Infektionsgefahr noch höher wird.

Bilden sich im Bereich des Zeckenbisses Rötungen, die sich ringartig vergrößern, suchen Sie sofort einen Arzt auf. Er muss eine Borreliose-Infektion (Seite 49) ausschließen. Tritt nach einem Zeckenbiss Fieber auf, gehen Sie ebenfalls unverzüglich zum Arzt, weil dieses Fieber eine FSME-Infektion (Seite 73) anzeigen kann.

INFO

Um einen Zeckenbiss zu vermeiden, sollte Ihr Kind in Zeckengebieten nicht ohne Kopfbedeckung im Freien spielen. Beim Wandern durch Wiesen und Wälder müssen Kinder in diesen Gebieten eine Mütze oder einen Hut mit Krempe aufsetzen. Sie sollten Kleidung mit langen Ärmeln, lange Hosen und Kniestrümpfe tragen und um den Hals ein Kopf- oder Halstuch, am besten bei hochgestelltem Hemdkragen, damit die Zecken erst gar nicht »landen« können. Suchen Sie in jedem Fall nach dem Aufenthalt in einem Zeckengebiet den ganzen Körper Ihres Kindes vorsorglich nach Zecken ab.

Leben in Ihrem Haushalt Katzen oder Hunde, müssen diese ein Zeckenhalsband tragen, damit sie keine Zecken in die Wohnung bringen.

MILBEN

- In einzelnen Gegenden Deutschlands tritt die *Erntemilbe*, im Volksmund Erntebeiß, auf. Sie führt im Spätsommer und Herbst zu stark juckenden Ausschlägen an den Beinen und vor allem an der behaarten Kopfhaut mit massiven, teils nässenden Krusten.
- Eine Sonderstellung unter den Milben nimmt die *Hausstaubmilbe* ein, die überall in der Wohnung, in den Fußbodenritzen, Teppichböden und insbesondere in den Betten und Polstermöbeln, vorkommt. Der Kot der Hausstaubmilbe ist stark allergieauslösend und häufig die Ursache des Asthma bronchiale (Seite 31).
- *Krätzemilben* (Scabiesmilben) sind oval kugelige, etwa 0,4 Millimeter große, spinnenartige Tiere. Sie sind einer der Hauptparasiten beim Menschen. Krätzemilben werden im direkten Kontakt von Mensch zu Mensch oder indirekt über infizierte Kleidung und Wäsche, in denen die Milben 2 bis 3 Tage überleben können, übertragen. Sie zählen noch immer zu den häufigsten Erregern von Hauterkrankungen. Eine Krätzemilbe gräbt nach der Ansteckung bis zu 1 Zentimeter lange Gänge in die Oberhaut. Am Ende des Ganges ist sie als schwarzer Punkt erkennbar. In dem so genannten Grabgang legt die Milbe ihre Eier ab, aus denen sich über ein Larvenstadium die geschlechtsreifen Milben entwickeln. 10 bis 30 Tage nach der Eiablage tritt meist nachts starker Juckreiz auf. Durch Kratzen entzünden sich die Kratzspuren und Milbengänge, was erneut Juckreiz auslöst. Beim Kratzen kommen die Milben und Milbenlarven unter die Fingernägel und werden so weiter verbreitet. Deshalb müssen immer alle Familienmitglieder der Erkrankten untersucht werden. Die Krätzemilben befallen bevorzugt die Hautfaltengebiete wie die Achselhöhlen, den Gesäßbereich und die Zwischenräume der Finger und Fußzehen. An diesen Stellen ist die Haut weicher, dünner, feuchter und lässt sich leichter untergraben.
- Bei Katzen und Hunden gibt es noch die *Räudemilben*. Diese werden nur selten auf den Menschen übertragen und verschwindet meist spontan nach 1 bis 2 Wochen.

Was können Sie selbst tun?

- Bei *Erntemilben* hilft ein Juckreiz-stillendes Gel. Lassen Sie Ihr Kind in Zukunft nicht mehr dort spielen, wo es sich den »Erntebeiß« geholt hat. So können Sie eine erneute Ansteckung vermeiden.
- Gegen *Hausstaubmilben* hilft spezielles Bettzeug. Außerdem sollten Sie auf staubfangende Teppichböden, Vorhänge oder offene Regale im Schlafraum Ihres Kindes verzichten. Waschen Sie Plüschtiere regelmäßig.
  Hausstaubmilben lassen sich nicht vollständig und dauerhaft entfernen, sondern nur reduzieren.
- Gegen die *Krätzemilben* helfen apothekenpflichtige, milbentötende Gels, die an zwei aufeinander folgenden Tagen bis zu 3 Stunden auf die befallenen Körperstellen einwirken sollen und dann wieder mit Seife und Wasser abgewaschen werden müssen. Reiben Sie nie den ganzen Körper auf einmal ein. Vor der Behandlung sollte Ihr Kind baden, damit die Haut weich wird. Nach der Behandlung muss es frische Wäsche anziehen. Waschen Sie das ganze Bettzeug und alle Handtücher bei 60 °C. Durch Bügeln töten Sie alle Milben ab.

HINWEIS

!

Alle milbentötenden Mittel sind giftig. Deshalb dürfen sie nur vom Arzt verordnet werden. Außerdem besteht bei jeder Erkrankung immer die Gefahr einer bakteriellen Zusatzinfektion, die vom Arzt behandelt werden muss.
Säuglinge mit Krätze müssen im Krankenhaus behandelt werden, da sie sich durch die Medikamente vergiften können, wenn sie ihre Haut abschlecken oder ihre Händchen in den Mund stecken.

Pfeiffersches Drüsenfieber

Das Pfeiffersche Drüsenfieber (infektiöse Mononucleose) wird durch das Eppstein-Barr-Virus, einem Herpesvirus, hervorgerufen. Es kann nur von Mensch zu Mensch durch Tröpfcheninfektion übertragen werden, vor allem über den Speichel. Deshalb spricht man auch von der »Kusskrankheit«. Die meisten Erkrankungen treten im Schulalter auf. Die Inkubationszeit, also die Zeit von der Ansteckung bis zum Ausbruch der Krankheit, liegt zwischen 10 und 50 Tagen. Ansteckende Viren können nach einer überstandenen Erkrankung noch monatelang mit dem Speichel ausgeschieden werden.

Bei Kindern und Jugendlichen beginnt die Ersterkrankung mit hohem Fieber, Schwellungen der Lymphknoten, Halsschmerzen, Milz- und Lebervergrößerung, weshalb die Haut auch zeitweise gelb verfärbt sein kann. Die Lymphknoten am Hals können die Größe von Hühnereiern erreichen.

Die Halsmandeln haben dicke gelbe Beläge und verursachen dadurch Schluckbeschwerden. Die Erkrankung ist häufig von einem roten Hautausschlag begleitet. Sie heilt im Normalfall folgenlos aus. Müdigkeit und Abgeschlagenheit können sich jedoch lange hinziehen.

Kleinkinder mit Pfeifferschem Drüsenfieber zeigen sehr oft keine Symptome oder nur die eines Infekts der oberen Luftwege (Erkältung, Seite 68). Säuglinge, deren Mütter früher schon einmal an Pfeifferschem Drüsenfieber erkrankt waren, sind für die ersten 6 Monate nach der Geburt vor einer Erkrankung geschützt. Bei Kindern mit einer angeborenen oder erworbenen Immunitätsschwäche kommen tödliche Erkrankungsfälle vor.

Das Eppstein-Barr-Virus kann im Blut nachgewiesen werden, außerdem kann im Labor zwischen einer frischen und einer alten Erkrankung an Pfeifferschem Drüsenfieber unterschieden werden. Die Patienten müssen nicht isoliert werden. Ein Impfstoff wird derzeit entwickelt.

Bis zum 30. Lebensjahr sind 100 Prozent der Bevölkerung mit oder ohne Symptome von der Krankheit infiziert worden. Die Viren bleiben anschließend lebenslang im Körper.

P

Was können Sie selbst tun?

Eine spezifische Therapie gibt es wie bei vielen Viruserkrankungen nicht. Im akuten Stadium der Erkrankung sollte das Kind das Bett hüten. Gegen das Fieber helfen fiebersenkende Medikamente und Wadenwickel (Seite 245). Gegen die Schluckbeschwerden helfen kortisonfreie Schmerzmittel und Wärme durch Halswickel (Seite 236). Wegen der Schluckprobleme und der Lebererkrankung ist flüssige und leicht verdauliche Ernährung empfehlenswert. Nach der akuten Phase kann es noch Wochen bis Monate dauern, bis das Kind oder der Jugendliche wieder voll belastbar ist. Der Kindergarten oder die Schule (eventuell mit Befreiung vom Sportunterricht) kann nach der akuten Phase wieder besucht werden.

Hinweis

Wegen der häufig unklaren Symptome sollte jeder Verdacht auf Pfeiffersches Drüsenfieber vom Arzt untersucht und eine Virusbestimmung im Labor durchgeführt werden. Um eine bakterielle Halsentzündung auszuschließen, muss ein Rachenabstrich gemacht werden. Beim Pfeifferschen Drüsenfieber darf das Antibiotikum Ampicillin nicht gegeben werden, da als Nebenwirkung ein Hautausschlag auftreten kann.

Rheumatisches Fieber

Das rheumatische Fieber gehört in die Gruppe der rheumatischen Erkrankungen mit Krankheitszeichen am Binde- und Stützgewebe des Bewegungsapparates (Skelett und Muskeln) sowie im Bindegewebe innerer Organe (Herz, Blutgefäße, Darm, Gehirn). Die Erreger sind dieselben Bakterien (Streptokokken), die als Erreger der eitrigen Mandelentzündung (Seite 118) und des Scharlachs (Seite 154) bekannt sind. Das rheumatische Fieber ist eine Folgeerkrankung dieser Infektionen, bei der das erkrankte Gewebe der Organe zerstört und die Bewegung in den Gelenken eingeschränkt wird. Da die durch Streptokokken ausgelösten Infekte (siehe oben) regelmäßig mit Antibiotika behandelt werden, ist das rheumatische Fieber zu einer seltenen Krankheit geworden.

2 bis 3 Wochen nach einer Streptokokken-Infektion, die unbemerkt verlaufen kann oder nicht ausreichend mit Antibiotika behandelt worden ist, bekommt das Kind plötzlich hohes Fieber mit Kopf-, Gelenk- und Bauchschmerzen. Die großen Gelenke wie Knöchel, Ellbogen, Knie und Hüften sind heiß, gerötet und schmerzhaft geschwollen. Viele Kinder bekommen zusätzlich einen roten girlandenförmigen Hautausschlag. In mehr als 70 Prozent der Erkrankungen ist auch die Herzmuskulatur entzündet, so dass die Gefahr eines Herzversagens besteht. In seltenen Fällen kommt es zu einer Entzündung im Gehirn, die bewirkt, dass das Kind unwillkürlich mit den Muskeln zuckt und dadurch nicht mehr schreiben oder ein Essbesteck benutzen kann.

Was wird der Arzt tun?

Besteht auch nur der Verdacht auf rheumatisches Fieber, müssen Sie mit Ihrem Kind unverzüglich zum Arzt oder in eine Klinik. Ihr Kind braucht dann bis zu 8 Wochen lang strenge Bettruhe, vor allem wenn gleichzeitig die Herzmuskeln entzündet sind.

Ein Kind mit rheumatischem Fieber bekommt für 6 bis 8 Wochen hoch dosiertes Penicillin. Bei einer Penicillin-Allergie wird das Antibiotikum Erythromycin gegeben.

Um eine Wiedererkrankung an rheumatischem Fieber zu verhindern, wird für 5 Jahre eine Prophylaxe mit Penicillin durchgeführt, am besten alle 4 Wochen eine Spritze Depot-Penicillin. Die größte Gefahr eines erneuten Aufflammens besteht im 1. Jahr nach der Erkrankung.

HINWEIS

!

Das rheumatische Fieber ist eine heimtückische Erkrankung, die immer ärztlich betreut werden muss. Gegen die Krankheit hilft nur eine konsequente antibiotische Therapie. Jede Alternativ-Behandlung ist fahrlässig und fördert die Genesung des Kindes nicht. Wegen der langen Erkrankungszeit braucht das Kind zusätzlich zur medizinischen Behandlung regelmäßig Krankengymnastik und psychotherapeutische Betreuung.

Ringelröteln

Die Ringelröteln sind wie die Röteln eine Virusinfektion, die durch Tröpfchen und über die Hände erkrankter Personen verbreitet wird. Das Virus kann nur von Mensch zu Mensch übertragen werden. Die Inkubationszeit bis zum Ausbruch der Krankheit beträgt 5 bis 14 Tage. Besonders infektiös ist die Zeit vom 4. bis zum 10. Tag nach der Ansteckung. Sobald der Ausschlag beginnt, ist der Erkrankte nicht mehr ansteckend. Meist tritt die Krankheit in den späten Wintermonaten und im Frühjahr auf. In Kindergärten und Schulen kann es zu kleinen Endemien kommen.
80 Prozent der Infektionen verlaufen ohne sichtbare Krankheitszeichen. Bei 20 Prozent tritt innerhalb von 4 bis 14 Tagen (selten auch bis zu 21 Tage), nach leichten grippeähnlichen Anzeichen, ein typisch roter, schmetterlingsförmiger Ausschlag an den Wangen und der Nasenwurzel auf. Die Umgebung des Mundes bleibt blass wie beim Scharlach (Seite 154). Der rote Ausschlag, der 1 bis 7 Wochen dauern kann, breitet sich auch an den Oberarmen, Oberschenkeln und am Gesäß aus. Die roten Flecken verblassen in der Mitte und bilden dadurch Ringel und Girlanden. Typischerweise verschwindet der Ausschlag von Ringelröteln zeitweise und taucht dann wieder auf.
Ringelröteln müssen nicht besonders behandelt werden. Eine Prophylaxe oder Impfung gibt es nicht. In seltenen Fällen – vor allem bei Mädchen im Schulalter – können rheumatische Gelenkschmerzen auftauchen, die behandelt werden müssen. Sie sind nach 2 bis 8 Wochen wieder vorüber.

Hinweis

!

Ringelröteln stellen ein Risiko für Schwangere dar. Bei 30 Prozent der Ansteckungen befallen die Viren über die Plazenta das ungeborene Kind. Dies tritt vor allem zwischen der 13. und 20. Schwangerschaftswoche auf. Für das ungeborene Kind besteht dann ein hohes Risiko, eine Blutarmut mit einer Bauchhöhlenwassersucht zu entwickeln. Um dem Ungeborenen zu helfen, sind Bluttransfusionen notwendig.

Röteln

Röteln (Rubella) sind im Kindesalter eine harmlose Erkrankung, die in über der Hälfte der Fälle ohne sichtbare Krankheitszeichen verläuft. Das Röteln-Virus kommt nur beim Menschen vor und wird auf dem Wege der Tröpfcheninfektion übertragen. Röteln treten vor allem im Winter und im Frühjahr auf. Die Inkubationszeit beträgt 14 bis 21 Tage, die Ansteckungsgefahr besteht aber bereits 7 Tage vor und 7 bis 10 Tagen nach Beginn des Ausschlags.
Das charakteristische Krankheitszeichen ist ein diskreter rötlicher Ausschlag, der am Kopf hinter den Ohren beginnt und sich über den ganzen Körper ausbreiten kann. 1 bis 3 Tage nach seinem Auftreten ist der Ausschlag wieder verschwunden. Typisch sind auch Schwellungen der Lymphknoten im Nackenbereich und hinter den Ohren. Vor oder während des Ausschlags können leichtes Fieber mit Gliederschmerzen und flüchtigen Erkältungserscheinungen auftreten.
Wegen der Ansteckungsgefahr sollten Rötelnpatienten für 7 bis 10 Tage nach Beginn des Ausschlags nicht in den Kindergarten, in die Schule oder an den Arbeitsplatz gehen. Da Röteln anfangs häufig den Masern (Seite 122) oder dem Scharlach (Seite 154) ähneln, sollte die Diagnose vom Arzt bestätigt werden.

R

Hinweis

!

Wenn eine schwangere Frau mit Röteln angesteckt wird, können die Viren über die Plazenta wiederum das ungeborene Kind anstecken, was zu schweren Schäden wie Blindheit, Taubheit, Herzfehler oder gar zu einer Totgeburt führen kann. Deshalb wird in diesen Fällen der Frau immer zu einem Schwangerschaftsabbruch geraten.

Was können Sie selbst tun?

Eine spezielle Therapie gegen Röteln gibt es nicht und sie ist auch nicht nötig. Solange die Kinder ansteckend sind, müssen sie den Kontakt mit Schwangeren meiden. Deshalb sollten sich an Röteln erkrankte Kinder und Erwachsene in der Zeit

der Ansteckungsgefahr generell von weiblichen Personen fernhalten, also auch nicht in die Öffentlichkeit oder zum Einkaufen gehen oder mitgenommen werden.
Der einzige Schutz vor Röteln ist eine Impfung. Nur bei einer ausreichenden Durchimpfung der gesamten Bevölkerung können Rötelerkrankungen in der Schwangerschaft vermieden werden. Es müssen mindestens zwei Röteln-Impfungen (am besten in Form einer Masern-Mumps-Röteln-Kombinations-Impfung, Seite 10) ab dem 13. Lebensmonat durchgeführt werden. Besonders wichtig ist die Impfung von Mädchen und Frauen im gebärfähigen Alter.

Säuglingsakne

Bei der Säuglingsakne handelt es sich um kleine, der Pubertätsakne ähnliche, gelbliche Pickel, die vor allem auf der Stirn, dem Nasenrücken, der Wangenhaut und der Kinnpartie zu sehen sind. Diese Schwellungen der Talgdrüsen werden durch mütterliche Hormone verursacht, die über die Plazenta zum Baby gelangen. Sie treten gleich bei der Geburt, längstens bis zu 4 Wochen danach auf.

Was können Sie selbst tun?

Eine Behandlung der Pickel ist nicht notwendig, denn sie verschwinden ohne jede Therapie von selbst, wenn die übertragenen mütterlichen Hormone abgebaut und ausgeschieden sind. Damit sie sich nicht entzünden können, dürfen die Pickelchen nicht aufgedrückt werden.

Säuglingsdermatitis (Milchschorf)

Die Säuglingsdermatitis (seborrhoische Dermatitis) wird im Volksmund auch Milchschorf, Säuglingsekzem oder Gneis genannt. Die Ursache für diese Krankheit ist noch unklar. Der Begriff »Milchschorf« rührt daher, dass der Ausschlag wegen der fettigen Schuppen ähnlich aussieht wie übergekochte Milch auf der Herdplatte.
Eine Säuglingsdermatitis tritt in den ersten 3 bis 4 Lebensmonaten auf. Die Neurodermitis (Seite 134) mit einem ähnlichen Krankheitsbild beginnt dagegen immer erst nach dem 3. bis 6. Lebensmonat. Mit dem 6. Lebensmonat verschwindet der Milchschorf von alleine.
Bei der Säuglingsdermatitis bilden sich auf der geröteten, teilweise nässenden Haut des Säuglings innerhalb der ersten 3 Lebensmonate gelbliche, fettige, grobe Schuppen, insbesondere am behaarten Kopf. Diese Schuppen können bis zu 3 Millimeter dicke Platten bilden. Schuppige Ausschläge entstehen auch im Bereich der Augenbrauen, hinter der Ohrmuschel (hier nässen sie besonders oft), auf den Wangen, an der Nasenwurzel, am Hals bis hinunter zum Oberkörper und in den Hautfalten des Windelbereichs. Milchschorf juckt nicht. Wird er zusätzlich mit Bakterien (Streptokokken und Staphylokokken) und mit Pilzen (Candida albicans) infiziert, nässt er verstärkt und kann Juckreiz auslösen. Um den 6. Lebensmonat herum verschwindet die Krankheit von selbst.

S

Hinweis

!

Säuglingsdermatitis ist von einer entstehenden Neurodermitis (Seite 134) nur schwer zu unterscheiden. Eine Neurodermatitis juckt immer. Säuglingsdermatitis dagegen nur in den Fällen, in denen sie mit Bakterien infiziert ist. Aus diesem Grunde sollten Sie Ihr Baby mit einem schuppigen Ausschlag immer dem Arzt zeigen.

Was können Sie selbst tun?

- Die fettigen Schuppen auf der Haut können Sie mit Olivenöl einmassieren und dann mit einer Bürste entfernen.

- Versorgen Sie die Haut Ihres Babys nach der täglichen Behandlung des Milchschorfs mit einer parfümfreien Pflegecreme oder einer Fettcreme.
- In schweren Fällen hilft das Einreiben mit einer einprozentigen Salicylvaseline. Den behaarten Kopf waschen Sie mit Shampoo nach und ölen ihn erneut ein.

Was wird der Arzt tun?

Sind die Schuppen mit Bakterien oder Pilzen befallen, wird der Arzt Ihnen eine antibiotische Salbe oder eine Pilzcreme verschreiben.

Scharlach

Der Scharlach (Scarlatina) ist eine Sonderform der durch Streptokokken (betahämolysierende Streptokokken der Gruppe A) hervorgerufenen Infektionserkrankungen. Diese Streptokokken gehören zu den häufigsten Erregern von ansteckenden bakteriellen Erkrankungen der oberen Luftwege, insbesondere der Halsmandeln und der Rachenhinterwand. Beim Scharlach gelangen die Bakterien über die Halsmandeln in die Blutbahnen und rufen in der Haut den typischen roten Ausschlag hervor. Vom Krankheitsbild unterscheidet sich diese Halsentzündung nicht von einer durch Viren hervorgerufenen. Ohne einen Rachenabstrich zum Bakteriennachweis, der mit einem so genannten Schnelltest durchgeführt wird, kann selbst für den Arzt die Diagnose schwierig sein.
Scharlach muss mit Antibiotika behandelt werden. Er tritt meist im späten Kindergarten- oder frühen Schulalter auf und wird durch Tröpfcheninfektion oder direkten Kontakt übertragen. Am häufigsten tritt Scharlach in den Wintermonaten und im Frühjahr auf.
Nach der Inkubationszeit (2 bis 4 Tage) bekommt das Kind plötzlich Fieber und starke Halsschmerzen mit Schluckbeschwerden. Manchmal kommen Erbrechen und Kopfschmerzen hinzu. Die Mandeln und Teile des Gaumens sind entzündlich, hochrot, geschwollen, teils mit Eiterpünktchen oder eitrigen Belägen übersät. Die Kieferwinkel-Lymphknoten sind schmerzhaft geschwollen.

Beim Scharlach kommt es neben der Halsentzündung (Tonsillitis) zu einem hochroten Ausschlag im Rachen, die Zunge wird nach 2 bis 3 Tagen himbeerrot, weil sie ihre Hornhautschicht verliert. Am ganzen Körper, insbesondere in der Leistengegend und im Achselbereich, tritt ein feinfleckiger Ausschlag auf. Die Region um den Mund bleibt davon verschont und ist blass. Diese Hautveränderungen werden durch die Gifte (Toxine) der Streptokokken hervorgerufen, die über die Blutbahnen verbreitet werden. Wird der Scharlach nicht behandelt, kommt es später zu einem starken Schuppen der gesamten Haut mit lamellenartigen Schuppen an den Fußsohlen und den Handinnenflächen. Außerdem kommt es unbehandelt häufig nach 1 bis 5 Wochen zu Nierenentzündungen (Seite 136), akutem rheumatischem Fieber (Seite 148) oder Herzmuskelentzündungen.

S

INFO

Spätestens 48 Stunden nach dem Beginn der richtig dosierten Antibiotikatherapie ist Ihr Kind nicht mehr ansteckend. Soweit es sein Allgemeinzustand zulässt, kann es dann bereits wieder Gemeinschaftseinrichtungen wie Kindergärten oder Schulen besuchen.
In der Hochsaison der eitrigen Halsentzündung und des Scharlachs (Winter und Frühjahr) können bei bis zu 20 Prozent der gesunden Menschen Streptokokken im Rachen nachgewiesen werden, ohne dass dieser Personenkreis krank ist. Bei diesen Streptokokkenträgern muss keine Antibiotikatherapie durchgeführt werden, es sei denn, sie leben mit Nieren- oder Rheumakranken in einer häuslichen Gemeinschaft.

Was wird der Arzt tun?

Die einzig sichere Therapie der eitrigen Halsentzündung und des Scharlachs sind Antibiotika. Jede andere Methode ist für die Gesundheit des Kindes gefährlich. Helfen Antibiotika nicht, liegt das meist daran, dass sie unregelmäßig oder zu niedrig genommen werden.

Scheidenentzündung

Eine Entzündung im Scheiden- und Schamlippenbereich wird bei Säuglingen und Kindern vor der Pubertät fast nur durch Bakterien hervorgerufen. Manchmal wird eine Entzündung durch einen Fremdkörper verursacht, den sich das Mädchen beim Spielen in die Scheide gesteckt hat. Hat ein Mädchen ohne ersichtliche Ursache häufig bakterielle Entzündungen im Scheidenbereich, kann das auch am frühkindlichen Onanieren oder an einem Harnwegsinfekt liegen. Es kann aber auch ein sexueller Missbrauch dahinter stehen.
Weitere Ursachen für eine Scheidenentzündung sind Würmer (Seite 177) und, vor allem beim Säugling, Hefepilze wie Soor (Seite 165).
Bei einer Scheidenentzündung sind die Scheide und die Schamlippen hochrot und geschwollen. Auch der umliegende Genitalbereich ist gerötet. Außerdem besteht ein Juckreiz, der das Kind zum Kratzen veranlasst und sichtbare Kratzspuren hinterlässt. Beim Wasserlassen empfindet das Mädchen brennende Schmerzen an der entzündeten Haut und der Schleimhaut.
Bei einem Wurmbefall sind manchmal die kleinen Madenwürmer (Seite 178) am Scheideneingang zu sehen.
Bei Hefepilzen als Ursache für die Entzündung sind die Ränder des entzündeten Bereichs nicht scharf begrenzt, sondern es bilden sich dort zahlreiche stecknadelkopfgroße Einzelherde, die rot sind und Schuppen bilden können.

Was können Sie selbst tun?

- Damit die entzündeten Stellen auch äußerlich rasch abheilen, helfen Sitzbäder mit Kamillenblütenöl oder Arnikaessenz aus der Apotheke.
- Trägt Ihr Kind noch Windeln, nehmen Sie am besten besonders feuchtigkeitsabweisende Einmalwindeln. Wenn Sie Stoffwindeln verwenden, dann wechseln Sie diese sehr häufig, auch nachts. Verzichten Sie auf Gummiwindelhosen oder Wollüberhosen (etwa aus Schafwolle), da sie die Infektion fördern.

- Um die örtlichen Entzündungen zu hemmen, tragen Sie eine weiche Zinkpaste dünn auf.
- Bei Wurm- oder Pilzbefall wenden Sie die vom Arzt verordneten Medikamente an.

Was wird der Arzt tun?

Um zu klären, ob Bakterien, Pilze oder Würmer die Scheidenentzündung ausgelöst haben, sollten Sie mit Ihrem Kind zum Arzt gehen. Er wird Ihr Kind auf mögliche Fremdkörper untersuchen und diese gegebenenfalls entfernen. Ansonsten wird er einen Scheidenabstrich machen, um die Art der Bakterien zu bestimmen und sie gezielt mit Antibiotika zu behandeln. Sind Würmer für die Entzündung verantwortlich, verschreibt Ihnen der Arzt ein spezielles Wurmmittel (Seite 180). Gegen die Hefepilze helfen Pinselungen mit 0,1 prozentigem Pyoktanin sowie eine nystadermhaltige Creme (Seite 91).

SCHIELEN

Beim Schielen können die Sehachsen der Augen nicht gemeinsam auf einen Punkt gerichtet werden. Vielmehr kann nur ein Auge einen Punkt fixieren, das zweite »wandert« ab. Der Grad der Abweichung wird Schielwinkel genannt. Dieser kann sehr klein sein, so dass er im ersten Lebensjahr nur vom Kinderarzt bei den Vorsorgeuntersuchungen (Seite 5) festgestellt wird.
Bis zum 3. Lebensmonat ist Schielen normal, denn Säuglinge können den Blick noch nicht auf einen Punkt konzentrieren. Bei etwa 4 Prozent der Kinder bleibt diese Unfähigkeit wegen einer Schwäche der Augenmuskeln oder Weitsichtigkeit (Seite 162) bestehen. Sie schielen, das heißt, sie benutzen beim Sehen nur ein Auge. Die Sehfähigkeit des zweiten Auges und damit auch die Fähigkeit des räumlichen Sehens gehen verloren, wenn dies nicht frühzeitig behandelt wird.

Was wird der Arzt tun?

Wird das Schielen frühzeitig erkannt, kann durch stundenweises Abdecken des gesunden Auges die Sehkraft des anderen (des »abwandernden«) gestärkt werden.

Diese so genannte Okklusionstherapie hilft vor allem bei einer Schwäche der Augenmuskeln. Das Abdecken der Augen muss so früh wie möglich erfolgen. Nach dem 6. Lebensjahr hat diese Art der Therapie keinen Erfolg mehr.
Bei zusätzlicher Sehschwäche helfen spezielle Brillen mit Prismengläser, die teilweise mit Folien abgedeckt sind.
Diese Therapien müssen konsequent durchgeführt werden. Hat sich das muskuläre Schielen bis kurz vor dem Schuleintritt nicht gebessert, muss eine Operation erfolgen, die die Augenmuskeln strafft oder umsetzt.
Beidseitiges Schielen aufgrund einer Weitsichtigkeit lässt sich durch eine Brille korrigieren. Nur wenn dies nicht hilft, kommt eine »Schieloperation« in Frage.

Hinweis

Jedes nicht behandelte schielende Auge verliert seine Sehkraft. Deshalb bringen Sie Ihr Kind beim Verdacht auf Schielen zum Arzt! Fragen Sie Ihren Kinderarzt bei jeder Vorsorgeuntersuchung, ob Ihr Kind möglicherweise schielt. Auch kaum sichtbares Schielen kann der Arzt erkennen und gegebenenfalls zur richtigen Therapie raten. Verordnet der Arzt eine Schielbehandlung mit Abdecken oder Brille oder beidem, achten Sie unbedingt darauf, dass Ihr Kind die Augenklappe und Brille regelmäßig trägt.

Schilddrüsenerkrankungen

Die Schilddrüse liegt im Halsbereich vor und unterhalb des Kehlkopfes. Sie ist eines der wichtigsten Organe für die gesunde körperliche und geistige Entwicklung eines Kindes. Insbesondere in der Zeit kurz vor und nach der Geburt des Kindes führt ein Mangel an Schilddrüsenhormonen zu dauerhaften Schäden am Gehirn mit bleibenden Intelligenzstörungen. Die Schilddrüse kann nur arbeiten, wenn genügend Jod in der Nahrung ist. Kinder brauchen täglich 40 bis 100 Mikrogramm Jod.

Schilddrüsenunterfunktion

Eine Schilddrüsenunterfunktion (Hypothyreose) kommt einmal unter 4000 Neugeborenen vor. Sie ist damit die häufigste angeborene Drüsenstörung. Aus diesem Grund wird in Deutschland bei jedem neugeborenen Säugling am 5. Lebenstag Blut aus der Ferse entnommen und auf das Schilddrüsen stimulierende Hormon TSH hin untersucht. Wird bei dieser Untersuchung ein Mangel an TSH festgestellt, wird sofort eine Dauertherapie mit L-Thyroxin-Tabletten begonnen. Dadurch kommt es zu einer normalen geistigen und körperlichen Entwicklung. Unbehandelt führt die angeborene Hypothyreose zu schwersten Intelligenzstörungen und Kleinwuchs.
Bei der angeborenen Hypothyreose sehen sich die kranken Kinder untereinander sehr ähnlich. Auffallend sind eine besonders trockene, marmorierte Haut, allgemeine Muskelschwäche und ein Nabelbruch. Das Gesicht ist dicklich, die Ohren stehen tief am Kopf, die Augen liegen breit auseinander, die Zunge ist übergroß. Der Säugling ist trinkschwach. Der Pulsschlag des Herzens ist verlangsamt auf unter 110 Schläge/Minute.
Manchmal entsteht auch nach Schilddrüsenentzündungen oder -operationen eine Unterfunktion der Schilddrüse. Dabei fällt als erstes ein körperlicher Kleinwuchs mit einer verzögerten Knochenentwicklung auf. Das Kind leidet an Verstopfung, es ist blutarm, hat eine trockene, schuppende, kalte Haut mit Hautödemen. Die geistige Entwicklung ist dagegen wenig beeinträchtigt.

Was wird der Arzt tun?

Die Therapie ist bei der angeborenen und der im späteren Alter erworbenen Hypothyreose die gleiche. Der Erkrankte muss sein Leben lang ausreichend und regelmäßig Schilddrüsenhormone einnehmen. Da die Dosis der Hormonzugabe vom Wachstum und der Entwicklung abhängt, muss das betroffene Kind unter ständiger ärztlicher Kontrolle bleiben. Es werden regelmäßige Blutkontrollen und Röntgenkontrollen des Skeletts durchgeführt, um die Hormonmenge richtig einstellen zu können.

HINWEIS

!

Vergessen Sie nicht, dass bei jedem Neugeborenen am 5. Lebenstag der TSH-Test durchgeführt werden muss. Insbesondere nach einer ambulanten oder Hausgeburt sind die Eltern dafür verantwortlich.
Wird bei Ihrem Kind eine Schilddrüsenunterfunktion festgestellt, müssen Sie regelmäßig die notwendigen Tabletten geben. Nur so kann sich Ihr Kind körperlich und geistig normal entwickeln.

SCHILDDRÜSENÜBERFUNKTION

Eine Schilddrüsenüberfunktion (Hyperthyreose) tritt bei Kindern praktisch nie auf. Sie kommt erst ab dem Pubertätsalter vor. Durch die vermehrte Bildung von Schilddrüsenhormonen sind die Funktionen zahlreicher Organe gestört. So ist durch die erhöhte Konzentration von Schilddrüsenhormonen (T3 und T4) die Schilddrüse am Hals tastbar und sichtbar vergrößert. Die Augäpfel treten aus den Augenhöhlen hervor und wirken dadurch vergrößert. Die Jugendlichen nehmen trotz eines Heißhungers an Gewicht ab, schwitzen vermehrt und sind körperlich unruhig und zappelig. Die Finger können unwillkürlich zittern. Der Blutdruck ist leicht erhöht und die Herzschläge pro Minute sind beschleunigt. Die Erkrankten neigen zu Durchfällen.

Was wird der Arzt tun?

Mit Medikamenten, die die Bildung von Schilddrüsenhormonen hemmen, normalisiert sich die Hormonkonzentration im Blut, und die Krankheitssymptome bilden sich zurück. Die Therapie muss für 12 bis 18 Monate durchgeführt werden. Häufig kommt es aber zu Rückfällen, weshalb dann erneut therapiert oder auch operiert werden muss.

KROPF

Ein Kropf (Jodmangelstruma) entsteht durch Jodmangel in der Nahrung. Es kommt dann zu tastbaren oder sogar sichtbaren Vergrößerungen der Schilddrüse (Struma). Besonders empfindlich auf Jodmangel reagieren Kinder im Neugeborenenalter und in der Pubertät. Knapp ein Drittel der Jugendlichen hat eine Jodmangelstruma während der Pubertät. Bei Frauen besteht während der Schwangerschaft ein erhöhter Jodbedarf, der nicht mehr über die Nahrung aufgenommen werden kann, sondern in Form von Tabletten gedeckt werden muss.

Jede tastbare Schwellung der Schilddrüse, die größer als das Daumenendglied des untersuchten Säuglings oder Kindes ist, muss bei einem Arzt mit Ultraschall- und Blutuntersuchungen abgeklärt und ein Jodmangel ausgeschlossen werden.

Besteht ein Jodmangel, wird jede Jodmangelstruma vom Neugeborenen bis zum Erwachsenen mit L-Thyrosin oder Jodid unter ärztlicher Kontrolle behandelt.

Sehfehler

Für ein richtiges und scharfes Sehen müssen die Lichtstrahlen durch die Linse des Auges so gebündelt werden, dass ihr Brennpunkt, das heißt ihr Zusammentreffen, exakt auf der Netzhaut des Augapfels abgebildet wird. Ist der Augapfel zu groß oder zu klein, ist diese genaue Abbildung nicht möglich. Es entsteht ein unscharfes Bild, ebenso, wenn die Hornhaut vor der Linse nicht glatt ist, sondern Unregelmäßigkeiten und Krümmungen aufweist und dadurch die Lichtstrahlen nicht gerade auf die Linse auftreffen können.

→ Schielen, Seite 157

Astigmatismus

Wölbt sich die nicht glatte Hornhaut vor der Linse ungleichmäßig, werden entweder nur die senkrechten oder nur die waagerechten Linien eines Bildes scharf auf der Netzhaut abgebildet. Einen solchen Astigmatismus nennt man deshalb Stabsichtigkeit.

Was wird der Arzt tun?

Der Astigmatismus ist ein Augenfehler, der sich nicht so leicht wie eine Weit- oder Kurzsichtigkeit ausgleichen lässt. Der Betroffene braucht spezielle Brillengläser (Zylinderschliffgläser), um wieder scharf zu sehen. Bei Astigmatismus eignen sich Kontaktlinsen besonders gut, um die fehlerhaften Krümmungen der Hornhaut auszugleichen. Dies ist aber erst bei einem ausgewachsenen Auge, also ab der Pubertät, möglich.

Weitsichtigkeit

Durch einen zu kurzen Augapfel oder einen Brechungsfehler der Linse wird eine scharfe Abbildung auf der Netzhaut verhindert und es kommt zur Weitsichtigkeit (Hyperopie). Der Brennpunkt der Lichtstrahlen liegt hinter der Netzhaut. Dabei ist die Sicht in die Ferne (Weite) gut, in der Nähe dagegen nur schlecht.

Was wird der Arzt tun?

Weitsichtigkeit lässt sich durch eine Brille mit einer Sammellinse ausgleichen. Da sich die Fehlsichtigkeit durch das Wachstum des Kindes verändern kann, muss die Brille jährlich vom Augenarzt kontrolliert werden.

Kurzsichtigkeit

Bei Kurzsichtigkeit (Myopie) ist das Auge unfähig, Bilder aus der Ferne auf der Netzhaut scharf abzubilden. In der Nähe (Kürze) hingegen werden durch die Linsenkrümmung die Bilder auf der Netzhaut scharf abgebildet. Der Brennpunkt der Lichtstrahlen liegt vor der Netzhaut. Ursache der Kurzsichtigkeit ist entweder ein langer Augapfel oder eine zu starke Brechkraft der Linse.

Was wird der Arzt tun?

Eine Kurzsichtigkeit lässt sich mit einer ärztlich verordneten Zerstreuungslinse korrigieren. Da die Linse im kindlichen Auge noch sehr flexibel ist, kann sie eine Kurzsichtigkeit teilweise selbst korrigieren. Je älter das Kind wird, desto weniger ist dies jedoch möglich. Kurzsichtigkeit wird deshalb oft erst im Schulalter entdeckt. Da dieser Sehfehler an Stärke zunehmen kann bis das Auge ausgewachsen ist, sind jährliche augenärztliche Kontrollen notwendig.

Farbfehlsichtigkeit

Ein Farbsehfehler ist angeboren und lässt sich nicht korrigieren. Am häufigsten kommt eine so genannte Rot-Grün-Blindheit vor, das heißt die Farben rot und grün können nicht voneinander unterschieden werden. Die Farben erscheinen meist als abgestufte Grautöne. Etwa 8 Prozent der Jungen und knapp 1 Prozent der Mädchen haben eine Farbfehlsichtigkeit. Anhand von Farbsehtafeln kann der Arzt überprüfen, ob das Kind in der Lage ist, die Farben zu unterscheiden. Nach dem dritten Lebensjahr etwa kann ein Kind Farben zuordnen. Nach dem vierten Lebensjahr kann es die Farbtöne gezielt benennen. Eine exakte Prüfung auf Farbsehfehler ist ab diesem Alter möglich.

Sonnenbrand

Die Haut des Menschen reagiert auf die nicht sichtbare ultraviolette (UV) Lichtstrahlung mit Verbrennungen 1. und 2. Grades (Verbrennung, Seite 220). Von einer Verbrennung 1. Grades spricht man, wenn die Oberhaut schmerzhaft gerötet ist. Bei einer Verbrennung 2. Grades kommt es zusätzlich zur Blasenbildung.
Der Sonnenbrand hängt ab vom Hauttyp (von blassroter Haut und blonden/rötlichen Haaren bis dunkelpigmentierte Haut mit dunklen Haaren), von der Dauer und Stärke der Sonneneinstrahlung sowie von der Vorbestrahlung. Sonnenbrand entsteht an den Hautpartien, die nicht bedeckt sind (wie Wangen, Nase, Stirn, Ohrmuscheln, Handrücken).
Er beginnt immer mit einer brennenden Rötung und Schwellung der Haut (Sonnenbrand 1. Grades). Anschließend bilden sich juckende Knötchen, die in Bläschen und Blasen übergehen (Sonnenbrand 2. Grades).

Was können Sie selbst tun?

Schützen Sie sich und Ihr Kind nach Möglichkeit immer vor direkter Sonneneinstrahlung. Kinder sollten luftdurchlässige, lichthemmende Kleidung tragen (am besten aus leichter Baumwolle), außerdem einen Sonnenhut mit Rundumkrempe und eine Sonnenbrille. Cremen Sie die Haut rechtzeitig mit parfümfreien Lichtschutzsalben, -cremes oder -gels ein.
Säuglinge und Kleinkinder sollen nie der direkten Sonne ausgesetzt werden, insbesondere nicht in der Mittagszeit von 11 bis 15 Uhr. Je stärker die Sonneneinstrahlung ist und je weniger die Haut bereits an Sonne gewöhnt ist, desto höher muss der Lichtschutzfaktor des verwendeten Sonnenschutzmittels sein. Weil diese Mittel erst nach einiger Zeit wirken, müssen sie mindestens eine halbe Stunde vor Beginn der Sonneneinstrahlung (nicht zu dünn!) auf die Haut aufgetragen werden. Nach jedem Bad oder jeder Dusche müssen die Lichtschutzpräparate erneuert werden.
Hat Ihr Kind einen Sonnenbrand, müssen Sie die nächsten Tage die Sonne unbedingt vermeiden und sich mit ihm nur noch an schattigen Stellen aufhalten. Behandeln Sie die Haut

INFO

Eine Sonderform des Sonnenbrands ist die »Frühjahrs-sonneneruption«. Sie tritt bei hellhäutigen Kindern nach der ersten intensiven Sonneneinstrahlung im Frühjahr auf. Insbesondere an den Ohrmuscheln, Nasenrücken, Stirn, Wangen und Handrücken bilden sich aufschießende schmerzhafte, rötliche und mit Sekret gefüllte Knötchen, Bläschen und Blasen. Behandelt werden sie mit Licht-schutzsalben gegen die UV-Strahlung im Sonnenlicht.

mit nassen Umschlägen. Achten Sie auch darauf, dass Ihr Kind reichlich Flüssigkeit zu sich nimmt, am besten leicht gezuckerten Tee oder Limonaden.
Bei jedem Sonnenbrand besteht die Gefahr eines Hitzschlags (Seite 206), insbesondere wenn zum Sonnenbrand Kopf-schmerzen und Übelkeit dazukommen.

SOOR

Die Soorerkrankung der Haut und der Schleimhäute ist eine typische Infektionserkrankung im frühen Säuglingsalter.
Die Erreger sind Sprosspilze der Candida-Gruppe, meistens Candida albicans. Die Krankheit wird direkt vom Erkrankten sowie über Gegenstände durch Schmierinfektion übertragen. Es kann auch immer wieder zu einer Selbstansteckung kommen, wenn sich ein unbehandelter Hefepilzherd im Säugling erneut ausbreitet. So kann ein unbehandelter Schleimhautsoor (siehe unten) zu wiederholten Windelsoorerkrankungen (siehe unten) führen.
Die Sprosspilze können über die Schleimhäute auch die Lunge befallen oder sich nach Hautverletzungen über die Blutbahn im Körper ausbreiten. Dies geschieht vor allem bei einem schwachen Immunsystem.
Fünf bis zehn Tage nach der Ansteckung kommt es zu einer Pilzinfektion der Schleimhaut im Mund und Magen-Darm-Bereich. Die Candida-Pilze werden mit dem Stuhl ausgeschieden und rufen im Windelbereich den typischen Windelsoor hervor.

Mundsoor

Beim Mundsoor bilden sich weißlich graue Pünktchen und Beläge, insbesondere in den Wangentaschen, aber auch auf der Zunge und am Ober- und Unterkiefer. Die Beläge sitzen fest auf der Schleimhaut und lassen sich nicht, wie geronnene Milch, wegwischen.

Darmsoor

Ausgehend von einem Mundsoor kann die Schleimhaut der Speiseröhre sowie die Magen-Darm-Schleimhaut erkranken. Dies kommt im Säuglingsalter fast ausschließlich bei einer Immunschwäche vor. Beim gesunden Säugling wandern die Hefepilze mit der Nahrung durch den Magen-Darm-Trakt hindurch und werden mit dem Stuhl ausgeschieden.
Hier sind sie die Ursache für einen Windelsoor. Die häufigen Bauchschmerzen des Säuglings (Dreimonatskoliken, Seite 58) haben mit der Passage des Hefepilzes durch den Darm nichts zu tun.

Windelsoor

Der Windelsoor kann durch den Darmpilz oder durch eine Schmierinfektion von außen hervorgerufen werden, etwa durch die Hände einer Pflegeperson, infizierte Windeln oder eine unsaubere Wickelunterlage.
Typisch für den Windelsoor sind weißliche, schuppende kleine Bläschen und Pusteln, die sich rasch ausbreiten und zusammenfließen. Die Haut wird hochrot und lackartig glänzend. An den Rändern bleiben immer weißliche, schuppende Pusteln bestehen.
Der Soor breitet sich im ganzen Windelbereich aus und wird durch Schmierinfektion auch auf Hände, Gesicht, Arme, Bauch, Beine, Rücken und die behaarte Kopfhaut verbreitet. Durch das feuchte, urin- und stuhlhaltige Milieu im Windelbereich wird die Ansiedelung der Soorpilze begünstigt. Der Soor selbst juckt nicht.

Was können Sie selbst tun?

- Ersetzen Sie beim Mundsoor gebrauchte Schnuller und Sauger durch neue. Vor und nach dem Stillen müssen die mütterlichen Brustwarzen ebenfalls mit Nystatin-Suspension (siehe unten) eingerieben werden.
- Beim Windelsoor müssen Sie die Windeln häufig wechseln. Waschen Sie die Haut mit lauwarmem Wasser. Verwenden Sie keine öl- oder seifenhaltigen Tücher, da sie die Pilze nicht entfernen. Trocknen Sie die Haut im Windelbereich nach dem Waschen sorgsam, am besten trocken fönen und danach Nystatin-Paste (siehe unten) dünn auftragen.
- Hat Ihr Baby Soor, müssen Sie besonders auf absolute Hygiene achten: Verwenden Sie bei jedem Wickeln eine frische Windelunterlage auf dem Wickeltisch, wechseln Sie die Handtücher regelmäßig und waschen Sie die Hände nach jedem Wickeln. Versorgen Sie einen erkrankten Säugling nicht auf derselben Unterlage wie gesunde Babys. Verwenden Sie keine abdichtenden Windelhosen oder Wollwindeln. Normale Baumwollwindeln müssen Sie nach jedem Gebrauch auskochen.

Was wird der Arzt tun?

Der Arzt wird Ihnen bei Soor durch die Candida-albicans-Pilze Nystatin verschreiben. Auf die Haut kommt Nystatin als Paste, beim Mundsoor als Gel und beim Darmsoor als Lösung zum Schlucken (Suspension). Ein Säugling mit Windelsoor sollte neben der örtlichen Behandlung mit Nystatin-Paste immer auch 10 bis 12 Tage lang mit Nystatin-Suspension behandelt werden.

HINWEIS

!

Besteht der Verdacht auf eine Soorerkrankung der Schleimhäute im Magen-Darm-Trakt oder in der Lunge, müssen Sie den Arzt aufsuchen. Breitet sich die Soor-Pilz-Erkrankung gleichzeitig auf der ganzen Haut und den Schleimhäuten aus, kann dies lebensgefährlich werden.

Verstopfung

Wenn ein Kind nur selten, aber regelmäßig Stuhlgang hat, bedeutet das nicht gleich, dass es an Verstopfung (Obstipation) leidet. Voll gestillte Säuglinge haben eine Stuhlhäufigkeit von 5-mal täglich bis nur 1-mal alle 10 Tage. Klein- und Schulkindern »müssen« zwischen 3-mal täglich oder nur 2- bis 3-mal wöchentlich. Ebenso unterschiedlich kann die Uhrzeit des Stuhlgangs liegen. Wichtig für normalen Stuhlgang ist ein regelmäßiger Rhythmus.

Von Verstopfung spricht man, wenn ein Kind seltener als alle 3 bis 4 Tage Stuhlgang hat, diesen nur unter Schmerzen erledigen kann und der Stuhl zudem hart und fest ist. Durch den zu seltenen Stuhlgang wird dem Kot Wasser entzogen. Es bilden sich mehr oder weniger große, harte Ballen, die beim Ausscheiden die Schleimhaut des Afters verletzen, was zu Blutspuren auf dem Kot führt. Die Einrisse in der Schleimhaut des Afters erzeugen brennende Schmerzen, besonders beim Stuhlgang, so dass das Kind bei Verstopfung den ohnehin seltenen Stuhldrang unterdrückt, um diese Schmerzen zu vermeiden. Dadurch wird die Verstopfung noch schlimmer, die Kotballen werden noch größer und härter. Der Enddarm wird extrem gedehnt und gefüllt, er verliert seine Elastizität, und der Kot kann nicht mehr herausgedrückt werden. Der eingedickte Stuhlgang ist als feste »Darmwalze« unter der aufgeblähten Bauchdecke des Kindes zu tasten.

Durch die Verstopfung im End- und Dickdarm fließt der breiige Stuhl aus dem Dünndarm an den verhärteten Kotballen vorbei und bewirkt ein ständig unkontrollierbares Kotschmieren am After und in der Unterwäsche. Wenn dieser Zustand länger als 3 Monate anhält, liegt eine chronische Verstopfung vor. Sind die Ursachen dafür falsche Essgewohnheiten, mangelnde körperliche Bewegung oder auch seelische Probleme, handelt es sich um eine gewohnheitsmäßige (habituelle) Verstopfung. Demgegenüber gibt es auch körperlich bedingte (organische) Obstipationenen, wie zum Beispiel bei einer Schilddrüsenunterfunktion, bei Darmtumoren, Diabetes und Störungen der Darmtätigkeit etwa aufgrund einer angeborene mangelhaften Nervenversorgung der Darmwand (Morbus Hirschsprung).

Was wird der Arzt tun?

Lassen Sie jede Verstopfung bei Ihrem Kind von einem Arzt abgeklären. Bei einer einmaligen Verstopfung genügt meist ein so genanntes Miniklistier (ein sehr kleiner Einlauf aus der Apotheke), um sie zu beheben. Eine Blutuntersuchung zeigt, ob eine Stoffwechselstörung vorliegt. Der Arzt kann durch Abtasten der Bauchdecke das Ausmaß der Verstopfung erkennen. Er wird eine Ultraschalluntersuchung machen und eventuell eine Röntgenkontrastmitteldarstellung durchführen lassen, um organische Erkrankungen auszuschließen. Liegen organische Erkrankungen vor, müssen sie je nach Ursache behandelt werden. Sind psychische Probleme der Grund einer chronischen Verstopfung, braucht Ihr Kind psychologische Betreuung und ein Verhaltenstraining zur Verbesserung seiner Situation. Vor der Psychotherapie muss bei jeder chronischen Verstopfung zuerst der Darm Ihres Kindes mittels Einläufen entleert werden. Anschließend nimmt es für 5 bis 8 Wochen regelmäßig ein ärztlich verordnetes Abführmittel ein, damit der Darm lernt, wieder richtig zu arbeiten. Erst nach der Normalisierung des Stuhlgangs können mit ballaststoffreicher Nahrung aus Rohkostgemüse, Vollkornprodukten und viel Flüssigkeit die Abführmittel ersetzt werden, wobei die täglich getrunkene Milchmenge auf 300 Milliliter beschränkt werden sollte.

Vorhauterkrankungen

Vorhautverengung, Vorhautverklebung

Bei einer Vorhautverengung (Phimose) ist die Vorhautöffnung oder die Vorhaut so eng, dass die Harnröhrenöffnung nicht zu sehen ist und die Vorhaut sich nicht über die Eichel des Penis zurückziehen lässt. Bis zum 3. Lebensjahr ist es normal, dass die Vorhaut noch mit der Eichel verklebt ist. Diese Vorhautverklebung löst sich bis zur Pubertät von alleine. Versucht man schon früher, die Vorhaut trotz Verklebung zurückzuschieben, reißt sie ein und blutet.

Beim Abheilen entstehen Narben, durch die die Elastizität der Vorhaut verloren gehen und sich eine Narben-Phimose bilden kann, die chirurgisch behandelt werden muss.
Eine Vorhautverengung im Säuglings- und Kinderalter erkennt man daran, dass sich beim Wasserlassen zuerst die Vorhaut ballonartig füllt, bevor der Urin in einem mehr oder weniger schwachen Strahl abfließen kann. Da immer ein kleiner Rest Harn unter der Vorhaut bleibt, der durch Bakterien infiziert werden kann, kommt es bei einer Vorhautverengung häufig zu Entzündungen. Bei einer Vorhautverklebung dagegen fließt der Urin in einem starken Strahl, ohne dass sich die Vorhaut aufbläht.

Was wird der Arzt tun?

Eine angeborene oder nach einer Entzündung entstandene Vorhautverengung muss chirurgisch entfernt werden, da sonst eine ständig wiederkehrende Vorhautentzündung entstehen kann. Bei einer Vorhautverengung besteht später außerdem ein erhöhtes Risiko für einen Peniskrebs.
Eine chirurgische Entfernung der Vorhaut (Circumzission) wird heutzutage vorzugsweise ambulant von einem Kinderchirurgen durchgeführt.
In manchen Kulturen wird aus religiösen oder hygienischen Gründen bei allen Jungen die Vorhaut chirurgisch entfernt.

Hinweis

Haben Sie bei Ihrem Kind den Verdacht auf eine Vorhautverengung, gehen Sie mit ihm zum Kinderarzt. Versuchen Sie nicht, eine zu enge Vorhaut zu dehnen, das könnte zu Verletzungen führen, die eine Phimose erst recht hervorrufen. Außerdem bereitet es Ihrem Kind unnötige Schmerzen.

Vorhautentzündung

Ursache für eine Entzündung der Vorhaut (Balanitis) können Kontakte mit Bakterien durch verschmutzte Hände oder eine bereits bestehende Verengung der Vorhaut sein. Ebenso kann der laienhafte Versuch, eine Vorhautverengung oder

-verklebung zu beheben (Seite 169), zu einer Vorhautentzündung führen. Bei jeder Verengung wie auch nach jeder Entzündung der Vorhaut besteht ein erhöhtes Risiko für eine erneute Entzündung. Jede Entzündung hinterlässt Narben, die zu einer Vorhautverengung (Narbenphimose, Seite 169) führen können.

Die erkrankte Vorhaut ist hochrot entzündet und stark geschwollen. Die Schwellungen ziehen sich als Ödeme am Penis entlang. Aus der Öffnung der Vorhaut kommt häufig gelblicher oder gar blutiger Eiter heraus.

Eine Vorhautentzündung ist äußerst schmerzhaft, insbesondere beim und nach dem Wasserlassen. Dadurch besteht die Gefahr, dass gerade Kleinkinder versuchen, den Urin zurückzuhalten (Harnverhalten).

Was können Sie selbst tun?

Solange die Vorhaut Ihres Kindes entzündet ist, müssen Sie darauf achten, dass er ausreichend trinkt und Wasser lässt. Sitzen in einem warmen Badewasser erleichtert ihm das Wasserlassen, ein körperwarmes desinfizierendes Sitzbad, etwa mit Kamillenöl, fördert die Heilung. Sie können die Desinfektionslösungen auch in einen sauberen Becher oder eine Tasse füllen, um nur den Penis darin zu baden.

Um eine Vorhautentzündung zu vermeiden, sollte ein Junge beim Wasserlassen grundsätzlich keine verschmutzten Hände haben. Achten Sie drauf, dass der Penis nicht zum »Verlegenheitsspielzeug« wird.

Ist eine Vorhautentzündung bei Ihrem Kind ausgeheilt, sollten Sie unbedingt vom Arzt überprüfen lassen, ob sich womöglich dadurch eine Vorhautverengung gebildet hat.

Was wird der Arzt tun?

Bei einer Entzündung der Vorhaut müssen Sie mit Ihrem Sohn zum Arzt. Dieser verordnet entzündungshemmende Salben und ein Antibiotikum als Salbe oder Saft. Der Arzt wird auch untersuchen, ob sich als Folge der Entzündung eine Verengung der Vorhaut ausgebildet hat, die operiert werden muss (Seite 169).

WARZEN

Warzen werden durch Viren (Warzenviren) hervorgerufen, die über minimale Hautverletzungen in die Oberhaut bis zu den Basalzellen eindringen und sich hier vermehren. Sie bilden gutartige Tumoren in der Haut und in den Schleimhäuten. Vom Tag der Ansteckung bis zum Sichtbarwerden der Warzen können Monate vergehen. Viele Warzen verschwinden wieder ohne Behandlung, andere verbreiten sich immer weiter in der Haut und können kosmetische oder schmerzhafte Probleme hervorrufen. Gegen Warzen gibt es keine Immunbildung, folglich können sie immer wieder auftreten, oftmals auch durch ständige Selbstinfektion beim Kratzen. Je nach der Körperregion oder nach der Art ihrer Erreger gibt es unterschiedliche Ausformungen von Warzen.

- *Flachwarzen* bekommen vor allem Kinder und Jugendliche im Gesicht, an den Unterarmen und Handrücken. Sie liegen flach bis leicht erhaben auf der Haut und verbreiten sich durch Kratzen oft in reihenförmiger Anordnung.
- Die *Vulgär*- oder *gewöhnliche Warzen* kommen in jedem Alter vor und werden durch ständige Selbstinfektion neu gebildet. Sie treten an der Haut einzeln oder in Gruppen als Tumoren auf, die erhaben, unregelmäßig geformt, zerklüftet, knotig oder flächig sein können. Durch Kratzen kommt es zu Einblutungen, was die Warzen dunkel aussehen lässt. Sie entstehen am häufigsten an feuchtkalten, rissigen Händen und Füßen, insbesondere im Bereich der Nagelwurzeln.
- Vulgärwarzen werden *Dornwarzen* genannt, wenn sie an den Fußsohlen auftreten. Durch das Körpergewicht wuchern die Warzen nicht aus der Haut heraus, sondern wachsen dornartig in die Haut hinein und verursachen stechende Schmerzen beim Gehen. Ihre dunkle Farbe erhalten die Warzen wie die gewöhnlichen durch Einblutungen.
- *Feigwarzen* sind Schleimhautwarzen, die als bündelartige, fädenbildende Tumoren in der Mundschleimhaut, am After und im Genitalbereich vorkommen. Feigwarzen werden normalerweise nur beim Geschlechtsakt übertragen.

Bei Kindern müssen sie deshalb immer den Verdacht auf sexuellen Missbrauch erregen.

- *Dellwarzen*, auch *Mollusken* genannt, kommen bei Kindern häufig als Epidemien vor. Sie werden durch Schmierinfektion übertragen. 2 bis 8 Wochen nach der Ansteckung bilden sich stecknadelkopf- bis reiskorngroße prallelastische Tumoren in der Haut mit einer zentralen Delle. Auf Druck entleert sich eine blassrosafarbene, perlartige, krümelige Masse. Dellwarzen bilden sich besonders im Gesicht, in Achselhöhlen, auf Oberarmen und am seitlichen Brustkorb. Ohne Selbstinfektion durch Kratzen kommt es nach Monaten zur spontanen Rückbildung.

Was wird der Arzt tun?

Warzen lassen sich durch die lange Inkubationszeit und eine ständige Selbstinfektion nur schwer behandeln. Ohne Kratzen und anderen mechanischen Druck oder Reiben kommt es fast immer nach Monaten zur Spontanteilung. Eine Ausnahme davon bilden die Dornwarzen an den Fußsohlen. Flachwarzen brauchen selten eine Behandlung.

- Kosmetisch störende *Warzen* behandelt der Arzt mit salizylsäurehaltigen Pflastern und Tinkturen. Sie müssen über Wochen angewendet werden. Die gelösten Oberflächen müssen entfernt werden. Hilft diese Therapie nicht, bleibt nur die chirurgische Entfernung bei örtlicher Betäubung.
- *Dellwarzen* entfernt der Arzt durch Anritzen der Knötchen und Ausdrücken der Kerne mit einem scharfen Löffel. Anschließend werden die Wundbetten mit salizylhaltiger Lösung ausgetupft.

WINDELDERMATITIS

Eine Windeldermatitis, zumindest in leichter Form, bleibt keinem Säugling erspart. Meist tritt sie in der 2. Hälfte des ersten Lebensjahres und im 2. Lebensjahr auf. Gestillte Kinder sind wesentlich seltener von einer Windeldermatitis betroffen. Auslöser ist häufig eine vorausgegangene Durchfallerkrankung oder eine Antibiotikabehandlung, die wegen einer anderen Erkrankung erfolgen musste.

Die Feuchtigkeit und der Wärmestau im Windelbereich greifen die noch dünne Hornschicht der Haut an. Dadurch können schädigende Substanzen aus dem Stuhl-Urin-Gemisch in die Haut eindringen und durch Bakterien oder Pilze zusätzlich infiziert werden. Es kommt zu einer entzündlichen Rötung des Windelbereichs, die Haut schwillt an, es bilden sich nässende Bläschen, offene, oberflächliche Hautverletzungen, Krusten und Schuppen. Manchmal bleiben diese Symptome nicht auf den Windelbereich beschränkt, sondern breiten sich auf andere Hautfalten (Ellenbogen, Achseln, Kniebeugen) sowie auf die behaarte Kopfhaut aus.
Eine Sonderform der Windeldermatitis ist der Windelsoor (Seite 166). In diesem Fall ist die Windeldermatitis zusätzlich mit dem Hefepilz Candida albicans befallen. Diese Hefepilze kommen aus dem Enddarm oder als Schmierinfektion von außen. Sie setzen sich besonders auf der vorgeschädigten Haut fest.

HINWEIS

! Wegen der häufigen zusätzlichen Infektion mit Pilzen und Bakterien sollten Sie mit Ihrem Baby bei Windeldermatitis immer zum Arzt. Er wird auch abklären, ob nicht eine andere Grunderkrankung wie zum Beispiel ein atopisches Ekzem (Seite 88) oder ein allergischer Kontaktausschlag (Seite 27) dahinter steckt.

Was können Sie selbst tun?

Um eine Windeldermatitis erfolgreich zu behandeln, müssen Sie einen Stau von Wärme und Feuchtigkeit sowie mechanische Reibung vermeiden. Wechseln Sie die Windeln innerhalb von 24 Stunden mindestens 5- bis 6-mal. Reinigen Sie die gereizte Haut mit klarem, lauwarmem Wasser und trocknen Sie sie danach durch Tupfen mit einem Tuch oder mit einem lauwarm eingestellten Fön. Verwenden Sie ausschließlich stark saugende, Feuchtigkeit abweisende Papierwindeln. Damit Luft an die Haut kommt, nehmen Sie besser zu große als zu enge Windeln. Zinköl und Zinkpasten pflegen die wunden Hautstellen. Bei Infektion mit Bakterien können Sie örtlich wirkende Antibiotika (wie Clotrimazol oder Fusidinsäure) zu den Pflegepasten und -ölen geben. Bei einer Infektion mit Hefepilzen muss die betroffene Haut mit einer Pyoktaminlösung oder einer nystatinhaltigen Salbe und der Darmpilz mit Nystatintropfen zum Schlucken behandelt werden.

Windpocken und Gürtelrose

Windpocken (Varizella) sind die Ersterkrankung mit dem Varizella-Zoster-Virus aus der Reihe der Herpesviren. Die Zweiterkrankung mit diesem Virus ist die Gürtelrose (Herpes Zoster). Da die Varizellen-Viren sich bei der Ersterkrankung in den Rückenmarksnerven festsetzen können, besteht noch nach Jahrzehnten die Gefahr, dass eine Entzündung der Hautnervenbahnen, die Gürtelrose, auftritt.
90 Prozent der Windpockenerkrankungen kommen bis zum 14. Lebensjahr vor. Treten Windpocken vor dem 1. und nach dem 16. Lebensjahr auf, kommt es häufiger zu Komplikationen mit Groß- und Kleinhirnentzündungen, Gelenkentzündungen und Erkrankungen der Leber.
Windpocken gibt es nur beim Menschen. Sie werden vor allem durch direkten Kontakt übertragen. Dazu reicht schon das Zusammensein von einer Stunde mit einem Windpockenkranken. Vom Tag der Ansteckung bis zum Ausbruch der Erkrankung dauert es rund 15 Tage (mindestens 8, meistens 14 und höchstens 21 Tage). Ansteckend ist der Erkrankte bereits 1 bis 2 Tage vor dem Auftreten der ersten Krankheitszeichen und so lange, bis die letzten Bläschen verkrustet sind.
Etwa 2 Wochen nach der Ansteckung treten zunächst linsengroße rötliche Flecken auf, die sich rasch in wasserhaltige Bläschen umbilden. Der Ausschlag juckt stark und tritt 2 Wochen lang immer wieder schubweise auf, sodass rötliche Flecken, frische und eingetrocknete (Krusten) Bläschen gleichzeitig vorhanden sind. Die gesamte Haut und auch Schleimhäute sind betroffen, also auch die Kopfhaut und die Mundschleimhaut sowie die Scheide bei Mädchen. Fieber ist möglich, es kann sogar sehr hoch ansteigen.

Was können Sie selbst tun?

- Der Juckreiz führt immer wieder zu bewusstem oder unbewusstem Kratzen. Deshalb sollten die Fingernägel des Erkrankten ganz kurz geschnitten werden, um bakterielle Infektionen und Kratzwunden zu vermeiden.
- Kühle Luft oder Kühlpads lindern ebenfalls den Juckreiz. Bei Windpocken sollten Sie allerdings von Wadenwickeln absehen, da an bedeckten, feuchten Körperpartien verstärkt Windpocken auftreten können. Deshalb müssen auch Windeln bei kleinen Kindern häufig gewechselt werden.
- Ein Kind mit Windpocken darf Gemeinschaftseinrichtungen erst dann wieder besuchen, wenn alle Windpocken verkrustet sind und kein Eiter sichtbar ist. Es braucht dazu eine ärztliche Unbedenklichkeitsbescheinigung.

HINWEIS

Windpocken sind für ein ungeborenes Kind gefährlich, wenn sich eine Schwangere zwischen der 8. und 21. Schwangerschaftswoche ansteckt. Das Ungeborene kann mit Hautdefekten und schweren Missbildungen an den Augen und am Gehirn zur Welt kommen.
Erkrankt eine Schwangere zwischen dem 5. Tag vor und dem 2. Tag nach der Geburt an Windpocken (nicht an Gürtelrose!), bekommt auch das Neugeborene zwischen dem 5. und 10. Lebenstag die Windpocken. Bei Schwangeren, die früher als 5 Tage vor der Geburt an Windpocken erkranken, kann das Baby schon mit Windpocken geboren werden.
In diesem Fall müssen Mutter und Kind isoliert werden, so lange sie ansteckend sind.

Was wird der Arzt tun?

- Gegen den Juckreiz helfen zinkhaltige Schüttelmixturen (Lotio alba) mit oder ohne Harnstoff.
- Hat ein Kind die Windpocken aufgekratzt und sind diese vereitert, wird der Arzt antibiotikahaltige Salben oder Säfte verordnen müssen.

- Kinder und Erwachsene mit einer angeborenen oder erworbenen Immunschwäche können innerhalb von 96 Stunden nach einer Ansteckung durch ein spezielles Immunglobulin vor dem Ausbruch der Windpocken geschützt werden. Das Gleiche gilt für Neugeborene, deren Mütter rund um ihre Geburt an Windpocken erkrankt sind.
- Eine gezielte Therapie mit Aciclovir ist bei Windpocken mit Komplikationen möglich, wenn es in der 2. Woche der Ansteckung verabreicht wird.
- Seit kurzem gibt es auch eine Lebendimpfung gegen Windpocken: Bei Kindern genügt eine einmalige Impfung. Jugendliche und Erwachsene müssen 2-mal geimpft werden. Der Impfschutz beträgt nach einer Impfung mindestens 5 Jahre.

W

Wurmerkrankungen

Wurmerkrankungen bei Kindern und Jugendlichen kommen auch heutzutage noch häufig vor. Die Ansteckung erfolgt von Mensch zu Mensch oder über verschmutzte Lebensmittel und unsauberes Wasser. Weitere Infektionsquellen sind Tiere (wie Hunde, Katzen, Meerschweinchen oder Hasen) oder Sandkästen, die durch Tierkot verunreinigt worden sind.
Kinder mit Wurmbefall sind müde und schlapp, haben häufig Ringe unter den Augen und gedeihen schlecht. Die Wurmeier werden mit dem Stuhl des erkrankten Kindes ausgeschieden.

- Hat ein Kind *Bandwürmer* (Taenja), werden nicht nur die Wurmeier, sondern auch Wurmglieder mit dem Kot ausgeschieden und verbreitet. Insbesondere in Ländern mit mangelhaften sanitären Einrichtungen gelangen die Exkremente mit dem Dung auf Wiesen und Felder. Die so verbreiteten Wurmeier werden von Rindern und Schweinen beim Fressen des Grases und von Fischen im verseuchten Wasser aufgenommen. Im Fleisch dieser Tiere entwickeln sich die Larven des Bandwurms. Der Mensch verschluckt diese Larven beim Essen von ungenügend erhitztem und gegartem Fleisch und Fischprodukten. Im Darm des Menschen entwickeln sich dann die Bandwürmer, die ihre Eier wieder mit dem menschlichen Kot verbreiten.

Der häufigste Bandwurm bei Menschen in Europa ist der Rinderbandwurm. Er besteht aus einem Kopf, der sich in der Darmwand festbeißt, und zahlreichen Bandgliedern, die eine Gesamtlänge bis zu 4 Meter erreichen können. Diese Bandglieder können als weiße, dickliche, nudelähnliche Bruchstücke im Stuhl nachgewiesen werden. Kinder und Jugendliche mit Bandwurmbefall sind heißhungrig oder appetitlos. Sie nehmen deutlich an Gewicht ab und sind blass und schlapp.
Bei einem Bandwurmbefall bestehen meistens keine weiteren Symptome. Manchmal kommt es zu Übelkeit und Bauchschmerzen mit leichten Durchfällen.

- Der *Fuchsbandwurm* (Echinokokkus) wird durch erkrankte, in Mitteleuropa lebende Füchse übertragen, im Mittelmeerraum auch durch Katzen und Hunde, die die Wurmeier mit dem Kot ausscheiden. Über den unmittelbaren oder auch mittelbaren Kontakt zu den Tieren werden die Wurmeier verschluckt. Auch Pflanzen im Wald wie Waldbeeren können durch Kot mit Wurmeiern verseucht sein, die beim Verzehr diese Beeren in den menschlichen Körper gelangen. Dort bilden sie Larven im Darm, die sich über die Blutbahnen verbreiten und nach Jahren oder gar Jahrzehnten vor allem in der Leber und im Gehirn zerstörende Tumoren bilden. Diese blasenförmigen Geschwülste heißen Cysten. Sie bleiben lange Zeit unbemerkt. Werden sie nachgewiesen, müssen sie im ganzen herausoperiert werden, damit sich nicht eine erneute Infektion im Körper ausbreitet.
  Beim Fuchsbandwurm gibt es kaum Krankheitszeichen. Wird die Leber befallen, kommt es zu Schmerzen im Oberbauchbereich und manchmal zu einer leichten Gelbfärbung (Ikterus) der Haut und der Augen.
- *Madenwürmer* (Oxyuren) sind weltweit verbreitet und werden von Mensch zu Mensch übertragen. Sie sind die häufigste Wurmerkrankung im Kindes- und Jugendalter. Oftmals stecken sich die betroffenen Personen immer wieder selbst an. Da ein Madenwurmbefall zu starkem Juckreiz am After führt, reizt dieser zum Kratzen mit den

Fingernägeln. Dadurch geraten die dort vorhandenen Wurmeier unter die Fingernägel und gelangen bei mangelhafter Hygiene in den Mund. Die im Mund verschluckten Wurmeier entwickeln sich im Darm zu ausgewachsenen 2 bis 13 Millimeter langen weißlichen, nähfadendicken Würmern. Zur Eiablage krabbeln die Weibchen zum After und legen dort ihre Eier ab. Dies erfolgt meist im Schlaf bei Bettwärme und bereitet starken Juckreiz. 6 bis 8 Stunden nach der Eiablage entwickeln sich ansteckende Larven. Die fadenförmigen 2 bis 13 Millimeter langen Würmer finden sich in und auf dem Stuhl der erkrankten Kinder und lassen sich so nachweisen.

- *Spulwürmer* (Askariden) sind bleistiftdicke, 15 bis 40 Zentimeter lange und dem Regenwurm ähnliche Parasiten. Sie sind weltweit verbreitet. Ihre Eier werden über verunreinigtes Wasser und unsaubere Lebensmittel aufgenommen. Die Eier können in feuchter Erde und im Sandkasten jahrelang überleben.

  Die Wurmeier bilden im Darm Larven, die über die Blutbahn in die Lunge und von dort über die Luftröhre und Speiseröhre wieder zurück in den Darm gelangen, wo sie sich zum ausgewachsenen Spulwurm entwickeln. Bei starkem Spulwurmbefall können unerklärliche Hustenanfälle auftreten. Je nach Stärke des Wurmbefalls kommt es zu kolikartigen Bauchschmerzen, Blähungen und Erbrechen, wobei Würmer hochgewürgt werden können. Spulwürmer werden im Labor nachgewiesen, indem der Stuhl auf Wurmeier untersucht wird.

Was können Sie selbst tun?

Zur Behandlung und Vorbeugung von Wurmerkrankungen gehört ein besonders hygienisches Verhalten zu Hause und in Gemeinschaftseinrichtungen, vor allem Händewaschen nach dem Toilettengang und vor dem Essen.

- Bei *Madenwürmern* müssen die Fingernägel kurz geschnitten werden, um durch Kratzen keine Infektion zu verbreiten. Bett- und Leibwäsche sowie Handtücher müssen beim Waschen gekocht werden.

- Um *Bandwürmer* zu vermeiden, sollten Sie in hygienisch problematischen Ländern keine rohen Fleischwaren und kein ungeschältes Obst essen. Tiefkühlkost ist dagegen ungefährlich.
- Um sich nicht mit dem *Fuchsbandwurm* anzustecken, essen Sie Waldfrüchte nicht ungewaschen. In südlichen Ländern sollten Sie sich von fremden Hunden und Katzen fernhalten. Hat sich eine Wurmcyste gebildet, muss sie im Ganzen herausoperiert werden.
- *Spulwürmer* lassen sich nur durch hygienisch einwandfreies Wasser vermeiden. Zur Sicherheit sollten Sie in Gebieten mit hygienisch schlechtem Trinkwasser abgekochtes Wasser oder Mineralwasser aus Flaschen trinken.

Was wird der Arzt tun?

Wurmerkrankungen müssen immer ärztlich behandelt und überwacht werden. Mit den modernen Arzneimitteln gegen Würmer können sie erfolgreich therapiert werden.

HINWEIS

Werden Würmer bei einem Kind nachgewiesen, muss immer das ganze Umfeld mituntersucht werden, um Wiederinfektionen zu vermeiden.
Nach der medikamentösen Behandlung muss der Arzt nochmals den Stuhl auf Wurmeier untersuchen.
Bei Madenwürmern kommt es am häufigsten zu Neuinfektionen durch Schul- und Spielkameraden der Kinder.

ZAHNFEHLSTELLUNGEN

Beim Übergang von den 20 Milchzähnen auf das bleibende Gebiss mit 32 Zähnen kommt es in vielen Fällen zu sichtbaren Zahnfehlstellungen, weil die neuen Wurzelzähne durchbrechen und einige Milchzähne noch nicht herausgefallen sind. Die neuen Zähne können schief oder achsenverdreht herauswachsen. Es können Platzprobleme entstehen, wenn der Kiefer zu schmal oder der Gaumen zu eng ist. Bei einer bleibenden Zahnfehlstellung stoßen die zueinander gehörenden Zähne des Ober- und Unterkiefers nicht genau aufeinander, was Kauprobleme und Mundschließstörungen verursacht. Eine Zahnfehlstellung führt zum vorzeitigen Verschleiß und Verlust der Zähne.

Was wird der Arzt tun?

Zahnfehlstellungen müssen von Anfang an ärztlich kontrolliert und eventuell kieferorthopädisch behandelt werden. Eine erforderliche Zahnregulierung wird mit einer festen oder herausnehmbaren Zahnspange durchgeführt. Da nur die dauerhaften Zähne (Wurzelzähne) mit Hilfe einer Zahnspange reguliert werden sollen, ist die Anwendung dieses kieferorthopädischen Hilfsmittels meist erst ab dem 12. Lebensjahr vernünftig, nachdem alle bleibenden Zähne (mit Ausnahme der Weisheitszähne) durchgebrochen sind. Eine Zahnregulierungsbehandlung dauert in der Regel mindestens 1 bis 2 Jahre.

Zahnungsschmerzen

Die Entwicklung der Zähne ist äußerst unterschiedlich. Die ersten Zähne beim Säugling können zwischen dem 5. und 14. Monat im Kiefer sichtbar werden. Manchmal brechen nicht die mittleren zuerst durch, sondern die seitlichen Schneidezähne. Während des Zahndurchbruchs schwillt der Kiefer an, weshalb sich der Säugling unwohl fühlt. Deshalb steckt er seine Finger und alle greifbaren Gegenstände in den Mund und beißt darauf herum. Dadurch gelangen vermehrt Schmutz und Krankheitserreger in den Körper des Kindes, die zu Schmerzen, Durchfall (Seite 60) und fieberhaften Infekten (Seite 68) führen können.

Was können Sie selbst tun?

Diese Zahnungsschmerzen müssen nicht besonders therapiert werden. Kühlende Beißringe oder schmerzstillende Zäpfchen wie Viburcol oder Paracetamol reichen aus. Hat Ihr Kind neben den Zahnschmerzen auch Fieber, sollten Sie einen Arzt aufsuchen.

Zöliakie

Bei der Zöliakie besteht eine angeborene Unverträglichkeit von Gluten, einem Eiweißstoff, der in Gerste, Hafer, Roggen und Weizen vorkommt. Durch diese Unverträglichkeit verkümmert die Dünndarmschleimhaut, und die Nahrung kann nicht mehr verdaut werden. Es kommt in der Folge zu Mangelerscheinungen.
Bei einem Säugling zeigen sich die ersten Symptome einer Zöliakie, wenn er getreidehaltige Nahrung bekommt. Das Kind wird dann auffallend reizbar und kontaktscheu. Ihm fehlt der Appetit. Es werden große Mengen an übelriechendem, fettglänzendem Stuhl produziert. Der Bauch wird prall und aufgetrieben. Mit der Zeit verkümmern die Muskeln der Gliedmaßen.

Was wird der Arzt tun?

Der Arzt wird Ihrem Kind eine Blutprobe entnehmen und sie im Labor untersuchen lassen. Außerdem wird die Diagnose durch eine Dünndarmbiopsie gesichert.
Leidet Ihr Kind an einer Zöliakie, darf es sein Leben lang nur glutenfreie Kost essen. Dann wird es sich völlig normal entwickeln. Bei einem Diätfehler reagiert sein Körper mit Durchfall. Ihr Arzt wird Sie über die Diät aufklären.

Zuckerkaries

Die Zuckerkaries ist eine Zerstörung des kindlichen Zahnschmelzes durch zuckerhaltige Getränke, insbesondere gesüßte Tees und Säfte, die das Kind aus Lust oder zum Trost ständig aus der Saugerflasche nuckelt. Auch eine Milchflasche als Dauernuckler verursacht Zuckerkaries. Durch das Nuckeln wird die zuckerhaltige Flüssigkeit ins Zahnfleisch einmassiert. Der Zucker wird mit Hilfe der Mundbakterien in Säure verwandelt, die den Zahnschmelz angreift und zerstört. Es bleiben dann nur noch schwarze Zahnstumpen übrig. Im Zahnfleisch entstehen zusätzlich Abszesse (abgekapselte Eiteransammlungen), die sehr schmerzhaft sind und einen ständigen Krankheitsherd darstellen. Betroffen sind vor allem die oberen und unteren

Schneidezähne. Da die Zuckerkaries auch auf die Backenzähne übergreifen kann und eitrige Infektionen hervorruft, muss sie zahnärztlich behandelt werden.

Was können Sie selbst tun?

Die beste Therapie der Zuckerkaries ist deren Vermeidung. Deshalb sollten Sie von Geburt an auf gesüßten Tee und die handelsüblichen Obstsäfte verzichten, ebenfalls auf süßende Zusätze in der Milchflasche. Wollen Sie Ihrem Baby Obstsäfte zu trinken geben, dann nicht über die Saugerflasche, sondern mittels eines Löffels. Süße Säfte oder Tees sind keine Durstlöscher. Ebenso sind die ständigen süßen »Zwischenmahlzeiten« oder »Tröster« zu vermeiden, da danach nicht immer die Zähne geputzt werden. Gewöhnen Sie Ihr Kind so früh wie möglich daran, nach jeder Hauptmahlzeit die Zähne zu putzen. Dies können Sie bereits im Säuglingsalter eintrainieren, indem Sie die Zähnchen nach dem Trinken mit Wattestäbchen putzen. Ohne diese Vorsorgemaßnahmen können auch die bekannten Fluoridtabletten eine Zuckerkaries nicht verhindern.
Durch eine regelmäßige zahnärztliche Kontrolle lassen sich Zahnschäden so früh wie möglich erkennen. Frühzeitige Kontrollen verhindern frühe Zahnschäden und einen vorzeitigen Zahnverlust.

ZUCKERKRANKHEIT

Die Ursache für die Zuckerkrankheit des Kindes (Diabetes juvenilis) ist ein angeborener und vererbter Mangel an dem Hormon Insulin, das in der Bauchspeicheldrüse gebildet wird. Ohne Insulin kann der Blutzucker (Glucose) nicht in die Körperzellen transportiert werden, um dort verwertet zu werden. Dadurch steigt der Blutzucker im Blutkreislauf zwar an, doch gleichzeitig entsteht in allen Körperzellen ein Energiemangel, durch den zum Beispiel die Muskelzellen keine Leistung mehr erbringen können. So ist ein Kind trotz Heißhungers müde und schlapp und gedeiht nicht richtig. Den erhöhten Blutzuckergehalt versucht der Körper zu normalisieren, indem er ihn mit vermehrtem Urin ausscheidet.

Das Kind hat deshalb ständig Durst und trinkt Unmengen. Da oft mehr Urin ausgeschieden als Flüssigkeit aufgenommen wird und die Körperzellen außerdem mehr Energie verbrennen, nimmt das Kind an Gewicht ab, obwohl es viel isst und trinkt. Diese Symptome können sich langsam entwickeln oder sie treten akut auf. In letzterem Fall kann es durch den Wasserverlust sogar zur Bewusstlosigkeit (Seite 190) kommen.
Jeder schlecht behandelte Diabetes hat als Zweiterkrankung Durchblutungsstörungen in den kleinsten Gefäßen zur Folge, zum Beispiel am Augenhintergrund, die zu Sehverminderungen führen, oder in den Zehen, die zum Absterben der nicht mehr durch Sauerstoff versorgten Zehen führt und eine Amputation notwendig macht.
In einer zeitgemäßen Therapie wird die notwendige Insulinmenge durch regelmäßige Blutkontrollen (mehrmals täglich) überprüft. Es wird nicht mehr wie früher auf eine strenge Diät geachtet, sondern die Insulinmenge wird entsprechend der Nahrungsaufnahme dosiert. Ziel der Behandlung ist immer, dass ein erkranktes Kind wie auch ein erkrankter Erwachsener ein normales Leben führen können.

Hinweis

Lassen Sie durch eine Untersuchung feststellen, ob Ihr Kind zuckerkrank ist, wenn es

- **ständig auffallend großen Durst hat,**
- **sehr oft Wasser lassen muss,**
- **die meiste Zeit müde und schlapp ist,**
- **nicht gut gedeiht, obwohl es großen Appetit zeigt und viel isst.**

In Deutschland sind von 100.000 Kindern schätzungsweise 50 bis 100 zuckerkrank.

Was können Sie selbst tun?

Achten Sie darauf, dass Ihr Kind mit Diabetes regelmäßig Sport treibt. Auch dabei muss es seinen Insulin-Blutspiegel regelmäßig bestimmen.
Die beste Betreuung finden Diabetiker in Diabeteszentren, die Schulungen auch für Kinder anbieten. Für Kinder mit Diabetes ist es außerdem ratsam, in den großen Ferien regelmäßig an Freizeiten für Diabetiker teilzunehmen (Kontakt über Diabeteszentren). Dort lernen die Kinder, selbstständig und verantwortungsvoll mit ihrer Erkrankung umzugehen.

Was wird der Arzt tun?

Wird eine Diabetes juvenilis festgestellt, wird das Kind beim ersten Mal im Krankenhaus behandelt. Die Eltern und das Kind müssen an einer Diabetesschulung teilnehmen, damit sie lernen, eigenverantwortlich mit der Krankheit umzugehen. So erfahren sie, wie sie die Blutzuckerwerte selbst bestimmen und die Insulingaben berechnen können, die notwendig sind, um den Blutzuckerspiegel im Normbereich zu halten. Das Ziel der Therapie ist, die Blutzuckerwerte so einzustellen und zu erhalten, dass sich das Kind körperlich normal entwickelt und es im sozialen und schulischen Bereich durch die Krankheit nicht beeinträchtigt wird.

Wenn Sie schnelle Hilfe brauchen

Im Zusammenleben mit Kindern kann es immer mal, und zwar unerwartet und plötzlich, zu einem Notfall kommen, ausgelöst durch eine Krankheit oder einen Unfall. Um für Notfälle gewappnet zu sein, sollte jeder Mensch einen Erste-Hilfe-Kurs besucht haben und seine Kenntnisse daraus regelmäßig auffrischen.

Die meisten Unfälle im Baby- und Kleinkindalter ereignen sich in der eigenen Wohnung: in der Küche, im Badezimmer, im Wohnzimmer oder im Kinderzimmer. Dafür ist fast immer entweder ein Sturz aus der Höhe (vom Tisch, vom Stuhl, aus dem Bett) oder das Verschlucken von gefährlicher Flüssigkeit oder kleinen Gegenständen verantwortlich. Auch Krankheiten, vor allem ein Fieberkrampf (Seite 197) und der Krupphusten (Seite 106), erfordern Notfallmaßnahmen.

Kinder sind besonders unfallgefährdet, weil sie noch wenig Erfahrungen gesammelt haben (geistige Unreife), besonders neugierig und noch recht ungeschickt sind (motorische Unreife).

Am wichtigsten ist es, dass Sie bei einem Notfall die Ruhe bewahren. Machen Sie sich zuallererst ein genaues Bild über die Situation, bevor Sie gezielt helfen oder fremde Hilfe herbeirufen. Wenden Sie sich dann an die angegebenen Stellen, die Ihnen weiterhelfen.

Die wichtigsten Nummern für den Notfall

Notruf

	Deutschland	112
	Rettungsleitstelle	19222
	Ärztlicher Notdienst	19292
	Österreich	144
	Schweiz	144

Giftnotrufzentren

	Deutschland	19240

in vielen Städten ohne Vorwahl oder in der nächsten Großstadt (z. B. Berlin, Hamburg, München) mit der entsprechenden Vorwahl

Österreich: Wien (01) 4064343

Schweiz: Zürich (01) 2515151

Beantworten Sie immer zuerst die 6 »*W's*«:

Wer ruft an?

Geben Sie Ihren Namen, die genaue Adresse sowie Telefon- und Handynummer an.

Wo ist etwas geschehen?

Geben Sie den Ort des Notfalls an.

Was ist geschehen?

Berichten Sie so genau und kurz wie möglich über den Unfall und – soweit bekannt – über seinen Hergang.

Wie viele Personen sind verletzt oder in Not?

Welcher Art sind die Verletzungen?

Wie ist der aktuelle Gesundheits- und Bewusstseinszustand des Verunglückten einzuschätzen? Besteht eventuell ein lebensbedrohlicher Notfall? Solche lebensbedrohlichen Notfälle sind: Bewusstlosigkeit, Atemstillstand, Herzstillstand, Schock und schwere Blutungen.

Warten Sie auf Rückfragen!

Erste Hilfe von A bis Z

Atemstillstand

Überprüfen Sie in einer Notsituation zuerst, ob Ihr Kind bei Bewusstsein ist und atmet. Ein Atemstillstand kann sich langsam aus einer zunehmenden Atemnot entwickeln oder ganz plötzlich auftreten. Bei Atemstillstand ist das Kind immer auch bewusstlos (Seite 190), die Haut ist blass bis bläulich, die Lippen und Nagelbetten sind immer bläulich verfärbt. Zur Überprüfung der Atemtätigkeit legen Sie die eine Hand seitlich an die unteren Rippen, die andere Hand in die Magengrube. Hebt und senkt sich der Brustkorb nicht, besteht ein Atemstillstand.
In diesem Fall müssen Sie sofort mit einer Mund-zu-Mund-Beatmung oder mit einer Mund-zu-Nase-Beatmung beginnen. Unterbrechen Sie die Beatmung nicht, bis Ihr Kind wieder selbst atmet oder der Notarzt eintrifft.

Erste Hilfe

- Zur Beatmung beugen Sie den Kopf Ihres Kindes so weit wie möglich in den Nacken (nicht beim Säugling! untere Abbildung) und halten ihn fest. Diese Streckung macht die Atemwege frei, und manchmal kommt es allein dadurch wieder zur selbstständigen Atmung (Abbildung).

Beatmung beim Kind

Beatmung beim Säugling

- Beginnen Sie sofort mit der Beatmung, bis Ihr Kind wieder ausreichend selbst atmen kann. Erst wenn das nicht gelingt, müssen Sie die Atemwege von Schleim, Erbrochenem oder auch Fremdkörpern reinigen.
- Die Atemspende erfolgt in einem ruhigen Atemtempo: bei Schulkindern 15-mal pro Minute, bei Kleinkindern und Säuglingen 30-mal pro Minute, das heißt, Sie atmen selbst eine Sekunde ein und geben dann eine Sekunde lang Atemspenden.

HINWEIS

Verlieren Sie keine Zeit, sondern beginnen Sie so schnell wie möglich mit der Atemspende. Pro Minute Atemstillstand verringert sich die Überlebenschance Ihres Kindes um 15 bis 20 Prozent. Schon nach wenigen Minuten Sauerstoffmangel werden die Hirnzellen dauerhaft geschädigt.
Kontrollieren Sie bei einem Atemstillstand auch den Puls an der Halsschlagader, um einen Herzstillstand (Seite 203) nicht zu übersehen.

BEWUSSTLOSIGKEIT

Sie können leicht feststellen, ob Ihr Kind bewusstlos ist, indem Sie es laut ansprechen, anfassen oder kneifen (am besten zwischen Nase und Oberlippe oder am Brustbein). Versuchen Sie so, Ihr Kind zu einer Lautäußerung, Schmerzreaktion oder zum Öffnen der Augen zu bewegen. Bei einem Säugling überprüfen Sie das Bewusstsein, indem Sie ihn kneifen oder kitzeln. Reagiert Ihr Kind nicht auf Ihre Versuche, ist es bewusstlos. Reagiert es darauf nur wenig oder sehr verzögert und wirkt es zudem apathisch, könnte es bald bewusstlos werden. Außerdem reagieren die Pupillen nicht auf einen Lichteinfall, wenn Ihr Kind bewusstlos ist.
Bewusstlosigkeit ist immer eine Notfallsituation, denn es besteht eine akute Lebensgefahr. Da Ihr Kind ersticken kann, besonders dann, wenn es aus der Nase oder dem Mund blutet oder erbrochen hat, müssen Sie es als Erstes in die stabile

Seitenlage bringen (Abbildung unten). Rufen Sie anschließend sofort den Notarzt herbei. Besteht bei Bewusstlosigkeit der Verdacht auf eine Wirbelsäulenverletzung, verändern Sie die Lage Ihres Kindes nicht, verständigen Sie umgehend den Notarzt. Im Fall einer beginnenden Atemnot oder bei Atemstillstand geben Sie eine Atemspende (Seite 189).

Erste Hilfe

- Für die stabile Seitenlage bringen Sie Ihr Kind in Rückenlage. Den rechten Arm legen Sie im rechten Winkel vom Oberkörper weg, den linken Arm legen Sie quer über den Brustkorb mit dem Handgelenk auf die rechte Schulter. Stellen Sie das linke Bein im Knie abgewinkelt auf. Fassen Sie mit je einer Hand gleichzeitig das linke Bein und die linke Schulter und drehen Sie den Körper des Kindes nach rechts. Achten Sie dabei auf eine gestreckte Kopfhaltung (nicht beim Säugling) und einen offenen Mund. In dieser Lage soll das Kind bleiben, bis der Notarzt oder Krankenwagen eintrifft (Abbildung unten). Der Vorgang kann auch seitenverkehrt ausgeführt werden.

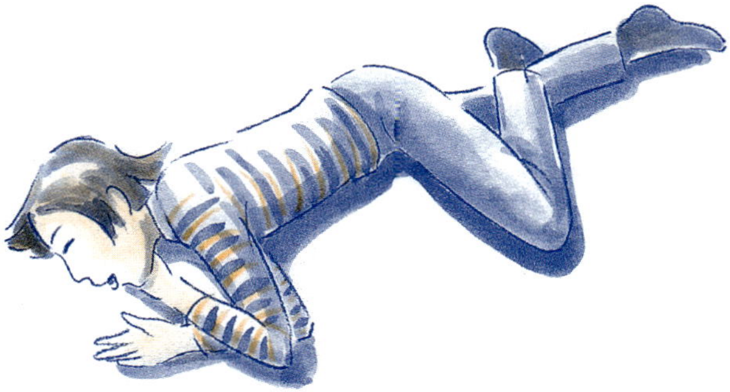

Stabile Seitenlage beim Kind

- Ein Baby legen Sie zur stabilen Lage auf den Bauch (Abbildung unten). Behalten Sie es unter ständiger Beobachtung, damit Sie einen Atemstillstand erkennen. Außerdem besteht die Gefahr des Plötzlichen Kindstods (SIDS).

Stabile Lage beim Baby

HINWEIS

!

Rufen Sie bei Bewusstlosigkeit immer den Notarzt oder einen anderen Arzt, da es zu Atemstörungen kommen kann, die für Ihr Kind lebensgefährlich sein können.

Blutungen und Wundversorgung

Menschen bluten dann, wenn ihre Haut oder ihre Blutgefäße verletzt werden. Bei Verletzungen der äußeren Haut kommt es zu *sichtbaren* Blutungen. Bei Verletzung der inneren Häute, zum Beispiel im Magen-Darm-Bereich, oder der Hirnhäute, kommt es zu *nicht sichtbaren, inneren* Blutungen.
Bei Quetschungen und Verstauchungen blutet es in die Haut und in das Muskelgewebe hinein, was als Bluterguss zu sehen ist. Bei Verletzung der Sauerstoff transportierenden Arterien fließt spritzendes, hellrotes Blut stoßweise aus den Blutgefäßen. Aus den verletzten Blutgefäßen der Venen dagegen quillt sauerstoffarmes, dunkles, gleichmäßig fließendes Blut.
Achtung: Bei großen Wunden (siehe unten) und hohem Blutverlust besteht die Gefahr eines Schocks (Seite 214) oder einer Bewusstlosigkeit (Seite 190).

Quetsch-, Riss-, Biss- und Stichwunden

Bei blutenden Quetsch-, Riss-, Biss- und Stichwunden sind neben den Blutgefäßen immer auch Haut-, Binde- und Muskelgewebe zerstört. Durch die Art der Verletzung entstehen im Gewebe Wundtaschen, in denen sich eventuell Bakterien und Fremdkörper verstecken, die zu Infektionen führen können. Stich- oder Bisswunden können sehr tief sein, ohne dass dies bemerkt wird. Quetsch-, Riss-, Biss- und Stichwunden müssen immer ärztlich versorgt werden, vor allem auch Bisswunden durch Katzen.

Erste Hilfe

- Bei kleinen oberflächlichen Wunden reicht es, wenn Sie die Wunde mit jodfreiem Desinfektionsmittel reinigen und ein Wundpflaster daraufkleben.
- Sie können fast jede Blutung stillen, indem Sie den verletzten Körperteil hoch lagern – und zwar höher als das Herz – und einen festen Verband anlegen.
- Können Sie die Blutung durch Hochlagern und einen festen Verband nicht stillen, legen Sie über den normalen, ersten Verband einen Druckverband an.

- Eine große Wunde wird nicht gereinigt, gespült oder berührt. Versuchen Sie das Blut zu stillen, indem Sie die Wunde mit einem keimfreien Verband aus Ihrer Hausapotheke verbinden. Berühren Sie die Wunde und die Wundauflage des Verbandes beim Verbinden nicht, damit keine Krankheitserreger (Bakterien) oder Schmutz in die Wunde gelangen.
- Bewirkt der Verband keine Blutstillung, legen Sie über dem ersten Verband einen Druckverband an (Abbildung unten). Dazu entfernen Sie den ersten Verband nicht, sondern legen im Bereich der blutenden Verletzung eine zweite frische Verbandsrolle darauf und drücken diese fest, aber ohne das Gewebe zu quetschen, durch einen dritten Verband oder eine Binde auf die blutende Stelle.

Druckverband

Durch einen Druckverband erübrigt sich bei einer schweren Blutung fast immer das Abbinden. Denn beim Abbinden besteht die Gefahr, dass das Gewebe durch das Abbinden nicht mehr mit Sauerstoff versorgt wird und deshalb abstirbt.
- Große und stark blutende Wunden müssen immer ärztlich versorgt werden. Dies muss innerhalb von 6 Stunden nach der Verletzung erfolgen, damit die Wunde gut heilen kann.
- Quetsch-, Riss-, Biss- und Stichwunden sollen nicht berührt werden. Ziehen Sie Fremdkörper nicht aus der Wunde heraus, da es sonst noch stärker bluten kann oder zusätzliche Verletzungen entstehen können.

HINWEIS

!

Die wichtigsten Grundsätze bei der Wundversorgung

- **Stillen Sie zuerst die Blutung.**
- **Vermeiden Sie zusätzliche Verunreinigungen durch Schmutz oder Krankheitskeime.**
- **Reinigen Sie große Wunden nicht.**
- **Entfernen Sie Fremdkörper aus Quetsch-, Riss-, Biss- und Stichwunden nicht.**
- **Reinigen Sie Schürfwunden und kleine Wunden unter fließendem Wasser. Desinfizieren Sie sie anschließend mit jodfreien Tinkturen und decken Sie sie mit einem sterilen Verband oder Pflaster ab.**
- **Geben Sie bei Bedarf schmerzlindernde Medikamente.**

Erste Hilfe bei Nasenbluten

Gerade ältere Kinder haben relativ oft Nasenbluten. Die Blutung entsteht fast immer im kleinen Venengeflecht des vorderen Nasenraums. Die Blutung ist nicht bedrohlich, es sei denn, Ihr Kind leidet unter einer Blutgerinnungsstörung.

- Zur Blutstillung soll sich Ihr Kind mit leicht nach vorn geneigtem Kopf hinsetzen. Durch diese Kopfhaltung läuft das Blut nicht in den Rachen und kann nicht verschluckt werden. Verschluckt Ihr Kind größere Mengen Blut, würden es diese wieder erbrechen. Außerdem würde sich durch den Druck beim Würgen das Nasenbluten noch verstärken.
- Zur weiteren Blutstillung drücken Sie den Nasenflügel der blutenden Nasenseite für 7 bis 10 Minuten fest zu, sodass die Blutung zum Stillstand kommt. Stecken Sie keine Fremdkörper wie Watte oder Verbandsmull zur Blutstillung in das blutende Nasenloch, da sonst beim Herausziehen das Nasenbluten wieder einsetzen könnte.
- Muss zur Blutstillung der Nasengang ausgestopft werden, darf dies nur vom Arzt durchgeführt werden.
- Entfernen Sie keine Blutgerinsel in der Nase, die sich bei der Blutstillung gebildet haben.
- Kalte Umschläge oder Kühlpads im Nacken sowie abschwellende Nasentropfen helfen, das Blut zu stillen.

Ertrinken

Sobald ein Baby zu krabbeln beginnt, kann es in die Nähe von offenen Gewässern (auch Pfützen) gelangen und ertrinken. Deshalb ist immer höchste Vorsicht geboten, um Kinder vor dem Ertrinken zu schützen. Ein Mensch ertrinkt infolge von Sauerstoffmangel, wenn Wasser in die Lunge einströmt. Es kommt dann innerhalb von 3 bis 5 Minuten zum Atemstillstand. Dieser entsteht sofort, wenn das Wasser in den Nasen-Rachen-Raum eindringt und es zum Stimmritzenkrampf kommt.

Hat Ihr Kind einen Atemstillstand, müssen Sie sofort mit einer Atemspende beginnen (Seite 189). Versuchen Sie auf keinen Fall, das Wasser aus der Lunge zu schütteln. Entfernen Sie lediglich Fremdkörper oder Sand aus seinem Mundraum.

Beim Ertrinken ist die Atmung unregelmäßig oder bereits zum Stillstand gekommen, was mit der Gefahr eines Herzstillstandes (Seite 203) verbunden ist. Der Ertrunkene wird schnell bewusstlos.

Hinweis

Die Atmung, das Herz und der Kreislauf müssen noch mehrere Stunden nach dem überstandenen Unfall überwacht werden. Auch jeder nur beinahe Ertrunkene muss nach dem Unfall sofort ärztlich – am besten im Krankenhaus – überwacht werden. Es können noch Stunden später lebensbedrohende Schäden an der Lunge entstehen.

Erste Hilfe

- Bringen Sie Ihr Kind aus der Gefahrenzone.
- Entfernen Sie die nassen Kleider und halten Sie seinen Körper warm.
- Lagern Sie Ihr Kind bei Bewusstlosigkeit in der stabilen Seitenlage (Seite 191).
- Überwachen Sie die Atmung und den Puls Ihres Kindes. Beginnen Sie beim Aussetzen der Atmung sofort mit

einer Atemspende (Seite 189). Bei Herz-Kreislauf-Versagen machen Sie eine äußere Herz-Druck-Massage (Seite 204).

Fieber, Fieberkrampf

Hat Ihr Kind Fieber, fühlt es sich heiß an. Seine Augen sind glasig glänzend, die Atmung ist beschleunigt und flach. Es schläft unruhig. Bei hohem Fieber kommt es vor, dass Arme und Beine kalt sind und nur der restliche Körper heiß ist. Es besteht dadurch die Gefahr eines Kreislaufkollapses.
Bei hohem Fieber (über 39,5 °C) kann es zum Schüttelfrost kommen: Der Körper des Kindes zittert vor allem an den Armen und Beinen stark.
Ein Fieberkrampf kann bei jedem plötzlichen, schnellen und starken Anstieg des Fiebers auftreten und ereignet sich fast immer am Anfang einer Erkrankung. Ein Fieberkrampf geht vom Gehirn aus und zeigt sich aufgrund des plötzlichen Fieberanstiegs in Form von Verkrampfungen und Zuckungen des kindlichen Körpers bei einer gleichzeitigen Bewusstlosigkeit.
Ein gewöhnlicher Fieberkrampf hört nach 1 Minute von selbst auf. Danach schläft das Kind aus Erschöpfung ein.
Fieberkrämpfe treten bei 3 bis 4 Prozent der Kinder zwischen dem 6. Lebensmonat und dem 5. Lebensjahr auf.
In 90 Prozent der Fälle ist ein Fieberkrampf ein einmaliges Ereignis und problemlos, sofern eine Hirnhautentzündung (Seite 97) ausgeschlossen werden kann. Deshalb müssen Sie nach einem Fieberkrampf möglichst rasch einen Arzt aufsuchen oder holen.

Erste Hilfe

- Senken Sie das Fieber Ihres Kindes mit Wadenwickeln (Seite 245), Fieberzäpfchen oder Fiebersaft. Wadenwickel dürfen Sie nicht anlegen, wenn die Arme und Beine Ihres Kindes schon kalt sind. Ziehen Sie Ihr fieberndes Kind nicht zu warm an und decken Sie es nur leicht zu.

- Weil bei Fieber über die Haut viel Flüssigkeit aus dem Körper entweicht, ist es wichtig, dass Ihr Kind viel trinkt, am besten zimmerwarmen Tee sowie fettarme Hühner- oder Gemüsebrühe. Lassen Sie Ihr Kind häufig und in kleinen Portionen trinken.
- Bei einem Fieberkrampf legen Sie Ihr Kind in die stabile Seitenlage (Seite 191). Damit es sich im Krampf nicht auf die Zunge beißen kann, schieben Sie ein gefaltetes Taschentuch zwischen seine Zähne. Lockern Sie einengende Kleidung und halten Sie Ihr Kind nicht fest. Achten Sie darauf, dass es sich nicht an herumstehenden Gegenständen zusätzlich verletzen kann.
- Hält der Fieberkrampf länger als 1 Minute an, rufen Sie sofort den Notarzt. Er wird den Fieberkrampf mit einem krampflösenden Medikament (Diazepam) sofort zum Stillstand bringen.

HINWEIS

!

Bedenken Sie: Fieber ist eine Reaktion des Körpers, um sich gegen Krankheitserreger zur Wehr zu setzen. Deshalb sollten Sie Fieber nur dann senken, wenn durch seine Höhe die Gefahr eines Kreislaufkollapses gegeben ist und dadurch ein Schüttelfrost oder ein Fieberkrampf auftreten kann.
Neigt Ihr Kind zu Fieberkrämpfen, müssen Sie schon bei Temperaturen ab 38,2 °C das Fieber senken. Besprechen Sie mit Ihrem Arzt, ob es in Ihrem Fall sinnvoll ist, Ihrem Kind während der gesamten fieberhaften Erkrankung regelmäßig kleine Dosierungen Diazepam zu geben, um Fieberkrämpfe zu vermeiden.

Fremdkörper

Je jünger ein Kind ist, desto größer ist die Gefahr, dass es Fremdkörper verschluckt oder sich Gegenstände in Körperöffnungen steckt, zum Beispiel in Nase, Mund, Ohren und in die Scheide.

- Fremdkörper, die in die Luftröhre geraten, verursachen einen akuten und starken Hustenreiz, begleitet von einem pfeifenden Atemgeräusch. Das Kind bekommt Schluckbeschwerden, und sein Gesicht verfärbt sich wegen der Atemnot blau. Bleibt ein Fremdkörper in der Speiseröhre stecken, hat das Kind Schmerzen hinter dem Brustbein und vermehrten Speichelfluss.
- Ist die Nasenatmung durch einen Fremdkörper behindert, atmet das Kind verstärkt durch den offenen Mund ein und aus. Die Sprache des Kindes klingt verändert, es »näselt«. Verbleibt der Fremdkörper längere Zeit in der Nase, entsteht ein eitriger und stinkender Schnupfen. Gefährlich werden Fremdkörper wie Hülsenfrüchte (Erbsen, Linsen und Bohnen) oder Fruchtsamen (Weidenkätzchen), wenn sie durch die Feuchtigkeit im Nasenraum aufquellen. Sie können nur chirurgisch entfernt werden.
- Bei Fremdkörpern im Gehörgang kommt es zu Hörstörungen auf der betroffenen Seite. Fremdkörper im Ohr dürfen nur vom Arzt entfernt werden.
- Geraten Fremdkörper ins Auge – meist sind es Sandkörner oder kleine Insekten – schließt das Kind im Reflex die Augenlider. Das Auge tränt vermehrt und schmerzt meist erheblich. Hält der Zustand länger an, röten sich die Bindehäute und die Hornhaut des Augapfels. Fremdkörper, wie Holz-, Glas- und Eisensplitter, im Auge oder unter dem Oberlid dürfen nur vom Augenarzt entfernt werden.
- Geraten Funken bei Schweißarbeiten ins Auge, führt das zu gefährlichen Hornhautverbrennungen, die sofort augenärztlich versorgt werden müssen. Bis dahin sollten Sie das erkrankte Auge mit einem kühlen Umschlag bedecken, um die Schmerzen zu lindern.
- Hat Ihr Kind einen Fremdkörper wie Murmeln oder kleine Geldmünzen verschluckt, ist das ungefährlich.

F

Denn diese Gegenstände werden auf natürlichem Wege, also bei einem der nächsten Stuhlgänge, wieder ausgeschieden. Ganz anders ist die Situation nach dem Verschlucken von Knopfbatterien, wie sie für Uhren und Taschenrechner gebraucht werden. Solche Gegenstände müssen so rasch wie möglich im Krankenhaus unter Röntgenkontrolle mit einer Magen-Darm-Sonde entfernt werden, da sie Giftstoffe enthalten (Vergiftung und Verätzung, Seite 222).

Erste Hilfe

- Fremdkörper im Auge können Sie, wenn sie unter dem Unterlid liegen, meist selbst entfernen. Lassen Sie Ihr Kind dazu nach oben sehen, ziehen Sie dann das Unterlid nach unten weg und wischen die Unterlidinnenfläche mit einem sauberen, feuchten Tuch von außen nach innen (zur Nase hin) ab. Spülen Sie das Auge nicht mit Wasser aus, da Ihr Kind dann das Auge reflexartig schließt. Jeden festsitzenden Fremdkörper sowie Metall-, Holz- oder Kunststoffteile muss der Arzt entfernen, ebenso Fremdkörper unter dem Oberlid. Verzichten Sie auf Selbstversuche, bei denen Sie zum Beispiel das Oberlid über ein Streichholz nach außen drehen. Solche Versuche sind wenig erfolgversprechend, dafür aber gefährlich.
- Ringt Ihr Kind wegen eines verschluckten Fremdkörpers krampfhaft nach Luft und läuft es blau an, legen Sie es mit dem Bauch über Ihr Knie (»herunterhängen«, Abbildung rechts). Klopfen Sie dann mit der flachen Hand zwischen die Schulterblätter, damit es hustet. Nach dem Hochhusten entfernen Sie die Fremdkörper aus dem Mund oder Rachen. Dazu legen Sie Ihr Kind flach auf den Boden und öffnen seinen Mund, indem Sie mit beiden Daumen den Unterkiefer abwärts drücken. Ein Daumen drückt dann die Wange zwischen die Zahnreihen des geöffneten Mundes. Mit den Fingern der anderen Hand tasten Sie so tief wie möglich den Mund- und Rachenraum aus und entfernen den Fremdkörper. Beim Baby genügen dazu 1 oder 2 Finger.

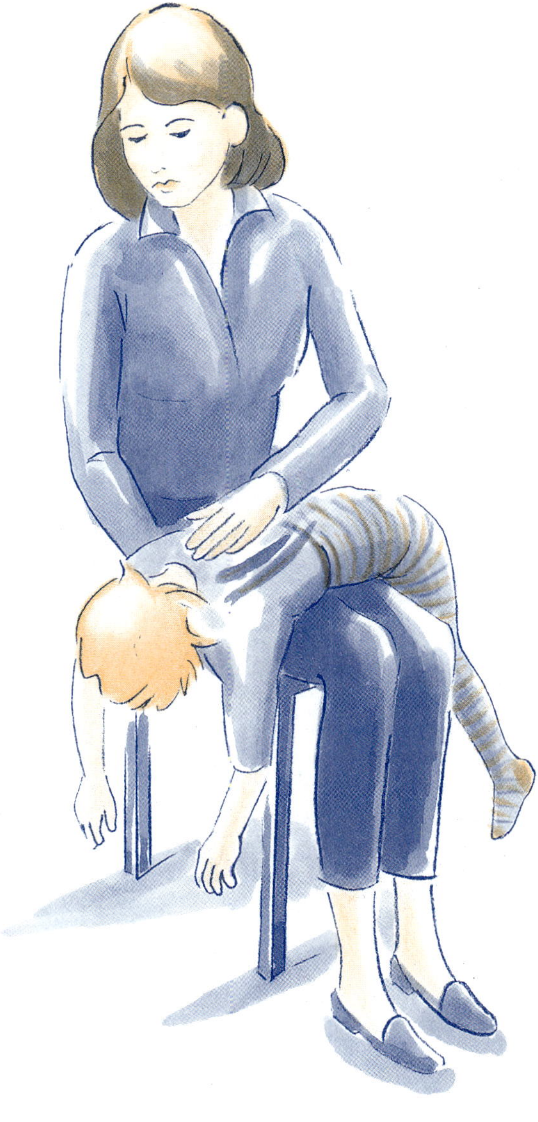

Klopfen bei Fremdkörper

Heimlich-Handgriff

Hinweis

!

Haben Sie mit den Maßnahmen der ersten Hilfe zur Entfernung von Fremdkörpern nicht sofort Erfolg, gehört Ihr Kind unverzüglich zum Arzt. Je länger Sie selbst versuchen, einen Fremdkörper zu entfernen, desto tiefer und komplizierter kann er sich im Körpergewebe festsetzen.

- Mit dem so genannten Heimlich-Handgriff (Abbildung links) halten Sie Ihr Kind (älter als 1 Jahr) so, dass Sie mit Ihren Händen von hinten Druck auf seinen Magen ausüben können. Ihr Kind soll dabei leicht nach vorne gebeugt sitzen oder stehen, damit es den Fremdkörper hochwürgen und ausspucken kann. Wenden sie den Heimlich-Handgiff aber nur an, wenn die anderen Maßnahmen nicht erfolgreich waren.
- Fremdkörper im Ohr lösen sich manchmal, wenn Ihr Kind heftig seinen Kopf schüttelt. Versuchen Sie aber nicht, sie selbst herauszuhebeln.
- Aus der Nase lösen sich Fremdkörper manchmal durch festes Schneuzen und Zuhalten des freien Nasenlochs.

Herzstillstand

Ist Ihr Kind bewusstlos, atmet es nicht mehr (Seite 188) und fühlen Sie bei ihm an der Hals- oder Schläfenschlagader keinen Puls, müssen Sie von einem Herzstillstand ausgehen. Der Herzschlag hat dann ausgesetzt oder er ist so gering, dass der Blutkreislauf durch die Kraft des Herzschlags nicht mehr aufrecht erhalten werden kann. Ein solches Herz-Kreislauf-Versagen entsteht bei Kindern nur selten wegen eines Herzfehlers oder einer Herzschwäche, sondern meist aus Sauerstoffmangel bei einem Atemstillstand (Seite 188).
Herzversagen ist immer von Bewusstlosigkeit (Seite 190) und Atemstillstand (Seite 188) begleitet. Die Haut wird blass und verfärbt sich dann grau oder bläulich.
Die Pupillen der Augen sind weit und verengen sich nicht bei Lichteinfall.

Erste Hilfe

- Die erste Hilfe bei einem Herzstillstand ist die äußere Herz-Druck-Massage (Abbildung rechts). Dazu muss Ihr Kind mit dem Rücken auf einer festen Unterlage liegen, am besten auf dem Boden oder Tisch. Die äußere Herz-Druck-Massage dürfen Sie nur durchführen, wenn Sie sie in einem Erste-Hilfe-Kurs unter fachkundiger Anleitung an Übungspuppen trainiert haben. Ansonsten besteht die Gefahr, dass Sie Ihr Kind zusätzlich verletzen, etwa an den Rippen.
- Die Herz-Druck-Massage müssen Sie im Rhythmus der Herzfrequenz (Pulsschlag pro Minute) Ihres Kindes durchführen. Beim Säugling beträgt diese Frequenz 120 Herzschläge pro Minute, beim Kleinkind und Schulkind etwa 100 Herzschläge pro Minute.
- Wegen des Atemstillstandes müssen Sie nach je 30 Herz-Druck-Massagen je 2 Atemspenden Mund zu Mund oder Mund zu Nase geben (Seite 189). Beginnen Sie mit der Herz-Druck-Massage und geben Sie dann die Atemspende.
- Bei der äußeren Herz-Druck-Massage wird durch die Hand des Helfers im unteren Bereich des Brustbeins der Brustkorb in Richtung Wirbelsäule zusammengedrückt. Beim Säugling legen Sie beide Hände rechts und links an den Brustkorb und drücken mit beiden Daumen im unteren Drittel des Brustbeins (Abbildung rechts unten). Beim Kleinkind und Schulkind nehmen Sie den Handballen. Nach jedem rhythmischen Druck heben Sie die Daumen ganz kurz völlig vom Brustkorb ab.
- Die Herz-Druck-Massage müssen Sie so lange durchführen, bis Sie den Puls an der Halsschlagader Ihres Kindes wieder fühlen können und eine ausreichende Eigenatmung eingesetzt hat oder der Notarzt da ist.

HINWEIS

!

Überprüfen Sie alle 2 Minuten den Pulsschlag am Hals. Haben Sie eine Herz-Druck-Massage mit Atemspende begonnen, dürfen Sie diese erst beenden, wenn ein Notarzt oder Rettungssanitäter die Behandlung fortgesetzt hat.

Herz-Druck-Massage beim Kind

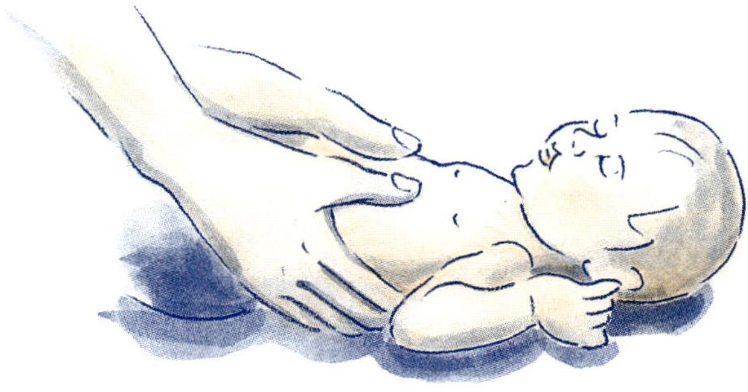

Herz-Druck-Massage beim Baby

Hitzschlag, Sonnenstich

- Ein Hitzschlag entsteht bei hohen Temperaturen mit sehr feuchter, schwüler Luft. Der Hitzschlag ist die Folge eines Wärmestaus im Körper. Vor allem enge Kleidung aus synthetischen Stoffen und große Menschenansammlungen in schlecht klimatisierten Räumen steigern die Wärmebildung und verhindern, dass der Körper die Körperwärme abstrahlt. Es kommt zum Wärmestau, dem der Körper mit vermehrtem Schwitzen entgegenzuwirken versucht. Das übermäßige Schwitzen wiederum entzieht dem Körper Flüssigkeit. Er kann dann nicht mehr ausreichend schwitzen und dadurch seine Körpertemperatur regulieren. Es kommt zum Wärmestau.
- Ein Sonnenstich dagegen entsteht durch direkte Sonneneinstrahlung auf den unbedeckten Kopf. Die Überwärmung führt zu einer Schwellung des Gehirns (Hirnödem) und einer Reizung der Hirnhäute. Besonders gefährdet sind Säuglinge und Kleinkinder mit wenig Haaren oder einer noch offenen Schädelnaht (Fontanelle).
- Die Symptome beim Hitzschlag und Sonnenstich sind ähnlich. In beiden Fällen ist die Haut heiß, hochrot und trocken. Beim Hitzschlag ist das Gesicht aufgedunsen, der Puls geht schnell, das Kind ist anfangs unruhig, die Atmung ist schnell und flach. Später kommen Fieber und Bewusstlosigkeit hinzu.
- Beim Sonnenstich ist die Kopfhaut des Kindes hochrot, ansonsten ist die Oberhaut des Körpers kühl. Dem Kind ist übel, es erbricht und hat Kopfschmerzen. Es kann sogar bewusstlos werden.

HINWEIS

!

Zum Hitzestau und Hitzschlag kann es bei Säuglingen bereits dann kommen, wenn sie bei warmem Wetter zu dick angezogen und eingepackt sind. Zum Sonnenstich kommt es bei direkter Sonneneinstrahlung auch hinter einer Glasscheibe, etwa im Auto oder Wintergarten. Deshalb dürfen Säuglinge und Kleinkinder nicht in der direkten Sonne – auch nicht hinter Glas – schlafen, sondern müssen in den Schatten gelegt werden.
Wenn Sie vermuten, dass Ihr Kind einen Hitzschlag oder Sonnenstich hat, rufen Sie sofort den Notarzt.

Erste Hilfe

- Bringen Sie Ihr Kind sofort aus der Sonne in den Schatten. Lagern Sie seinen Kopf hoch und öffnen Sie seine Kleidung. Kühlen Sie Stirn, Nacken und Brustkorb mit feuchten Tüchern. Ist das Gesicht blass, lagern Sie Ihr Kind wie bei einem Schock (Seite 214).
- Ist Ihr Kind bewusstlos, bringen Sie es in die stabile Seitenlage (Seite 191). Bei Atemstillstand, führen Sie sofort eine Atemspende durch (Seite 189) und holen Sie ärztliche Hilfe.
- Ist Ihr Kind bei klarem Bewusstsein, geben Sie ihm kühlen Tee zu trinken.

Insektenstich

Ein Insektenstich oder Insektenbiss in die Haut ist zwar unangenehm, aber im Prinzip harmlos. Stich und Biss schmerzen und jucken, die Haut rötet sich an der betroffenen Stelle und schwillt mehr oder weniger stark an. Gefährlich ist dies, wenn Übelkeit, Erbrechen und Schwindelgefühle auftreten (Insektengiftallergie).

- Ein Insektenstich in die Schleimhäute des Mund- und Rachenraumes lässt diese extrem anschwellen und verursacht starke Schmerzen sowie Atem- und Schluckbeschwerden.
- Sticht ein Insekt tief in den Mund oder Rachen, kann dies gefährlich werden. Die Schleimhäute der Zunge und der Atemwege schwellen massiv an, sie engen die Atemwege ein und führen zu Schluckbeschwerden und Atemnot.
- Ein Insektenstich im Bereich der Schleimhaut des Kehlkopfes kann eine lebensbedrohliche Atemnot auslösen, die sofort von einem Arzt behandelt werden muss. Eventuell müssen Sie eine Atemspende (Seite 189) geben.
- Lebensgefährlich wird es, wenn Ihr Kind allergisch auf Insektengift reagiert. Dann kommt es sofort nach dem Insektenstich zu Kreislaufproblemen mit Übelkeit, Erbrechen und Schwindelgefühl. Durch die allergischen Reaktionen schwellen die Schleimhäute der Atemwege an und verkrampfen sich, so dass Ihr Kind zu ersticken droht. Sie müssen sofort den Notarzt rufen. Bis zu seinem Eintreffen müssen Sie Ihr Kind beatmen (Seite 189) und gegen den Schockzustand behandeln (Seite 214).

Erste Hilfe

- Ziehen Sie nach Insektenstichen durch Bienen, Wespen, Hummeln oder Hornissen sofort den Stachel aus der Haut, indem Sie ihn mit dem Fingernagel seitlich wegstreichen. Ziehen Sie ihn nicht mit einer Pinzette oder 2 Fingern heraus, denn dabei bricht der Stachel meistens ab, und das Insektengift gelangt aus dem Stachel erst recht in die Stichwunde.

Durch kühle Umschläge mit essigsaurer Tonerde und Zitronensaft oder mit Kühlpads lassen sich die Schmerzen schnell lindern. Die handelsüblichen Insektengels helfen bei der Abschwellung. Sie können auch eine frisch aufgeschnittene Zwiebel auf den Stich legen. Der Zwiebelsaft kühlt und dämpft die Schwellung.

- Bei einem Insektenstich im Mundraum lassen Sie Ihr Kind sofort und ohne Unterbrechung Eiswürfel lutschen. Machen Sie zusätzlich kalte Halswickel, die Sie laufend erneuern.
- Nach einem Zeckenbiss (Seite 143) müssen Sie die Zecke mit einer Zeckenzange (aus der Apotheke) entfernen. Haben Sie keine Zeckenzange, versuchen Sie, die Zecke mit einer keimfreien Nadel aus der Haut herauszuhebeln. Die Zecken dürfen zum Töten nicht zerquetscht oder mit Klebstoffen oder Vaseline bestrichen werden. Dadurch würden die Viren oder Bakterien, die in der Zecke leben und die Krankheiten wie FSME (Seite 73) oder Borreliose (Seite 49) hervorrufen können, erst recht auf den Menschen übertragen. Gelingt Ihnen die Entfernung nicht, fahren Sie dazu in die nächste Arztpraxis oder Klinik.

I

Hinweis

!

Vorsorgen ist besser als heilen! Lassen Sie Ihr Kind niemals barfuß in blühenden Wiesen laufen, insbesondere nicht in Kleewiesen, die voll von Bienen sind. Im Sommer sollten keine süßen Säfte oder Lebensmittel offen herumstehen, da sie Insekten anziehen. Lassen Sie Ihr Kind Säfte mit einem Strohhalm trinken. Leidet Ihr Kind an einer Insektenstich-Allergie, müssen Sie zu Hause, bei Spiel und Sport sowie auf Reisen das ärztlich verordnete Allergie-Notfallset griffbereit haben.
Zur Vermeidung eines Zeckenbisses sorgen Sie dafür, dass Ihr Kind nicht unbekleidet im hohen Gras und im Gebüsch spielt. Suchen Sie nach der Rückkehr den ganzen Körper und die Kopfhaut nach Zecken ab. (Zecken, Seite 143)

Knochenbrüche

Zu Knochenbrüchen kann es beim Spielen, beim Sport oder im Alltag kommen. Oft werden sie durch einen Sturz aus der Höhe verursacht, etwa von der Wickelkommode, vom Fahrrad oder von einem Baum. Man unterscheidet zwischen offenen und geschlossenen Brüchen. Bei einem geschlossenen Knochenbruch ist die Haut über der Bruchstelle intakt. Dagegen ist bei einem offenen Bruch eine blutende Verletzung im Bereich der Bruchstelle erkennbar, wobei der Knochen nicht aus der Wunde herausschauen muss. Die blutende Wunde wird bei der Notfallversorgung mit einem keimfreien Verband (Blutungen, Seite 193) abgedeckt.
Besteht der Verdacht auf einen Knochenbruch, dürfen Sie die Bruchstelle bei der Untersuchung nicht bewegen. Es besteht sonst wegen der dabei auftretenden starken Schmerzen die Gefahr eines Schocks (Seite 214) oder zusätzlicher Verletzungen an den Nerven, Sehnen oder Gefäßen.
Ein Knochenbruch ist anzunehmen, wenn

- an der vermeintlichen Bruchstelle starke Schmerzen bestehen,
- der verletzte Körperteil eine unnatürliche Form oder Fehlstellung aufweist,
- der verletzte Körperteil nicht mehr »funktionsfähig« oder in seiner Bewegung stark eingeschränkt ist.

Bei Kindern kommen häufig so genannte Grünholz-Frakturen vor. Hierbei ist die Knochenstruktur gebrochen, wird aber von der Knochenhaut noch zusammengehalten. Es bestehen dann Schmerzen ohne eine Fehlstellung und oft nur eine geringe Bewegungseinschränkung.

Erste Hilfe

- Vor jedem Transport müssen Sie den verletzten Körperteil ruhig stellen. Wenn Sie Ihr Kind selbst ins Krankenhaus bringen, schienen Sie den Bruch. Als Beinschiene können Sie zwei Kochlöffel, zwei Holzlatten oder zwei Zeitschriftenrollen, die Sie mit Klebeband umwickeln, verwenden. Befestigen Sie diese mit Binden oder Tüchern am verletzten Bein.

HINWEIS

!

Zum Ruhigstellen der Bruchstelle muss das Dreieckstuch oder die »Stützschiene« immer über die beiden nächsten Gelenke reichen. Jeder Verdacht auf einen Knochenbruch muss geröntgt und ärztlich versorgt werden, auch eine Grünholz-Fraktur. Stabilisieren Sie den verletzten Körperteil, bis Ihr Kind von einem Arzt untersucht werden kann.
Bei Verdacht auf einen Knochenbruch im Bereich der Wirbelsäule transportieren Sie Ihr Kind nicht. Sie dürfen die Lage Ihres Kindes bis zum Eintreffen des Notarztes nicht verändern. Es besteht sonst die Gefahr einer Rückenmarksverletzung, die zu Lähmungen führen kann.

- Hat Ihr Kind einen Unterarmbruch erlitten oder Finger- und Handgelenksbrüche, können Sie den verletzten Arm am besten in einem Armtragetuch (Dreieckstuch) ruhig stellen.
- Wichtig: Legen Sie bei Oberarm- und Schulterbrüchen ein faustdickes Polster in die Achselhöhle, zum Beispiel ein Verbandpäckchen. Danach wird der Oberarm in ein Dreieckstuch gelegt und am Brustkorb mit einer Binde oder einem Tuch rund um den Brustkorb herum fixiert.
- Bei einem offenen Bruch müssen Sie die Wunde vorher mit einem keimfreien Verband, notfalls mit einem sauberen Tuch, abdecken. Wärmen Sie Ihr Kind und rufen Sie den Notarzt oder bringen Sie es zum Arzt.

Kopfverletzungen

Schädelknochen- und Hirnverletzungen lassen sich oft nur vermuten. Sie können in sämtlichen Verletzungsstufen auftreten: von der einfachen Schädelprellung über die Gehirnerschütterung und den Schädelbruch bis zur Hirnquetschung. Bei jedem Verdacht auf einen Schädelbruch oder eine Hirnverletzung muss geröntgt werden. Noch besser ist ein spezielles Verfahren für Schichtaufnahmen der Schädelknochen und des Gehirns, ein so genanntes Kraniales Computertomogramm (CT oder MRT). Denn mithilfe einer Röntgenaufnahme kann nur in 50 Prozent der Fälle ein Schädelbruch nachgewiesen werden.

Schädelprellung und Kopfplatzwunde

Eine Schädelprellung ist eine stumpfe Verletzung am Kopf, die sofort zu einer deutlichen Schwellung (Beule) der Kopfhaut führt. Eine Kopfplatzwunde ist eine Schädelprellung, bei der die Haut aufplatzt und stark blutet. Bei einer Kopfplatzwunde müssen Sie immer versuchen, die Blutung mit einem sterilen Verband, am besten mit einem Druckverband (Seite 194), zu stillen. Eine Kopfplatzwunde sollte immer ärztlich kontrolliert und – wenn nötig – genäht werden.

Gehirnerschütterung

Bei einer Gehirnerschütterung ist die Schädelprellung so stark, dass das Gehirn von innen an die Schädelknochen geprallt ist. Dies führt zu einer Schwellung des verletzten Hirngewebes. Eine Gehirnerschütterung geht immer mit Übelkeit, Erbrechen und einer kurzen oder längeren Bewusstlosigkeit (Seite 190) einher. Typisch ist eine Erinnerungslücke über den Unfallhergang.
Kommt es einige Stunden nach einer Gehirnerschütterung zu einer Verlangsamung des Pulsschlags und zu einer unregelmäßigen Atmung, sind dies Zeichen für einen erhöhten Hirndruck durch eine Hirnschwellung (Ödem) oder eine Hirnblutung. Jedes Kind mit einer Gehirnerschütterung muss deshalb für 24 Stunden gut überwacht und beim geringsten Verdacht auf eine Hirnblutung zum Arzt gebracht werden.

Schädel-Hirnverletzung

Bei einer offenen Schädelverletzung sind der Schädelknochen und die Kopfhaut verletzt. Es besteht durch die offene Wunde die Gefahr einer Gehirnentzündung. Rufen Sie sofort den Notarzt.

Erste Hilfe

- Bei einem Schädelbruch lagern Sie Ihr Kind wie bei einer Bewusstlosigkeit (Seite 190) oder bei einem Schock (Seite 214), bis der Arzt kommt. Dasselbe gilt für offene Schädelverletzungen, aber mit erhöhtem Kopf. Zusätzlich müssen Sie die Wunde keimfrei abdecken (sauberes Taschentuch) und Ihr Kind, sobald es nicht mehr blutet, in die stabile Seitenlage bringen (Seite 191). Bei Atemstillstand müssen Sie sofort eine Atemspende (Seite 189) geben.
- Kopfplatzwunden können Sie mit einem sterilen Verband abdecken und darüber einen Druckverband (Seite 194) anlegen. Bringen Sie Ihr Kind anschließend zum Arzt oder rufen Sie den Notarzt.
- Reine Schädelprellungen können Sie selbst versorgen: Drücken Sie einen kalten und festen Gegenstand (Geldstück, Messerrücken, Kühlpad) für mindestens 10 Minuten auf die schmerzhafte Stelle am Kopf. Durch die Kälte und den Druck kommt die Blutung in der Kopfhaut am schnellsten zum Stillstand.

K

Hinweis

Blutungen aus Nase, Mund und Ohren deuten auf einen Schädelbasisbruch hin. Starke Kopfschmerzen oder Bewusstlosigkeit nach einer Schädelverletzung sind typisch für einen Schädelbruch.

Bei einer Gehirnerschütterung besteht immer eine kurze Erinnerungslücke an den Unfallhergang, verbunden mit Übelkeit, Erbrechen und einer kurzen Bewusstlosigkeit. Kopfschmerzen und Schwindelgefühl können zusätzlich auftreten. Jedes Kind, das bei oder nach einem Kopfunfall bewusstlos wird, muss für mindestens 24 Stunden ärztlich überwacht werden.

Schock

Bei einem Schock kommt es plötzlich oder innerhalb von kurzer Zeit zu einem Versagen des Blutkreislaufs. Dieses Versagen tritt bei einem starken Blutverlust auf, etwa nach Unfällen mit starken inneren Blutungen oder bei äußeren, stark blutenden Verletzungen.
Auch bei einem großen Flüssigkeitsverlust kann es zu einem Schock kommen, etwa bei Durchfällen, Erbrechen oder übermäßigem Schwitzen wie bei einem Hitzschlag (Seite 206).
Bei ausgedehnten Verbrennungen kann ein übermäßiger Wasserverlust an den verbrannten Hautstellen zu Schockzuständen führen. Hohes, nicht behandeltes Fieber führt durch starkes Schwitzen, mit dem der Körper selbst die zu hohe Temperatur senken will, zu einem Wasserverlust, der wiederum einen Schock hervorrufen kann.
Ein Schockzustand kann auch durch plötzliche, starke Schmerzen und psychische Stresssituationen hervorgerufen werden. Auslöser hierfür sind die auftretenden starken Schmerzen, ein akuter Angstzustand oder Schrecksituationen, die zu Störungen im vegetativen Nervensystem und zum Versagen des Kreislaufs führen.
Jeder Schock ist ein medizinischer Notfall und braucht sofortige ärztliche Hilfe.
Bei den verschiedenen Schockauslösern – außer dem allergischen Schock (Seite 216) – wird in allen nicht absolut lebensnotwendigen Organen die Blutzufuhr extrem verringert, so dass es zu einer Sauerstoffunterversorgung kommt und sich der Blutfluss (Kreislauf) verlangsamt oder ganz zum Stillstand kommt. Je nach Dauer dieses Zustands werden die nicht durchbluteten Organe geschädigt. Der Körper versucht wenigstens die Sauerstoffversorgung der lebensnotwendigen Organe (Herz, Lunge und Gehirn) aufrechtzuerhalten, was zu den typischen körperlichen Schocksymptomen führt:

- Die Haut des Kindes ist blass und kalt sowie von kaltem Schweiß bedeckt.
- Der Puls als Zeichen der Herzschlagfrequenz pro Minute ist stark beschleunigt, schwach und kaum zu fühlen. Das Blut wird kaum noch in den Gefäßen transportiert.

- Der Bewusstseinszustand bewegt sich zwischen unruhig, zappelig und zittrig bis schlapp und teilnahmslos mit starrem Blick. Es besteht immer die Gefahr einer Bewusstlosigkeit (Seite 190) und eines Atemstillstandes (Seite 188).

Erste Hilfe

- Bewahren Sie die Ruhe, rufen Sie sofort einen Arzt oder Notarzt. Er wird den Schock – auch den Allergischen Schock (Seite 216) – mit einer Infusion behandeln und gezielt die Ursache therapieren.
- Bis zum Eintreffen des Arztes lagern Sie Ihr Kind liegend im Schatten mit dem Oberkörper am Boden. Heben Sie für 3 bis 4 Minuten die Beine senkrecht hoch. Danach lagern Sie die Beine höher als den Oberkörper, am besten in einem Winkel von 30 bis 45 Grad (Abbildung unten). Es ist günstig, wenn der Kopf tiefer liegt als der Körper (außer bei Verletzungen am Kopf). Lösen Sie keinen zusätzlichen Schmerz aus, sie könnten dadurch den Schockzustand verstärken. Verhindern Sie ein Auskühlen des Körpers, indem Sie ihn mit Decken wärmen. Vermeiden Sie aber auch einen Hitzestau. Besonders wichtig ist es, dass Sie Ihr Kind beruhigen und ihm zusprechen, um es psychisch zu festigen.

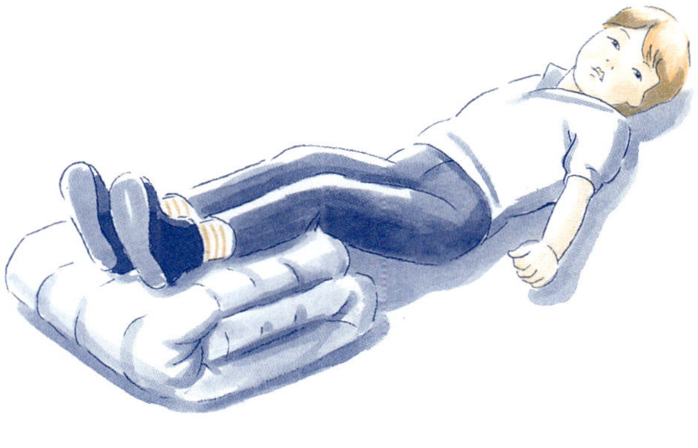

Schocklage

Allergischer Schock

Eine Sonderform des Schocks ist der allergische Schock. Innerhalb von Sekunden oder Minuten nach dem Kontakt mit dem Allergieauslöser (wie Insekten- und Schlangengift oder Nahrungsmitteleiweiß, Seite 27) verengen die Blutgefäße und die Schleimhäute der Atemwege schwellen an. Es kommt zur Atemnot mit der Gefahr eines Atemstillstands, eines Blutdruckabfalls und Herzversagens bis hin zum Herzstillstand (Seite 203). Ein allergischer Schock muss sofort von einem Arzt oder Notarzt behandelt werden. Ein Transport des Betroffenen darf nur unter ärztlicher Aufsicht erfolgen.

Hinweis

!

Ein Kind unter Schock muss schnellstens ärztlich behandelt werden. Es ist auf jeden Fall besser, wenn Sie Ihr Kind in seinem Zustand ruhig liegen lassen als es unter Schmerzen zu transportieren. Überwachen Sie seine Bewusstseinslage und Atemtätigkeit bis zum Eintreffen des Arztes ständig. Ist Ihr Kind bei Bewusstsein, müssen Sie ihm Flüssigkeit zum Trinken geben.

Stromschlag

Unfälle durch Stromschlag kommen bei Kindern viel zu häufig vor. Sie ereignen sich fast ausschließlich im Haushalt. Unfälle an Hochspannungsleitungen und durch Blitzschlag sind extrem selten. Stromunfälle passieren vorwiegend, wenn Kinder unbeaufsichtigt mit schadhaften elektrischen Geräten oder an Steckdosen spielen. Um Stromunfälle zu vermeiden, müssen alle Steckdosen in Ihrer Wohnung abgesichert sein. Das gilt auch für fremde Wohnungen, in denen Sie sich hin und wieder mit Ihrem Kind aufhalten, etwa die Wohnung der Großeltern, die Ferienwohnung oder ein Hotelzimmer. Außerdem müssen Sie die Elektrokabel von Haushaltsgeräten, wie Waschmaschine, Computer und Fernseher, auf ihren ordnungsgemäßen Zustand hin regelmäßig überprüfen. Achten Sie auch darauf, dass Ihr Kind die elektrischen Handgeräte in Küche und Bad nicht erreichen kann.

Hat ein Kind einen Stromschlag bekommen, bleibt es meist an oder neben der Unfallstelle liegen. Es kann noch mit der Stromquelle verbunden sein und an der Stromleitung infolge einer Muskelverkrampfung »kleben«. Nicht selten kommt es durch einen Stromschlag auch zu einer Bewusstseinsstörung oder gar zu Bewusstlosigkeit (Seite 190). Innerhalb der ersten 24 Stunden nach einem Stromunfall kann es noch zu einem Herz-Kreislauf-Stillstand kommen.

Hinweis

Ein Kind sollte nach einem Stromunfall immer zum Arzt oder ins Krankenhaus gebracht werden. Bei schwereren Unfällen mit Verbrennungen rufen Sie den Notarzt.
Bei Stromunfällen mit Bewusstseinsstörungen muss Ihr Kind zur Überwachung des Herz-Kreislauf-Systems ins Krankenhaus. Innerhalb der ersten 24 Stunden nach dem Unfall können Herzrhythmusstörungen auftreten, die nur im Krankenhaus behandelt werden können.

Erste Hilfe

- Hat ein elektrisches Gerät den Stromschlag verursacht, dürfen Sie das Gerät nicht anfassen und auch den Stecker nicht aus der Steckdose ziehen, damit Sie nicht selbst einen Stromschlag erleiden. Unterbrechen Sie deshalb nach einem Stromunfall immer sofort die Stromzufuhr, indem Sie die Sicherungen ausschalten.
- Erleidet Ihr Kind Bewusstseinsstörungen durch einen Stromunfall, bringen Sie es in die stabile Seitenlage (Seite 191).
- Decken Sie eventuell entstandene Brandwunden mit sterilem Verbandsmaterial aus Ihrer Hausapotheke ab.

Unterkühlung, Erfrierung

Kinder, vor allem Säuglinge, kühlen schneller aus als Erwachsene. Die Gründe dafür sind die im Verhältnis zum Gewicht größere Hautoberfläche sowie die geringere Dicke des Unterhaut-Fettgewebes bei Kindern. Am größten ist die Gefahr auszukühlen bei Zugluft und wenn der kindliche Körper bewegungslos der Kälte ausgesetzt ist, etwa in einer Babytragetasche, in einem Schlitten, in der Rückentrage sowie auf dem Fahrradsitz.

Von Unterkühlung spricht man, wenn der gesamte Körper unter eine Körpertemperatur von 35 °C abkühlt. Durch die Untertemperatur wird die Tätigkeit der lebensnotwendigen Organe (Herz, Lunge, Leber, Darm) stark verlangsamt, was zum Tod führen kann. Bei Erfrierungen werden einzelne Körperteile wie Nase, Ohren, Finger und Zehen durch Kälte geschädigt. Die häufigsten Ursachen für Erfrierungen sind unzweckmäßige und zu enge Kleidung im Winter sowie mangelnde körperliche Bewegung bei kaltem Wetter.

Sowohl die Unterkühlung als auch die Erfrierung beginnen mit Frieren und Zittern. Durch das Muskelzittern (Muskelarbeit) versucht sich der Körper zu wärmen. Bei Erfrierungen wird die Haut blass, schließlich grau bis blau marmoriert. Das beginnt an den Lippen, Ohren, Fingern, Zehen und an der Nase. Anschließend treten starke Schmerzen, Schwellungen und Blasen an den erfrorenen Körperteilen auf. Das Ausmaß einer Erfrierung lässt sich nur schwer einschätzen. Bei einer Unterkühlung ist der ganze Körper blass und kalt. Ein unterkühltes Kind wirkt verlangsamt bis apathisch. Es kann zu Bewusstlosigkeit (Seite 190) kommen. Die Körpertemperatur müssen Sie in diesem Fall immer im Po messen.

Erste Hilfe

- Bringen Sie Ihr Kind bei Verdacht auf eine Unterkühlung oder Erfrierung in einen warmen Raum mit etwa 20 °C.
- Wärmen Sie das Kind allmählich auf. Denn bei einer zu schnellen Überwärmung kann Gewebe zerstört werden und es kann zu einem Kreislaufkollaps kommen.
- Entfernen Sie nasse und enge Kleidungsstücke. Hüllen Sie Ihr Kind in warme Decken. Erfrorene Finger und Füße erwärmen Sie am besten durch Ihre eigene Körperwärme, etwa in der Achselhöhle, oder indem Sie die Finger oder Füße kurz in körperwarmes Wasser (37 °C) tauchen, sie trocknen (nicht reiben) und weiter erwärmen.
- Am Wichtigsten ist es, dass Sie Ihr Kind von innen mit warmem (nicht heißem) Tee erwärmen – aber nur, wenn es bei Bewusstsein ist.

U

HINWEIS

!

- **Um eine Unterkühlung und Erfrierung zu vermeiden, darf die Kleidung nicht zu eng und fest am Körper anliegen. Mehrere dünne Bekleidungsschichten wärmen besser als eine einzelne dicke Schicht. Schuhe müssen ausreichend groß sein. Fäustlinge halten die Finger am besten warm.**
- **Erfrorene Gliedmaßen dürfen nicht mit Schnee abgerieben oder massiert werden.**
- **Bei Unterkühlung dürfen Sie Ihrem Kind keine Getränke mit Alkohol geben, wie Jägertee oder alkoholhaltige Medikamente (etwa Klosterfrau-Melissengeist).**
- **Bei Bewusstlosigkeit (Seite 190) legen Sie Ihr Kind in einem warmen Raum in die stabile Seitenlage und überwachen es, bis ein Arzt kommt, denn es besteht die Gefahr eines Herz-Kreislauf-Versagens.**

Verbrennung, Verbrühung

Verbrennungen sind Hautschäden, die durch trockene Hitze entstehen. Auslöser können eine extreme Sonneneinstrahlung, eine heiße Herdplatte, ein Haarfön, ein Stromunfall oder ein Blitzschlag sein.

Verbrühungen entstehen durch feuchte Hitze, zum Beispiel durch heißes Wasser oder Wasserdampf. Auslöser für Verbrühungen sind zum Beispiel kochendes Wasser beim Zubereiten von Kaffee, Tee und heißen Suppen. Aber auch kochende Marmelade, heißes Fett und heißes Putzwasser verursachen häufig Hautschäden durch Verbrühungen. Über 50 Prozent der Verbrühungen kommen bei Kindern vor dem 4. Lebensjahr vor. Vor dem 2. Lebensjahr stehen sie sogar an erster Stelle der tödlichen Unfälle.

Entscheidend für die Schwere der Hautverletzung sind die Stärke und Zeitdauer der Hitzeeinwirkung, die Ausmaße der geschädigten Haut sowie die Tiefenwirkung der Hitze in die geschädigte Haut.

Die Verletzung der Haut wird in 3 Schweregrade eingeteilt:

- Verbrennung 1. Grades bedeutet eine Rötung und Schmerzen an der Haut, die der Hitze ausgesetzt war.
- Eine Verbrennung 2. Grades liegt vor, wenn sich zusätzlich zur Rötung und den Schmerzen im geschädigten Hautbereich Blasen bilden. Es entstehen dabei perlmutweiße, nässende Wundflächen im Bereich der Blasen.
- Bei einer Verbrennung 3. Grades ist die geschädigte Haut durch die Hitzeeinwirkung abgestorben, das tote Gewebe ist weiß- bis graufleckig und schmerzt nicht mehr, wenn es berührt wird. Dagegen sind die Randbezirke der abgestorbenen Hautgebiete umso schmerzhafter. Bei Verbrennungen 3. Grades besteht immer eine erhöhte Infektions- und Schockgefahr (Seite 214).

Erste Hilfe

- Bei Verbrennungen 1. Grades stillen Sie die Schmerzen durch Kälte: Halten Sie die verbrannte oder verbrühte Haut für 10 bis 15 Minuten unter fließend kaltes Wasser.
- Bei Verbrennungen 2. und 3. Grades stillen Sie die Schmerzen wieder durch kaltes Wasser wie bei den Verbrennungen 1. Grades. Zum Schutz vor Infektionen legen Sie anschließend sterile, trockene Verbände an, eventuell mit Alufolie (klebt nicht fest). Öffnen Sie die Brandblasen nicht. Bringen Sie Ihr Kind schnellstmöglich zum Arzt.
- Bei Verbrennungen der Arme und Beine tauchen Sie die Gliedmaße sofort in kaltes Wasser ein oder halten Sie diese für 10 bis 15 Minuten unter fließendes Wasser.
- Wenn der Rumpf oder das Gesicht nur an kleinen Stellen verbrannt ist, tauchen Sie diese in Wasser ein. Bei großen Flächen besteht die Gefahr eines Kälteschocks. Sie werden deshalb nur abgedeckt, und zwar mit Brandwundenverbänden (aus Ihrer Hausapotheke), notfalls mit Leinentüchern. Bakterielle Infektionen vermeiden Sie, wenn Sie sterile Verbände anlegen.
- Löschen Sie Kleiderbrände sofort, indem Sie Ihr Kind mit Wasser übergießen, in Wolldecken hüllen oder die Flammen mit Tüchern ersticken. Verwenden Sie keinesfalls Tücher und Decken aus Kunstfasern, da diese schmelzen und mit der Haut verkleben. Wenn Sie einen Feuerlöscher verwenden, richten Sie ihn nie auf das Gesicht Ihres Kindes, da es daran ersticken könnte.
- Tragen Sie keine Salben, Mehl, Puder, Öl oder Butter auf die Brandstellen und öffnen Sie Brandblasen nicht.
- Bei schweren Verbrennungen kommt es durch den Flüssigkeits- und Salzverlust häufig zu einem Kreislaufschock. Lassen Sie Ihr Kind deshalb schluckweise Mineralwasser trinken, außer wenn es bewusstlos ist, unter Schock steht oder eine Gesichtsverbrennung hat.
- Bei starken Schmerzen können Sie Ihrem Kind Paracetamol-Zäpfchen geben.
- Kontrollieren Sie ständig den Puls und die Atmung.

Hinweis

Verbrennungen 1. Grades, die weniger als zehn Prozent der Hautoberfläche ausmachen und Verbrennungen 2. Grades, die nicht größer sind als die Handfläche des Kindes, können Sie zu Hause versorgen.
Verbrennungen 3. Grades und Verbrennungen 2. Grades mit offenen Blasen, bei denen das geschädigte Hautareal größer ist als die Kinderhand, müssen ärztlich versorgt werden.
Verbrennungen 3. Grades, auch wenn sie noch so klein sind (etwa nach einem Stromunfall, Seite 217), müssen im Krankenhaus überwacht werden.

Vergiftung, Verätzung

Vergiftungen bei Kindern sind im Alter zwischen 2 und 5 Jahren am häufigsten. In 50 Prozent der Fälle ist die Ursache das Verschlucken von Medikamenten, die von anderen Familienangehörigen eingenommen werden. Das Verschlucken der Tabletten wird durch die Neugierde und den Nachahmungstrieb der Kinder ausgelöst. Am gefährlichsten sind die Herz-Kreislauf-Mittel der Erwachsenen. Vergiftet sich ein Kind, das älter als 6 Jahre ist, mit Tabletten oder wiederholt sich eine Vergiftung mit Medikamenten bei Kindern unter 5 Jahren, so passiert das nicht aus Neugierde, sondern es liegen seelische Probleme oder eine seelische Störung vor. In diesen Fällen muss ein Kinderpsychiater in die Betreuung des Kindes mit eingeschlossen werden, um Ihrem Kind zu helfen.
An zweiter Stelle der Ursachen für eine Vergiftung steht das Verschlucken von giftigen Pflanzen und Pflanzenteilen. Die bunten Früchte von Pflanzen laden jedes Kind zum Essen ein. Vergiftungen durch Tabak, Alkohol und Medikamente beruhen auf dem Nachahmungstrieb der Kinder: Sie wollen es den »Großen« (Erwachsenen) gleichtun. Für Säuglinge und Kleinkinder ist bereits das Verschlucken der Tabakmenge einer halben Zigarette lebensgefährlich.
Bei Vergiftungen durch Einatmen stehen Rauch und Abgase an erster Stelle. Bei Säuglingen genügt schon das Einatmen

der Dämpfe von versprühten Pflanzenschutzmitteln. Auch das Berühren oder Ablecken von eingesprühten Pflanzen kann bei Babys bereits zu Vergiftungen führen.
Eine weitere Gefahrenquelle im Haushalt sind Vergiftungen und Verätzungen durch Putz-, Wasch- und Spülmittel sowie durch entflammbare Substanzen, wie Benzin und Lampenöl (Petroleum), die von einem Kind verschluckt oder getrunken werden.

- Bei Vergiftungen mit Medikamenten, Giftpflanzen, Alkohol und Tabak findet sich meistens eine »Spur« der verschluckten Substanzen. Entweder hat das Kind noch Pflanzenreste, Tabakreste oder Tablettenkrümel im Mund oder es riecht nach Alkohol oder Tabak. Solche Vergiftungen führen zu Bewusstseinsstörungen bis hin zur Bewusstlosigkeit. Die Kinder klagen über Magenschmerzen.
- Vergiftungen durch Wasch- und Geschirrspülmittel verursachen Schmerzen im Magen-Darm-Bereich. Es kommt zu Atemstörungen und zu Verätzungsspuren.
- Vergiftungen mit Reinigungsmitteln, Entkalkern, Bleichmitteln, Essigessenzen, Säuren, Laugen und dergleichen führen zu Verätzungen. Sie zeigen sich durch Hautrötungen und Blasenbildungen wie bei Verbrennungen 1. und 2. Grades (Seite 220). Bei Verätzungen der Schleimhäute schwellen diese stark an und bilden grau-weißliche, sehr schmerzende Beläge. Es kommt zu Atembeschwerden und Schluckstörungen.
- Bei Vergiftungen durch Benzin, Lackverdünner, organische Lösungsmittel und Lampenöl riecht die ausgeatmete Luft des Kindes nach den verschluckten Substanzen. Bewusstseinsstörungen, Schläfrigkeit und Bewusstlosigkeit sind die Folgen. Darüber hinaus können Krampfanfälle auftreten.

Erste Hilfe bei Vergiftungen

- Wasch- oder Spülmittelvergiftung:
  Sie sollten immer einen Entschäumer (wie Lefax® oder sab simplex®, beide rezeptfrei in der Apotheke) in Ihrer Hausapotheke haben. Geben Sie Ihrem Kind so viel, wie im Beipackzettel angegeben ist.
- Tabak-, Medikamenten-, Giftpflanzen- oder Alkoholvergiftung:
  Reinigen Sie zuerst den Mund Ihres Kindes von Tabak- oder Pflanzenresten. Bringen Sie Ihr Kind dann zum Erbrechen, indem Sie ihm einen Finger in den Hals stecken. Oder geben Sie ihm das Brechmittel Ipecaquana (erhältlich in der Apotheke). Anschließend sollte das Kind viel Wasser trinken. Gehen Sie gleich zum Arzt.
- Gasvergiftung:
  Die meisten Gase wie Autoabgase und Leuchtgas enthalten Kohlenmonoxid. Dieses geruchlose Gas verhindert den Transport des Sauerstoffs im Blut. Bei einer Gasvergiftung müssen Sie sofort alle Fenster und Türen öffnen und Ihr Kind ins Freie bringen, wo es tief durchatmen soll. Bei Atemstillstand geben Sie ihm eine Atemspende (Seite 189). Rufen Sie den Notarzt.
- Vergiftung mit Knopfbatterien:
  Knopfbatterien, etwa aus Uhren oder Taschenrechnern, enthalten hochgiftige chemische Verbindungen. Im Magen kann die Magensäure den schützenden Metallmantel der Knopfbatterie zerstören und die giftigen Substanzen gelangen in den Verdauungstrakt. Hat Ihr Kind eine Knopfbatterie verschluckt, bringen Sie es sofort zum Arzt oder in die Klinik. Nach einer Röntgenaufnahme wird die Batterie mit einer Sonde entfernt.

Erste Hilfe bei Verätzungen

- Verätzungen durch Putz-, Wasch- und Spülmittel:
  Ihr Kind muss vor allem viel trinken, am besten Tee und verdünnte Fruchtsäfte, um die Säuren und Laugen zu verdünnen. Bringen Sie Ihr Kind keinesfalls zum Erbrechen, sonst könnte es nochmal zu Verätzungen kommen, oder, bei schäumenden Mitteln, zu einer Aspiration (Ansaugung) in der Lunge mit der Folge einer Atemnot oder eines Atemstillstandes. Geben Sie dagegen einen Entschäumer (Lefax®, sab simplex® aus der Apotheke).
- Verätzungen in Mund, Speiseröhre und Magen:
  Lassen Sie Ihr Kind zunächst viel trinken (Wasser oder Tee), um die ätzenden Stoffe zu verdünnen. Bringen Sie es nicht zum Erbrechen.
- Gegen *Laugen* helfen Zitronensaft (1 Zitrone auf 1 Glas Wasser), Essigsaft (2 Esslöffel auf 1 Glas Wasser) oder reichlich Milch. Lassen Sie Ihr Kind nicht erbrechen! Gehen Sie sofort in die Klinik!
- Gegen *Säuren-Verätzungen* lassen Sie Ihr Kind Milch mit Eiweiß verrührt trinken. Bringen Sie es so schnell wie möglich in die Klinik.
- Verätzungen der Haut:
  Entfernen Sie zunächst die Kleidung im Bereich der verletzten Haut. Spülen Sie die verätzte Hautstelle unter fließendem Wasser ab. Achten Sie darauf, dass das Wasser die ätzende Substanz nicht auch noch auf die gesunde Haut verteilt. Haben Sie kein Wasser zur Verfügung, tupfen Sie die Stelle mit Verbandsstoff ab, benutzen Sie ihn aber nur einmal. Decken Sie die Wunde keimfrei ab und bringen Sie Ihr Kind in die Klinik.

- Verätzungen der Augen:
  An den Augen ist erste Hilfe besonders schwierig, denn das Kind hält die Augen krampfhaft geschlossen. Falls möglich, spülen Sie die Augen mit klarem Wasser aus (Abbildung rechts). Dazu legen Sie Ihr Kind auf den Boden. Drehen Sie seinen Kopf auf die Seite des verletzten Auges, damit keine Flüssigkeit in das gesunde Auge gelangt. Halten Sie die Lider mit zwei Fingern auf und gießen Sie aus etwa 10 Zentimetern Höhe lauwarmes Wasser 5 Minuten lang in den inneren Augenwinkel. Legen Sie am besten ein Handtuch unter, das die giftige Flüssigkeit aufsaugt. Achten Sie darauf, dass nichts ins Ohr läuft. Rufen Sie auf alle Fälle einen Notarzt!

Hinweis

!

Bei jedem Verdacht auf eine Vergiftung müssen Sie sich mit einem Arzt in Verbindung setzen, am besten mit der Giftnotrufzentrale (Telefonnummern auf Seite 187).
Geben Sie Ihre Telefonnummer für einen eventuellen Rückruf durch und machen Sie Angaben über

- **die giftige Substanz**
- **die Menge der giftigen Substanz – soweit möglich**
- **die Aufnahme der giftigen Substanz (eingeatmet, verschluckt oder Hautkontakt)**
- **den Zeitabstand zwischen der Giftaufnahme und dem Anruf**
- **Alter, Größe und Gewicht des Kindes**
- **eventuelle Vorerkrankungen wie Asthma, Herzerkrankung, Diabetes und Ähnliches.**

Ausspülen des Auges

Verstauchungen, Quetschungen und Prellungen

Bei stumpfen Verletzungen wie Verstauchungen, Quetschungen und Prellungen, kommt es durch Drücken, Zerren oder Drehen zu Quetsch- und Rissverletzungen im Bindegewebe, im Muskelgewebe sowie an den Bändern. Es bilden sich Blutergüsse und Ansammlungen von Gewebswasser (Ödeme), die sehr schmerzhaft sind. Sie schränken die Bewegung ein und bilden unförmige Schwellungen im Bereich der Verletzung, die sich sofort zeigen oder erst Tage später als blaue Flecken sichtbar werden. Bei jeder Quetschung besteht im umgebenden Gewebe immer eine Prellung. Bei Verstauchungen und Zerrungen an den Gelenken (Distorsionen) führen vor allem Blutergüsse in den Gelenkkapseln zum Verlust der Beweglichkeit.

Gelenkverrenkung

Eine Sonderform der Gelenkverstauchung ist die Verrenkung. Bei einer Verrenkung, die durch gewaltsame Überdehnung der Gelenkkapseln entsteht, springt der Gelenkkopf aus der Gelenkpfanne. Gelenkverrenkungen und -verstauchungen sind äußerlich nicht von Gelenkbrüchen zu unterscheiden und müssen in der ersten Hilfe wie diese behandelt werden (Seite 210).

Erste Hilfe

- Da Sie bei einer stumpfen Verletzung ohne ärztliche Untersuchung nur schwer entscheiden können, ob ein Knochen und/oder Bänder in Mitleidenschaft gezogen wurden, sollten Sie derartige Blessuren in der ersten Hilfe wie Knochenbrüche (Seite 210) versorgen.
- Legen Sie Ihrem Kind zuerst kühlende Umschläge oder Kühlpads auf das verletzte Körperteil. Das hält den Bluterguss möglichst klein. Sie können danach auch eine abschwellende Salbe auf die Stelle auftragen.

HINWEIS

Kälte lindert die Schmerzen, hält einen Bluterguss so klein wie möglich und vermindert den Austritt von Gewebsflüssigkeit an der verletzten Stelle. Sind stumpfe Verletzungen nach drei bis fünf Tagen nicht wesentlich abgeklungen, müssen Sie einen Arzt zurate ziehen.

- Bei Verstauchungen und Verrenkungen der oberen Gliedmaße können eine Armschlinge und ein Ruhigstellen der Gliedmaßen notwendig werden. Der Arzt wird dann einen Stützverband anlegen.
- Stellen Sie Verstauchungen und Verrenkungen der Kniegelenke, Knöchel oder Zehen ruhig, indem Sie das verletzte Gelenk über die beiden nächstgelegenen Knochen schienen. Nach der Abschwellung können für einige Zeit Stützverbände notwendig sein, bis die überdehnten Bänder oder die verletzten Gelenkkapseln geheilt sind. Bei Knieverrenkungen muss ein Arzt immer die Kreuzbänder überprüfen, die für die Stabilität des Kniegelenks verantwortlich sind.

Hausmittel von A bis Z

Alte Hausmittel helfen bei vielen Alltagsbeschwerden und vor allem bei virusbedingten unkomplizierten Krankheiten wie Erkältungen. Hausmittel ersetzen aber keine notwendige ärztliche Behandlung, sondern unterstützen diese. Wenn sich die Beschwerden Ihres Kindes nicht wesentlich bessern, müssen Sie mit ihm zum Arzt – je jünger es ist, umso schneller. Achten Sie auch auf die angegebenen Dosierungen, sonst können auch Hausmittel schädlich sein. Im Zweifelsfall fragen Sie immer Ihren Arzt.

Augenspülung

Bei Säuglingen mit Schmieraugen helfen Waschungen mit einer 1-prozentigen Salzwasserlösung. Die angegebene Mischung (siehe unten) entspricht der Zusammensetzung der Tränenflüssigkeit und reizt das Auge nicht.
Gegen entzündete Augen, eine Lidrandentzündung und ein Gerstenkorn helfen Augentrost oder Kamille (bei Kamille besteht allerdings Allergiegefahr!).

Rezepte für Augenspülungen

- *Salzwasser*: Setzen Sie 100 Milliliter lauwarmem, abgekochtem Wasser 1 Gramm (einige Körner) Salz zu.
- *Augentrost*: Brühen Sie 1 flachen Teelöffel getrockneten Augentrost mit 100 Milliliter kochendem Wasser auf, lassen Sie die Mischung 2 Minuten ziehen und gießen Sie sie durch ein Haarsieb ab. Lassen Sie die Lösung auf Körpertemperatur abkühlen, bevor Sie sie verwenden.
- *Kamille*: Brühen Sie 1 flachen Teelöffel getrocknete Kamillenblüten mit 100 Milliliter kochendem Wasser auf. Geben Sie einige Körner Salz dazu und lassen Sie die Mischung 1 Minute ziehen. Lassen Sie die Lösung auf Körpertemperatur abkühlen, bevor Sie sie verwenden.

So wird's gemacht

Bei kleinen Kindern waschen Sie das Auge vorsichtig mit einem in die Augenspülung getränkten Leinen- oder Mullläppchen von außen nach innen aus. Verwenden Sie keine Wolle oder Watte, da diese fusseln und das Auge reizen. Nehmen Sie jedes Mal und für jedes Auge ein frisches Tuch. Kinder ab 6 Jahren können eine Augenbadewanne aus der Apotheke benutzen.
Sie können mit den Lösungen aus den Rezepten auch Kompressen herstellen, indem Sie das Tuch eintauchen und das geschlossene Auge damit fest bedecken. Die Kompressen halten am besten mit einer Augenklappe oder einem zusammengelegten Taschentuch.

Bauchwickel

Bauchwickel helfen bei Darmkatarrh, Blähungen, Koliken, Erbrechen und Durchfall. Sie können trocken oder feucht, warm oder kalt angelegt werden – wie es Ihrem Kind am angenehmsten ist. Überprüfen Sie die Temperatur der Wickel duch kurzes Auflegen auf Ihren Handrücken.
Achtung: Machen Sie bei Verdacht auf eine Blinddarmreizung nur kalte Bauchwickel!

So wird's gemacht

Packen Sie den Bauch Ihres Kindes mit einem Handtuch ein. Dazu legt sich Ihr Kind mit dem Rücken in die Mitte eines längs gefalteten großen Frottierhandtuchs. Auf den schmerzenden Bauch kommt entweder ein trockenes, erwärmtes, ein feuchtwarmes oder ein nasskaltes Tuch. Auch Leinsamen und Kartoffelwickel (siehe unten) lindern das Bauchweh. Decken Sie die Kompresse mit einem weiteren Tuch ab und schließen Sie den Bauchwickel mit dem Frottiertuch.
Trockene Bauchwickel können mehrere Stunden auf dem Bauch bleiben, feuchte Wickel 1 bis 2 Stunden. Nur trockene Wickel können Sie mit einem elektrischen Heizkissen (unter Aufsicht!) auf Stufe 1 länger warm halten, feuchte Wickel am besten mit einer Wärmflasche.

- *Leinsamenwickel*: Kochen Sie 1 Tasse Leinsamen mit 1,5 Tassen Wasser in einem großen Topf auf (der Leinsamen quillt!). Verteilen Sie die handwarme Masse in der Mitte eines Küchenhandtuchs auf Handflächengröße. Schlagen Sie die Ränder darüber und legen Sie das Päckchen für 2 bis 3 Stunden auf den eingewickelten Bauch.
- *Kartoffelwickel*: Zerdrücken Sie gewaschene, gekochte, nicht geschälte heiße Pellkartoffeln in einem längs gefalteten Küchenhandtuch. Prüfen Sie mit dem Handrücken, ob die Kartoffelmasse nicht zu heiß ist. Legen Sie das Päckchen so warm wie möglich für 2 Stunden auf den Bauch und wickeln Sie ein Frottierhandtuch darüber.

Brustwickel

Bei Erkältung, Husten und Bronchitis sorgen warme Brustwickel für eine bessere Durchblutung im Brustraum. Verzichten Sie dabei besser auf Zusätze aus Pflanzen und ätherischen Ölen. Die Dauergerüche können Ihrem Kind lästig werden, außerdem besteht bei den Substanzen Allergiegefahr, vor allem da die Schleimhäute ohnehin schon gereizt sind.

So wird's gemacht

Falten Sie ein Frottierhandtuch – bei größeren Kindern ein Badehandtuch – längs so zusammen, dass es so breit ist wie der Brustkorb Ihres Kindes. Legen Sie Ihr Kind mit erhobenen Armen auf den Rücken in die Mitte des Tuches. Auf den Brustkorb breiten Sie eine Kompresse (siehe unten) aus, darüber ein weiteres Tuch. Schließen Sie dann das Frottierhandtuch über der Kompresse und ziehen Sie Ihrem Kind ein Unterhemd zum besseren Halt darüber.

- *Trockene warme Brustwickel*: Legen Sie ein auf der Heizung oder im Backofen (10 Minuten bei 150 °C) gewärmtes Tuch auf den Brustkorb und schließen Sie den Wickel wie oben beschrieben. Der Wickel kann auch über Nacht um die Brust bleiben.
- *Feuchte warme Brustwickel:* Übergießen Sie ein Tuch mit kochendem Wasser, wringen Sie es in einem trockenen Handtuch gut aus und legen Sie es so warm wie möglich auf den Brustkorb Ihres Kindes. Um Verbrühungen zu vermeiden, prüfen Sie die Temperatur, indem Sie Ihre Hand auf den Brustkorb Ihres Kindes legen und das Tuch zuerst auf Ihrem Handrücken testen. Wenn die Auflage nicht zu heiß ist, ziehen Sie Ihre Hand langsam weg und schließen Sie den Wickel wie oben beschrieben. Lassen Sie ihn 2 bis 3 Stunden liegen.
- *Schmalzwickel:* Erhitzen Sie Schweineschmalz in einer kleinen Pfanne, eventuell mit einer Zwiebel. Reiben Sie dann das Fett so warm wie möglich mit Ihrer Hand in den Brust- und Rückenbereich Ihres Kindes ein. Legen Sie ein angewärmtes Tuch darüber und schließen Sie den Brustwickel wie beschrieben am besten über Nacht.

Fiebertee

Bei Erkältung und Grippe helfen gegen Fieber schweißtreibende Tees, denn durch das Schwitzen verdunstet Wärme, und das Fieber wird so gesenkt. Geben Sie Ihrem Kind 1 bis 2 Tassen »Fiebertee« (Rezepte unten), den es so warm wie möglich innerhalb von 10 Minuten trinken sollte. Legen Sie Ihr Kind dann in einem baumwollnen Schlafanzug gut eingepackt mit einer Wolldecke ins Bett. Ziehen Sie Ihrem Kind nach 20 Minuten das nassgeschwitzte Nachthemd aus, trocknen Sie es schnell und gründlich ab, ziehen Sie ihm frisches Nachtzeug an und decken Sie es mit einer trockenen Decke zu. Es sollte mindestens 1 Stunde liegen bleiben und viel trinken, um die verlorene Flüssigkeit zu ersetzen. Bleiben Sie während der ganzen Zeit bei Ihrem Kind.
Achtung: Geben Sie Säuglingen und Kleinkindern bis 5 Jahre keinen Fiebertee! Der Kreislauf kleiner Kinder ist für so eine Therapie noch nicht stabil genug und es besteht die Gefahr eines Kreislaufkollapses.

Rezepte für Fiebertee

- *Holunderblüten*: 2 Teelöffel Blütenmischung mit 250 Milliliter kochendem Wasser überbrühen und 10 bis 15 Minuten zugedeckt ziehen lassen und abseihen.
- *Lindenblüten*: 2 Teelöffel Blütenmischung mit 250 Milliliter Wasser wie oben zubereiten.
  Honig oder Zitronensaft verbessern den Geschmack, wenn Ihr Kind (ab 1 Jahr) das möchte.

Fussbad

Fußbäder helfen bei einer beginnenden Erkältung gegen kalte Füße oder wenn Ihr Kind völlig durchnässt nach Hause kommt. Sie erwärmen den ganzen Körper, fördern die Durchblutung der Nasen- und Rachenschleimhaut und wehren dadurch Krankheitserreger ab.

So wird's gemacht

Füllen Sie eine Wanne oder eine hochrandige Schüssel mit 35 °C warmem Wasser (Badethermometer!) und lassen Sie Ihr Kind sitzen und seine nackten Füße hineinstellen. Gießen Sie vorsichtig heißes Wasser nach, bis eine Temperatur von 39 °C erreicht ist. Nach etwa 10 Minuten stellt Ihr Kind seine Füße für 3 Sekunden in eine Schüssel mit 18 °C kaltem Wasser. Als Wechselbad können Sie diesen Vorgang bis zu 3-mal wiederholen. Trocknen Sie die Füße gut ab, ziehen Sie Ihrem Kind warme Socken über und legen Sie es für 20 Minuten ins warme Bett, am besten noch mit einer Wärmflasche.

Halstee und Gurgellösung

Gegen Halsschmerzen gibt es eine große Auswahl an wirksamen Heilpflanzen. Gut bewährt haben sich Salbei (desinfizierend und entzündungshemmend), Thymian (schleimlösend und lindernd) und Kamille (entzündungshemmend und krampflösend), die als Tee getrunken und zum Gurgeln verwendet werden können.

So wird's gemacht

Bereiten Sie aus einem oder mehreren der Kräuter einen Tee zu, indem Sie 2 Teelöffel davon mit 500 Milliliter kochendem Wasser übergießen und 10 Minuten ziehen lassen. Geben Sie Ihrem Kind stündlich eine Tasse (100 Milliliter) Tee, eventuell löffelweise. Ihrem Säugling geben Sie stündlich 30 bis 50 Milliliter.
Abgekühlten, ungesüßten Tee können Sie Ihrem Kind stündlich schluckweise zum Gurgeln geben.

HALSWICKEL

Kühle oder warme Halswickel helfen bei Entzündungen und verschleimten Atemwegen im Halsbereich sowie bei Mumps oder Lymphknotenschwellungen am Hals.
Kühle Halswickel wirken als Reiztherapie und beschleunigen die Heilung. Sie dürfen aber nicht angewendet werden, wenn Ihr Kind friert oder fiebert. Warme Halswickel, etwa mit Kartoffeln, fördern die Durchblutung und somit den Abtransport von Krankheitserregern. Mag Ihr Kind keinen Kartoffelwickel, genügt auch ein dicker Wollschal.

So wird's gemacht

- *Kühle Wickel*: Für einen kühlen Wickel machen Sie ein Küchenhandtuch oder eine Stoffserviette unter fließend kaltem (18 °C) Wasser nass. Wringen Sie das Tuch aus, falten Sie es auf Handbreite und wickeln Sie es dicht um den Hals. Darüber kommt ein Wollschal oder ein Frottierhandtuch. Lassen Sie den Wickel 15 bis 20 Minuten auf dem Hals liegen.
- *Quarkwickel*: Bestreichen Sie ein Küchenhandtuch in der Mitte mit 250 Gramm zimmerwarmem Quark. Falten Sie die Tuchseiten darüber und legen Sie den Wickel um den Hals. Decken Sie den Wickel noch mit einem Wollschal ab. Lassen Sie ihn für 2 bis 3 Stunden auf dem Hals liegen.
- *Kartoffelwickel*: Zerdrücken Sie gewaschene, gekochte ungeschälte Pellkartoffeln in einem längs gefalteten Küchenhandtuch. Prüfen Sie auf Ihrem Handrücken, ob die Kartoffelmasse nicht zu heiß ist. Legen Sie die Kompresse so warm wie möglich (37–39 °C) an den Hals und umwickeln Sie sie noch mit einem Wollschal. Lassen Sie den Wickel 2 bis 3 Stunden am Hals liegen.

Hustensaft

Um lästigen Husten zu lindern, können Sie Ihrem Kind selbst gemachten Hustensaft anbieten.

So wird's gemacht

- *Salbei-Thymian-Zwiebel-Hustensaft*: Mischen Sie 250 Milliliter Wasser mit 1 Teelöffel getrocknetem Salbei, 1 Teelöffel Thymian, 100 Gramm gehackten Zwiebeln und 100 Gramm braunem Kandiszucker. Köcheln Sie den Sud so lange, bis der Zucker aufgelöst ist. Sie können noch 1 Teelöffel getrockneten Spitzwegerich dazugeben. Das stillt den Husten, macht den Hustensaft aber bitterer. Füllen Sie den Sud nach dem Abseihen noch warm in ein Schraubverschlussglas (etwa 450 Milliliter) und lassen Sie ihn abkühlen. Sie können den Hustensaft 1 Woche im Kühlschrank aufbewahren.
  Geben Sie Ihrem Kind bis zum 3. Lebensjahr 3-mal täglich 1 bis 2 Teelöffel. Ab dem 3. Lebensjahr 3-mal täglich 1 Esslöffel, bis sich der Husten bessert. Ab dem Schulalter geben Sie 3-mal täglich 2 Esslöffel.
- *Rettich-Hustensaft*: Halbieren Sie einen schwarzen Gärtnerrettich – er ist reicher an Wirkstoffen als der weiße Rettich – der Länge nach und höhlen Sie die Schnittflächen etwas aus. Legen Sie beide Hälften in eine Porzellanschüssel und belegen Sie die Schnittflächen mit braunem Kandiszucker. Lassen Sie den Rettich 12 Stunden lang dunkel abgedeckt bei Zimmertemperatur ziehen, bevor sie ihn verwenden.
  Geben Sie Ihrem Kind von dem ausgetretenen Rettichsaft 3-mal täglich 1 Esslöffel (ab dem 3. Lebensjahr).

H

Kompressen

Kompressen sind wie kleine Wickel, die Sie direkt auf verletzte oder erkrankte Stellen geben können. Sie lassen sich bei vielen Verletzungen und Hauterkrankungen lindernd einsetzen und sind problemlos herzustellen. Am schnellsten ist ein Kältepack zur Hand, das Sie immer griffbereit im Kühlschrank haben sollten.

Bereiten Sie Kompressen aus einem Baumwolltuch (Geschirrtuch oder großes Taschentuch) zu, das Sie auf die Größe der zu behandelnden Fläche zuschneiden oder falten. Legen Sie die Kompresse auf die betroffene Stelle und fixieren Sie sie mit einer Mullbinde oder einem Handtuch locker auf der Haut.

- Gegen Neurodermitis helfen Kompressen mit Eichenrinde (1 Esslöffel Eichenrinde 10 Minuten in 250 Milliliter Wasser köcheln) oder Stiefmütterchenkraut (1 Esslöffel Stiefmütterchenkraut 10 Minuten in kochendem Wasser ziehen lassen). Wenn Sie die Kompressen wieder entfernen, muss die Haut eingecremt werden.
- Gegen Insektenstiche hilft eine Arnika-Kompresse (1 Esslöffel Arnika-Essenz mit 9 Esslöffel kaltem Wasser mischen) oder ein Kältepack.
- Gegen blaue Flecken helfen Arnika-Kompressen (siehe oben), aber auch Kompressen, die Sie mit Magerquark bestreichen können, ebenso wie ein Kältepack.

Kopfdampfbad

Kopfdampfbäder verbessern die Durchblutung der Schleimhäute der oberen Luftwege von der Nase bis zu den Bronchien in der Lunge und lösen Schleim. Auch bei Kleinkindern lassen sich mit Dampfbädern Husten und Schnupfen behandeln. Bei Schulkindern und Jugendlichen sind sie ein bewährtes Mittel bei Nasennebenhöhlen-Entzündungen und Bronchitis.

So wird's gemacht

Lösen Sie in 2 Liter kochendem Wasser 1 gestrichenen Esslöffel Salz auf. Schütten Sie das heiße Wasser in eine Schüssel oder stellen Sie den Topf ins Waschbecken, damit sich Ihr Kind nicht verbrühen kann, wenn der Topf umfällt.
Setzen Sie Ihr Kind so davor, dass es mühelos den Kopf darüber beugen kann. Ein Kleinkind und Schulkind bis 7 Jahre darf nur mit Ihnen gemeinsam ein Dampfbad machen.
Decken Sie dann Kopf und Schultern mit einem großen Tuch ab (wie ein Zelt), damit kein Dampf entweicht. Bleiben Sie bei Ihrem Kind und nehmen Sie es eventuell auf den Schoß, damit es sich besser über das Dampfbad beugen kann.
Ihr Kind soll den Dampf so warm wie möglich (aber nicht zu heiß, sonst könnte es sein Gesicht verbrühen) mit geschlossenen Augen durch die Nase etwa 10 Minuten lang einatmen.
Um den Schleim besser zu lösen, können Sie noch Thymian (1 Esslöffel auf 2 Liter) oder Kamillenblüten (2 Esslöffel oder 4 Teebeutel auf 2 Liter) in das Dampfbad geben.
Achtung: Bei Kamille besteht Allergiegefahr!
Nach dem Dampfbad bleibt das »Zelttuch« um den Kopf gewickelt und Ihr Kind legt sich ins Bett. Deshalb emfiehlt es sich, Kopfdampfbäder am besten abends zu machen.

K

Magen-Darm-Tees

Es gibt einige Kräuter, die gegen Übelkeit, Erbrechen und Durchfall helfen. Welches Sie Ihrem Kind anbieten können, hängt neben der persönlichen Vorliebe auch davon ab, ob das Mittel anschlägt.

Ihr Kind muss vor allem viel trinken, damit es die durch das Erbrechen und den Durchfall verlorenen Elektrolyte und das Wasser wieder aufnimmt. Hierfür können Sie ihm selbst gemachten Elektrolyttee (»Orangentee«) anbieten:

- *Elektrolyttee*: Mischen Sie 750 Milliliter dünnen schwarzen Tee (1 Teebeutel 1 Minute ziehen lassen), 250 Milliliter (frischen) Orangensaft, 1 Prise Salz, 1 Esslöffel Traubenzucker, 1 Messerspitze Backpulver (Natriumbikarbonat). Bei Durchfall und Erbrechen sollte Ihr Kind davon 100 bis 150 Milliliter pro Kilogramm Körpergewicht in 24 Stunden trinken. Ein 10 Kilogramm schweres Kind soll also 1 bis 1,5 Liter Elektrolyttee am Tag trinken.

Sie können die empfohlenen Kräuter, soweit nichts anderes angegeben ist, nach dem folgenden Tee-Grundrezept zubereiten: Übergießen Sie 1 Teelöffel der Heilpflanzen mit 250 Milliliter kochendem Wasser. Lassen Sie den Tee dann 10 bis 15 Minuten zugedeckt ziehen, bevor Sie ihn abseihen und lauwarm trinken lassen.

- *Blähungen*: Anis, Fenchelsamen, Kümmel
- *Kolik im Dickdarmbereich*: Melisse, Schafgarbe
- *Brechreiz*: Kamille, Melisse, Pfefferminze (am besten zur Hälfte mit Kamille gemischt und lauwarm trinken)
- *Erbrechen*: Wermut (1 Teelöffel Kräuter auf 1 Liter Wasser, 5 Minuten ziehen), Schwarzer Tee (1 Teebeutel auf 200 Milliliter Wasser, mit 200 Milliliter Cola verrühren, alle 5 Minuten 1 Esslöffel geben)
- *Durchfall*: Brombeerblätter, Salbei
- *Verstopfung*: Schlehe (2 Teelöffel getrocknete Schlehenblüten auf 250 Milliliter Wasser; Säuglinge $^1/_2$ Tasse pro Tag, ältere Kinder 1 bis 2 Tassen pro Tag

Nasentropfen

Bei Schnupfen helfen selbst gemachte Nasentropfen. Träufeln Sie davon alle 2 Stunden mit einer Pipette 2 Tropfen in jedes Nasenloch. Bei Säuglingen am besten kurz vor dem Füttern.

So wird's gemacht

Lösen Sie 10 Gramm Traubenzucker (2 gehäufte Teelöffel) in 50 Milliliter warmem Kamillentee auf – oder 1 Gramm (einige Körner) Kochsalz in 100 Milliliter abgekochtem Wasser. Sie können die Nasentropfen in einem geschlossenen Glas im Kühlschrank 1 Woche lagern. Bei Säuglingen, die gestillt werden, hilft es häufig, wenn Sie vor dem Stillen einige Tropfen Muttermilch in deren Nase fließen lassen.

Nieren-und Blasentee

Bei Blasen- und Niereninfektionen muss Ihr Kind vor allem viel trinken, um die Erreger auszuschwemmen und die Nieren durchzuspülen. Ideal dafür sind Heilpflanzentees, die zusätzlich noch desinfizieren (Bärentraubenblätter) oder Wasser treiben (Ackerschachtelhalm). Beide Teesorten enthalten jedoch Gerbstoffe, die den Magen belasten können. Deshalb werden Sie kalt angesetzt. So bleiben die Wirkstoffe erhalten, und die schädlichen Nebenwirkungen werden verhindert. Diese Tees können Sie Säuglingen aber nicht geben!

So wird's gemacht

Lassen Sie 1 Teelöffel getrocknete Bärentraubenblätter oder Ackerschachtelhalm in 250 Milliliter kaltem Wasser 12 Stunden lang ziehen, danach abseihen. Beide Tees können Sie auch mit kaltem Kamillentee ansetzen und mit 1 Teelöffel Honig »versüßen«.

Ohrwickel

Bei akuten Ohrenschmerzen haben sich Ohrkompressen mit rohen Zwiebeln bestens bewährt. Dabei entwickeln sich ätherische Dämpfe, die die Schmerzen lindern und die Durchblutung fördern, wodurch die Krankheitserreger abtransportiert werden.

So wird's gemacht

Schneiden Sie eine mittelgroße Zwiebel in kleine Würfel oder Scheiben. Wickeln Sie sie in ein dünnes Tuch. Die Ohrkompresse soll den Bereich zwischen Ohrmuschel und Kopfhaut ganz bedecken. Legen Sie darüber ein großes Stück Haushaltsfolie aus Plastik, die mit etwas Fettcreme rund um das Ohr »geklebt« wird, damit der Wickel luftdicht verschlossen ist. Fixieren Sie den Zwiebelwickel mit einer Mütze oder einem Stirnband für 2 bis 3 Stunden. Wecken Sie Ihr Kind aber nicht zum Abnehmen des Wickels, wenn es schläft. Sie können einen solchen Ohrwickel bis zu 3-mal täglich wiederholen.

Rotlichtbestrahlung

Die Wärmebehandlung mit der Infrarotlampe hat sich zur Schmerzlinderung, Schleimlösung und Durchblutungsförderung bestens bewährt. Die Lampe können Sie im Sanitätsgeschäft oder im Elektrohandel kaufen.
Setzen Sie Ihr Kind im Abstand von 30 bis 50 Zentimeter vor die Lampe. Wegen der Gefahr von Verbrennungen darf ein Kind nie ohne Aufsicht bestrahlt werden. Am besten lesen Sie Ihrem Kind während der Bestrahlung etwas vor, dann ist es abgelenkt und die Zeit vergeht schneller.

- Bestrahlen Sie bei *Ohrenschmerzen* das betroffene Ohr 3-mal täglich 10 bis 15 Minuten. Klagt Ihr Kind über verstärkte Ohrenschmerzen, müssen Sie die Bestrahlung sofort abbrechen.
- Bei *Nasennebenhöhlen-Entzündungen* sowie *Bronchitis* bestrahlen Sie 3-mal täglich 10 bis 15 Minuten von vorne mit geschlossenen Augen.
- Bei *Abszessen* werden die erkrankten Stellen 3-mal täglich 5 bis 10 Minuten bestrahlt.

Schnupfenmittel

Ein altes Hausmittel gegen Schnupfnasen – auch bei Säuglingen – ist Majoranbutter. Geben Sie davon 3- bis 5-mal täglich ein etwa streichholzkopfgroßes Kügelchen in jedes Nasenloch.
Achtung: Allergiegefahr!

So wird's gemacht

Schmelzen Sie 100 Gramm Butter und schöpfen Sie den Schaum ab. Geben Sie eine Handvoll frischen, zerzupften Majoran dazu und rühren Sie die Masse für 30 Minuten in einem Wasserbad. Sieben Sie dann die flüssige Majoranbutter durch ein dünnes Tuch (zum Beispiel eine Stoffwindel). Dazu können Sie noch 5 Tropfen Majoranöl aus der Apotheke geben und die Masse in ein Schraubverschlussglas füllen. Dieses Schnupfenmittel hält sich kühl gelagert etwa 1 Jahr.

→ Nasentropfen, Seite 241

Sitz- und Vollbad

- Bei entzündlichen Hautveränderungen am Babypo, bei Vorhautentzündungen und Harnwegsinfektionen haben sich Sitzbäder bewährt, die Ihr Kind 3-mal täglich machen kann.
- Bei nässenden Ekzemen und Neurodermitis hilft es, das Kind kurz (etwa 5 Minuten) mit einem Zusatz aus den unten stehenden Rezepten baden zu lassen.

Rezepte für Sitz- und Vollbäder

Bei nässendem Ausschlag hilft Eichenrindensud (10 Milliliter auf 1 Liter Wasser) oder Kamille (10 Milliliter Kamillenblütenöl oder 30 Gramm getrocknete Kamillenblüten auf 1 Liter Wasser). Kamille hilft auch besonders gut bei Vorhautentzündungen und Harnwegsinfektionen.

- *Eichenrinde*: Lassen Sie 100 Gramm getrocknetes Eichenblätter-Rindengemisch aus der Apotheke in 1 Liter Wasser eine halbe Stunde kochen.

Gießen Sie den Sud durch ein Sieb. Sie können ihn noch etwa 4 Wochen an einem dunklen Ort aufbewahren.

Achtung: Eichenrinde färbt die Haut und die Badewanne!

- *Zaubernuss (Hamamelis)*: Kochen Sie 10 Gramm getrocknete Rinde und Blätter der Zaubernuss (aus der Apotheke) 15 Minuten in 1 Liter Wasser. Sie können den Sud wie bei der Eichenrinde abgießen und aufbewahren.
- *Weizenkleie*: Lassen Sie 50 Gramm Weizenkleie in einem Liter Wasser 10 Minuten kochen. Gießen Sie die Mischung nicht durch ein Sieb! Den Weizenkleie-Sud können Sie 2 bis 3 Wochen dunkel und kühl aufbewahren.

So wird's gemacht

- *Sitzbad*: Füllen Sie eine große Schüssel oder eine (Baby-) Badewanne mit so viel Wasser (37 °C), dass es Ihrem Kind bis zur Hüfte reicht. Lassen Sie es etwa 10 Minuten im Wasser sitzen (Babys nicht alleine!). Gießen Sie warmes Wasser nach, wenn es zu kalt wird.
  Sie können auch ein ansteigendes Sitzbad machen. Geben Sie vorsichtig wärmeres Wasser hinzu, während Ihr Kind in der Wanne sitzt, bis die Wassertemperatur 39 °C erreicht hat. Nach dem Sitzbad tupfen Sie Ihr Kind trocken und legen es für 30 Minuten ins Bett.
- *Vollbad*: Füllen Sie die Badewanne mit 35 °C warmem Wasser. Geben Sie 10 Milliliter Sud (siehe Rezepte) pro 10 Liter Wasser hinein. Nach dem Bad wickeln Sie Ihr Kind in ein Handtuch, tupfen die Haut trocken und cremen sie mit einer Fettsalbe dünn ein. Die angegebenen Rezepte können Sie auch für Kompressen verwenden, mit denen Sie die entzündlichen Hautstellen bedecken.

Wadenwickel

Wadenwickel senken das Fieber, indem sie die Wärme aus dem Körper ableiten. Alle anderen fiebersenkenden Hausmittel, wie Waschungen oder Ganzkörperwickel, belasten Ihr Kind mehr als Wadenwickel und sind deshalb nicht empfehlenswert.

So wird's gemacht

Wickeln Sie beide Waden immer gestrennt ein. Tauchen Sie für jedes Bein ein Tuch (für Säuglinge: Stofftaschentuch, für Klein- und Schulkinder: Küchenhandtuch) in eine Schüssel mit 18 °C kaltem Wasser und wringen Sie das Tuch aus. Legen Sie es um die Waden und wickeln Sie ein trockenes Frottierhandtuch darüber. Warme Kniestrümpfe (eventuell von Mutter oder Vater) halten die Wickel, so dass Ihr Kind noch krabbeln oder gehen kann. Liegt Ihr Kind im Bett, decken Sie es erst vom Knie aufwärts zu, damit die Wärme besser abgeleitet wird. Legen Sie unter den Beinbereich einen Nässeschutz, damit die Matratze trocken bleibt.
Wechseln Sie die Wadenwickel 2 Stunden lang alle 10 bis 15 Minuten. Wenn das Fieber nicht sinkt, können Sie nach 2 Stunden Unterbrechung erneut mit Wadenwickeln beginnen. Sie müssen Ihr Kind aber nicht wecken, wenn es mit Wadenwickeln einschläft.
Achtung: Hat Ihr Kind trotz Fieber vor Beginn der Behandlung mit Wadenwickel keine heißen Beine oder fröstelt es, dürfen Sie keine Wadenwickel machen, sonst besteht die Gefahr eines Kreislaufkollapses!

Zum Nachschlagen

Bücher, die weiterhelfen

aus dem GRÄFE UND UNZER VERLAG

Dorsch, Walter/Loibl, Marianne:
Hausmittel für Kinder

Pighin, Gerdas/Simon, Dr. Bernd:
Babys erstes Jahr

Keudel, Dr. Helmut:
Der große GU Ratgeber Kinderkrankheiten

Kunze, Petra/Dr. Keudel, Helmut:
Schlafen lernen. Sanfte Wege für Ihr Kind

Sommer, Sven:
GU Kompass Homöopathie für Kinder

Adressen, die weiterhelfen

Deutschland

Arbeitsgemeinschaft Allergiekrankes Kind e.V.
Nassaustraße 32
35745 Herborn
www.aak.de

Bundesinstitut für Arzneimittel
und Medizinprodukte
Kurt-Georg-Kiesinger-Allee 3
53175 Bonn
www.bfarm.de

Bundesverband Arbeitskreis überaktives Kind
Postfach 410724
12117 Berlin
www.auek.de

Deutsche Atemwegsliga e.V.
Burgstraße 12
33175 Bad Lippspringe
www.atemwegsliga.de

Deutsches Rotes Kreuz
Friedrich-Ebert-Allee 71
53113 Bonn
www.drk.de

Giftnotrufzentren, Seite 187

Johanniter-Unfall-Hilfe e.V.
Bundesgeschäftsstelle
Lützowstraße 94
10785 Berlin
www.johanniter.de

Kindernetzwerk e. V.
Hanauer Straße 15
63739 Aschaffenburg
www.kindernetzwerk.de

Malteser-Hilfsdienst e.V.
Generalsekretariat
Kalker Hauptstraße 22–24
51103 Köln
www.malteser.de

Robert-Koch-Institut
Bundesinstitut für Infektionskrankheiten
und nicht übertragbare Krankheiten
Nordufer 20
13353 Berlin
www.rki.de

Telefonische Pollenflugvorhersage
Deutschland: 0190/115494 (0,62 €/Min.)
Österreich: 0222/404003309
Schweiz: 157126215

Österreich
Johanniter-Unfall-Hilfe in Österreich
Bereich Wien
Herbeckstraße 39
1080 Wien

Lungenunion
Selbsthilfegruppe Asthma, Bronchitis, Allergie
Obere Augartenstraße 26–28
1020 Wien

Selbsthilfegruppe für Neurodermitis/
Atopisches Ekzem
Kegelgasse 34–38
1030 Wien

Wiener Rotes Kreuz
Franzosengraben 6
1030 Wien

Schweiz
Schweizerische Elternvereinigung allergie- und asthmakranker Kinder
Schaufelgrabenweg 28
3033 Wohlen

Schweizerisches Rotes Kreuz
Berufsbildung
Werkstraße 18
3084 Wabern

Sachregister

Impressum

Programmleitung: Ulrich Ehrlenspiel
Redaktion: Silvia Herzog
Lektorat: Petra Kunze
Fotos: Cover vorn: Getty; Cover hinten: GU: A. Peisl (li. und re.), A. Anders (Mitte)
Illustrationen: Heidemarie Vignati
Gestaltung und Layout: independent Medien-Design, München
Herstellung: Markus Plötz
Satz: Filmsatz Schröter, München
Druck und Bindung: Druckerei Auer, Donauwörth

ISBN 978-3-7742-6731-2

4. Auflage 2007

GRÄFE UND UNZER 100 JAHRE GANSKE VERLAGSGRUPPE

Ein Unternehmen der
GANSKE VERLAGSGRUPPE

Dank
Ein herzliches Dankeschön an Dr. Rolf-Dieter Loer, der den Autor bei der Erstellung des Manuskripts technisch unterstützt hat.

Die **GU Homepage** finden Sie im Internet unter
www.gu-online.de

Umwelthinweis:
Dieses Buch wurde auf chlorfrei gebleichtem Papier gedruckt. Um Rohstoffe zu sparen, haben wir auf Folienverpackung verzichtet.